JN034347

保津川

角倉了以伝

西野 喬

郁朋社

保津川／目次

装画／高取順一
題字／森田　穣
装丁／宮田麻希

保津川

――角倉了以伝（すみのくらりょういでん）――

第一章　冬という女

（一）

文禄四年（一五九五）、七月九日。

京、一条大路に面する屋敷に若い女性が訪ねてきたのは夜が明けて直ぐだった。

「前触れもいたさず伺いましたご無礼、ご容赦願いまする。関白豊臣秀次様の侍医、吉田宗恂様でございますな。わたくしは最上家京屋敷より遣わされた宇月冬と申す者。実は駒様のことで内々にお願いにあがりました」

一室に通された女性はそう告げて丁寧に頭をさげた。

「駒様とは出羽山形二十四万石の領主、最上義光様の御息女のことでしょうか」

「その姫のことでございます」

「駒様なれば近々、わが殿（秀次）の側室として聚楽第にお入りになるはず。その御方がわたしにどのようなご依頼でしょうか」

　聚楽第は京、内野の大内裏跡に建てられた豪華壮麗な城である。築造当初は豊臣秀吉が居住していたが、伏見に隠居後は養子で甥の秀次が居住するようになった。

「姫を見立て（診察）てほしいのでございます」

「見立てる？」

「姫は病を得て三日前から伏せっております」

「それでこのわたしに見立てろと申されますのか。最上様の京屋敷には医師が居られるのでは」

「居りますが、生憎、山形に戻っております」

「駒様が聚楽第にお入りなさる日は決まっておりますのか」

「今日より六日後の七月十五日でございます。それまでに御身体をお治ししておかなければなりませぬ。ぜひお見立てをお願いしたのでございます」

「殿は一昨日、太閤秀吉様の御招きで伏見に赴かれた。昨夕までにご帰還あそばすことになっていたのでわたしは聚楽第でお待ちしておりましたが、深夜になってもお戻りがなかった。仕方なくわたしは聚楽第を退出してここに戻って一夜を過ごしたが、気がかりなのでこれから聚楽第に赴きたいのだ」

「せめて薬だけでも戴けないでしょうか」

「駒様の病状がわからなければ薬は出せませぬ」

「そこを曲げてお願いしたのですが」

「ならばこの場にて駒様の御様態をわたしがお伺いしますので思いつく限り詳しくお答えくだされ」

宗恂はひとつ咳払いをして、

「まず駒様の食欲ですが、ありますか」

と訊いた。

「五日前から食が細り、昨日から何もお口になさらなくなりました」

「脈は」

「わたくしが百打つ間に姫のお脈は百二十ほど」

「では次に」

そう言って宗恂は駒姫の吐瀉（としゃ）の有無、小水と便の色と量、咳が出るか否か、出るならどのような咳をするのか、目の白い部分に異常はないか、等々を問うた。

冬はそれらに自分（おのれ）が病にかかった本人であるかのように微に入り細にわたって答えた。応答には無駄がなく宗恂は医者として知りたい症状を的確に知ることができた。そんな冬に宗恂は、医者に適した資質が備わっている、と思った。

「駒様の様態よくわかりました。どうやら輿入れなさることへの極度の心労、それに夏風邪が重なったようです。案ずるには及びませぬ。これからわたしが駒様に卓効のある薬を処方します」

宗恂は座を立って薬類を保管した小部屋に行く。薬を選び出して、再び部屋に戻ってきた。

「これをお飲みいただき、様子を見てくだされ。わたしの見立てが正（まさ）しければ二日ほどで熱は退きましょう」

　薬を油紙に包んで冬に差し出す。冬は押し頂くようにして包みを受け取ると、

「関白様が昨夕、お戻りなさらなかったのには何か理由（わけ）がおありなのでしょうか」

　怪訝な顔を宗恂に向けた。

「深い理由などないと思われる」

「太閤様と関白様が不仲だとの流言（りゅうげん）が絶えませぬ」

「世上ではそのような飛語もあるやに聞いております」

「よもや御両所様の間に諍（いさか）いでも起きたのでは……。駒様にお仕え申すわたくしとしては心穏やかではありませぬ」

「ご懸念は無用。関白様は太閤秀吉様の甥。おそらく昨晩は伏見城内でおふたりして酒でも酌み交わし歓談なされ、聚楽第にお戻りになられる折を逸（いっ）したのでしょう」

「ならばよいのですが」

「ご案じめさるな」

　宗恂の言に冬は深々と一礼して屋敷を辞した。

　駒姫は最上義光の次女で十八歳になったばかり、出羽一の美貌、と大名たちの間で評判だった。その噂を聞きつけた関白秀次は義光に駒姫を側室として聚楽第へ出仕するよう命じた。義光はこれを拒否。秀次にはすでに二十人を超える妻妾が居る。秀次の正室として迎えてくれるならともかく、側室では承伏しがたかった。秀次は何度も義光に駒姫の奥御殿入りを促し、応じなければ山形の領地を召

し上げるとまで言い出した。義光は三千人を超える家臣を路頭に迷わせるわけにもいかず、秀次の要求を飲んだ。

宗恂はこの経緯（いきさつ）を知った時、常軌を逸した好色に秀次の卑しさ浅ましさを見たように思った。しかし侍医の身であってみれば、秀次の健康に気を遣う以外に関心を持つべきでないとの思いから、見て見ぬ振りをした。

聚楽第からさして離れていない一条大路に面する一郭に与えられた屋敷には朝夕の支度や屋敷の雑事をしてくれる茂助（もすけ）・熊夫婦が共住みしている。このふたりの労賃も関白家が支払っている。秀吉に後事を託された秀次の前途は明るい。しかも二十七歳という男盛りの秀次であってみれば、宗恂が医者として腕を振るうような大病を患う懸念は少ない。宗恂にとって〈関白の侍医〉という地位は居心地良いものと言えた。

宗恂は冬を送り出すと部屋を出て庭が望める縁側に立った。陽は東山の稜線から出たばかりで庭一面を薄赤く照らしている。生い茂った庭木の間から夏を惜しむように蝉の声が聞こえてくる。蝉の声に聞き入っていると門を激しく叩く音が伝わってきた。このような早朝、ずいぶん乱暴な叩き方をする、と思いながら宗恂は茂助を呼んで、門前の様子を見にいかせた。茂助はすぐに戻ってきて、

「物々しい出（い）で立ちの方々が主（あるじ）を呼べ、と騒ぎ立てております」

怖じ気づいた顔で告げた。

「物々しい出で立ち……」

宗恂は首をかしげながら縁側の踏み石に置かれた草履（ぞうり）を引っかけて門前に行った。

五十名を超える武士が屯している。一団を率いていると思しき武将が宗恂に近づいて、

「関白様の侍医、吉田宗恂殿か」

と質した。宗恂は頷いて、

「してお手前様は」

と聞き返した。

「吾等は石田三成の手の者。この屋敷は明日から吾等が陣屋として寝泊まりすることになった。明朝、陽が昇る前までに立ち退いていただく」

武将は立ち退く理由も述べずに命じた。

「この屋敷は関白豊臣秀次様から賜ったもの。石田様御家中の者に指図される謂われはございませぬ」

仰天した宗恂は、声を荒げた。

「関白様はご謀叛の罪で捕らえられた」

思いもよらぬ武将の言に宗恂は息を呑む。

「殿は一昨日、太閤様に召されて数名の家臣を伴い伏見城に参いられた。昨晩は太閤様と歓談し、酒を酌み交わしておられたはず」

「伏見城に入れてもらえず、福島正則様らの護衛の下、具者共々高野山に送られ申した」

「どなた様が殿を高野山に送るよう命じられましたのか」

「太閤秀吉様が直々にお命じになられたのだ。また太閤様は聚楽第とその近隣に散らばる秀次様家臣

の屋敷、ことごとくを封ずることもお命じになられた。手向かう者はその場で斬り殺してよいことになっている」

謀叛を起こすことなど断じてない、と思ったが武装した武人を目の当たりにして宗恂は従うしかなかった。

「吉田殿には落ち着く先を明らかにし、沙汰があるまで謹慎していただく。そこで訊くが、何処に居を移されるか」

「妻子が住まう家が嵯峨野の奥、化野念仏寺の近くにあります」

「太閤様の御裁可が下るまで、その住まいから一歩も出てはならぬ。また謹慎中は誰にも会ってはならぬ」

武将は強い口調で命ずると、

「この屋敷から持ち出すべきものがあったら退去の折、持ち出してよい。吾等はこれから市中の取り締まりに向かう。きっと申しつけたぞ」

告げると一団を率いて走り去った。

宗恂は屋敷内に戻ると茂助・熊夫妻を呼んだ。

「殿がご謀叛の罪で高野山へ追われた。この屋敷は石田三成様の手の者によって接収されることとなった。それゆえ明朝、陽が昇る前にこの屋敷を空け渡さねばならぬ。おふた方は荷物をまとめて早々に立ち退いてくれ」

「町の噂で関白様はあまり素行がよろしくない、とのことでしたが、まさかご謀叛を企てるとは」

茂助は驚きを隠せない顔でそう告げ、

「立ち退いてくれと申されてもどこに行けばよいのか。ここを追われれば勧進（かんじん）（物乞い）をして生きていくしかありませぬ。どうかお見捨てにならぬようお願いいたします」

すがるような目を宗恂に向けた。夫婦に子がないことを宗恂はふたりから聞かされている。宗恂はしばらく逡巡した後に、

「ならばわたしと共に嵯峨野に参られたらいかがか」

と誘った。

「嵯峨野にはたしか御妻女と三人のご子息がお暮らしになっておりましたな。迷惑と思いますが、そこにお連れいただけるのであれば願ってもないこと」

宗恂には妻の彩（あや）と宗達（そうたつ）、云宅（うんたく）、傅庵（ふあん）の息子がいる。

「そうしてやりたいが謹慎の身でそれは能（あた）わぬ」

「謹慎の身？　宗恂様が謹慎なさるのですか。まさか宗恂様が関白様のご謀叛に荷担していたとは」

「秀次様の御身体（からだ）を診るためにお側に召されることは何度もあった。それを謀叛荷担と疑ったのであろう。しかしわたしは謀叛には全く関わりがない。それにわたしは秀次様がご謀叛を起こしたとは思っておらぬ。ともかくおふたりをわたしの家に連れていくことは能（あた）わぬ」

「ではわたしどもは嵯峨野のどこに参ればよいのでしょう」

「嵯峨野にわたしの兄の館がある。そこで茂助殿、熊殿の落ち着き先が決まるまで泊めてもらえばよい」

「よろしくお願いいたします。これで命を永らえられます」

茂助は頭をさげて、大きく息を吐いた。

「そうと決まればふたりに頼みたいことがある。わたしはこの屋敷にたくさんの医術書を持ち込んでいる。これをふたりに嵯峨野まで運んでもらいたい」

「お言いつけ通りにいたしますが、わたしどもの身の回りの品々や衣類なども持たなくてはなりませぬ。御本はそれほど持てないかと」

熊は申し訳なさそうに頭をさげた。

「いや、それらはすべて置いていってくれ。医術書だけを運んでほしい。身の回り品は兄に頼んで新しいのを用意してもらう」

「そんなに大事な御本なのでございますか」

熊は身の回り品に未練があるような口ぶりだ。

「明からこの国に持ち込んだ医術書ばかり、貴重なものだ」

「お見かけしただけですが、医術書の数は三人で運べる冊数ではないように思えますが」

茂助が自信なさそうな顔をした。

「医術書全てを運ぶには十人がかりでも足りまい。そこでどうしても持ち帰りたい蔵書だけを選び出す。選んだ書は地を這ってでも運んでもらいたい」

宗恂はふたりを残して書庫に行くと医術書の選別にかかりきりとなった。全ての医術書を持っていきたかったが、三人、それも年老いたふたりのことを考えれば、多くを残すしかなかった。

選別が終わったのは、昼を大分過ぎた頃であった。熊が中食(なかじき)(昼食)を作って書庫まで持ってきてくれた。それを食して一息入れていると茂助が来て、

「門前に朝方、参られた女性(にょしょう)が参っております」

と告げた。宗恂は、新たに薬でも貰いにきたのかと思いながら門前に行った。

この屋敷を訪れた時と同じ姿で宇月冬は立っていた。しかも今朝持たせてやった薬を包んだ油紙を手に持っている。

「どうなされました」

「最上家の京屋敷に戻ってみますと、大勢の武士(もののふ)が屋敷を取り巻いておりました。内に入れてくださるようお願いしたのですが、『一切の出入りは禁じられている』と申すばかり。そこで関白様の側室に迎えられる駒姫様のことをお話し申し、その方のお付きの者であることを申し上げました。するとお武家のひとりが『ならばおことにも類が及ぶかもしれぬ。すみやかに立ち去るのが賢明』と申してわたくしを追い払いました。思いあぐねて最上家と親しい伊達家の京屋敷に参りましたが、なんとそこにも武士が屯し屋敷を封じておりました。しばらく身を潜めて様子を見ておりましたが開門の兆しはありませぬ。諦めて再び最上屋敷に戻りましたが、武士の数は増えておりました。吉田様に戴いた薬を無駄にすることもならず、お返し申すため再びここに参った次第。一体、最上家や伊達家のお屋敷で何が起こったのか、おわかりなら教えてくださいませ」

「関白秀次様がご謀叛の罪で高野山に押し込められたそうでございます。この屋敷にも武士(もののふ)が押しかけ、明朝までに屋敷を引き渡せと命じてまいりました」

「ご謀叛……」

「駒様は秀次様のご側室になられるお方。その故をもって太閤様の御家臣、石田三成様の兵が最上様の京屋敷を封じたのでしょう」

「姫はお輿入れ前。そのうえ一度も秀次様に御目文字なされておりませぬ」

「なれば、最上様のお屋敷の封鎖はそのうち解かれるでしょう。冬殿には京内に知り合いは居られますのか。もし居られるなら、その方の館に数日ご厄介になってみてはいかがでしょうか」

「伊達家中に昵懇の者がおりますが、その伊達様のお屋敷も……」

冬は首を横に振って、途方にくれた顔を宗恂に向けた。宗恂はどうにかしてやりたかったが、医術書のことで頭がいっぱいで冬を思いやることもできない。しばらく経って冬が、

と遠慮がちに訊いた。

「吉田様の立ち退き先はお決まりになられましたのか」

「決まっている」

「まことに勝手ながらわたくしをそこにお連れくださりませ」

思案げな冬の顔が宗恂の間近にあった。

「わたしはこの屋敷の雑事をしてくれていた老夫婦と共に嵯峨野に参ります。嵯峨野でよいならしばらくの間そこに留まってみてはいかがでしょう」

「そのお言葉に甘えさせていただきます。最上家京屋敷の封鎖が解けましたら、姫の許に戻り、父とも話し合ってお礼をいたしたいと思います」

「ほう、父上も最上様の京屋敷に居られますのか」

「父は宇月一之進と申し、留守居役としてわたくし共々京屋敷に住しております」

宗恂はなるほどと思った。冬の立ち居振る舞いには武家で育てられた娘に備わった、凛とした受け答えと礼儀正しさが垣間見えたからである。

「嵯峨野に伴うにあたってひとつ頼みたいことがあります」

宗恂はそう告げて、老夫婦に頼んだ事柄と同じことを冬に頼んだ。


宗恂、冬、老夫婦の一行が肩に食い込むほどの重い包みを背負って、嵯峨野、吉田光好の館にたどり着いたのは七月十日の昼、すこし前であった。一条通りの屋敷から嵯峨野まで大人の足で一刻半（三時間）もあれば行き着く。その道程を二刻半（五時間）も費やした。それほど四人が背負った医術書の冊数が多かったのである。

宗恂は光好の館の門前に包みを背負ったまま座り込むと、

「兄じゃ、兄じゃ」

かすれた声をあげた。すぐに下僕が現れて、

「これは宗恂様」

ただならぬ様子に驚いて、

「旦那様、光好様」

館内へ大声で伝えた。待つまでもなく吉田光好が門前に出てきた。

「宗恂ではないか。どうしたのだ」

座り込んだ姿を見た光好は手を取って立ち上がらせようと一歩近づいた。

「わたしに触れないでくれ」

「一体なにがあったのだ。ここでは話も能（あた）わぬ。館内（なか）に入れ」

「いえ、入れませぬ」

「入れぬ？　ここはおまえの兄の家。入れぬことはあるまい」

「これには理由（わけ）があります」

そう告げて宗恂は座ったまま昨日からの一部始終を光好に話した後、

「わたしは謹慎を言い渡された身。おそらく今、どこからか石田様の手の者がわたしを監視しているはず。謹慎者に手を貸せば、兄じゃに類が及ぶかもしれぬ。それゆえ館に入れぬ、と申したのです。ここに伴ってきた三名は居所がありませぬ。そこでしばらくの間、この者たちを兄じゃの館に住まわせていただきたい。冬殿と申すこの方は最上家京屋敷の留守居役を勤める武士（もののふ）の女子（むすめご）、そそうのないようお願い申す。それにこの医術書もあずかってほしい。わたしは単身で化野の家に参る」

と頼んだ。

「委細承知した。わたしに任せよ。ここより化野までは小半刻（三十分）もあれば行き着こう。謹慎中に不都合なことがあったら御妻女彩（あや）殿を通じてわたしに報（しら）せてくれ。ともかく太閤様の御裁可が良い沙汰であるよう祈るしかない」

「よろしく頼みます。冬殿とわたしのかかわりは冬殿から直（じか）に聞いてくだされ」

宗恂は立ち上がって光好に頭をさげ、化野に向かった。

（二）

宗恂を見送った光好は三人を館に伴い妻の佳乃と息子の与一に会わせた。

佳乃は三人に昼食を摂らせた後、茂助夫婦を与一に任せ、冬を館の奥庭に誘った。三百坪ほどの広大な庭の一郭に小さな庵が見える。

「冬様にはあの庵で御逗留願います」

佳乃は冬をそこへ伴った。庵は七坪（十四畳）ほどと小さく西向きに建てられている。

「この庵の名は秋水山房。名付けたのは義父。茶室として使っておりました。義父が身罷ってからは夫もわたくしも茶に縁がなく折々の客を御泊めする宿として改造しました。ですから御逗留には不便はないと存じます」

佳乃は秋水山房の縁に腰掛け、冬にも座るように促した。冬は佳乃に従って縁に腰掛ける。庭先から直ぐの所を川が流れ、対岸に濃緑の木々に覆われた小山が望めた。

「あの山は嵐山、その前を流れるのが桂川。庵は質素でございますが、それに反してここからの眺めは春夏秋冬それぞれに趣があります」

昨日から今日ここに着くまでのめまぐるしい変わりように疲れ切った冬にこの景色は心身を癒してくれるようにやさしく映った。

「こうして冬様にお目にかかれたのも何かの縁。冬様がどのような経緯で宗恂殿に伴われて嵯峨野に参られたのかはおいおいお話いただければよいこと。今の冬様はたいそうお疲れの御様子。この秋水山房でゆっくりとお過ごしなされば疲れもとれましょう」

佳乃の声は温かった。

「わたくしには与一、長因と申すふたりの息子が居りますが、娘は居りませぬ。前々から娘が居ればと思っていたのです。ここに居られる間はわたくしを母と思い、何でも言いつけてくだされ」

桂川の瀬音に混じって届く佳乃の声は冬の心にやさしく響いた。

「お言葉、心に染み入ります」

冬は嵐山から佳乃に目を移すとゆっくり頭をさげた。

「そうと決まれば吉田家のこと、冬様にお話しておきますね。冬様は夫の光好が何を商っているかおわかりになりますか」

今までの硬い口調を解いて親しげに話しかけた。

「大きな館に三つの倉。そしてこの広い庭と茶房。それにお見受けしたところ二十人を超える使用人。さぞや大きな商いをなされておられるのではと思うのですが、商う品が見当たりませぬ」

冬は思うところを告げた。

「商う物はありませぬ。夫は土倉を商いとしております。お武家から見ればはしたない商いでしょうが、嵯峨野で吉田家といえば一応名家として知られているのですよ」

　土倉とは質屋、すなわち高利貸のことである。

「父が浪々の身であった折、土倉をよく使わせていただきました。はしたないなどと思ったことはありませぬ」

「そう言っていただけると話しやすくなります」

「佳乃様は京内から吉田家に嫁いでまいりましたのでしょうか」

「わたくしは吉田宗家（本家）の出なんですよ。宗家から分家の光好殿へ嫁いだのです」

「宗家？　分家？」

「分家ですがとても近しい間柄。と申すのも宗家の吉田栄河はわたくしの父。夫の光好殿と父栄河は従兄同士。ですから夫、光好殿から見ればわたくしの父は従兄弟であり義父でもあるのです」

「それは気の置けない間柄でございますね」

「父には三人の弟が居ります。直ぐ下の弟を幻也と申しますが、その幻也の娘が与一の妻」

　冬は吉田家の系譜を頭の中で描いてみたが理解しがたかった。

「父の弟三人も分家として土倉を商っております。吉田一族は一宗家四分家ということになります」

　佳乃は冬の困惑に頓着せず続けた。

「宗恂様は土倉でなく医者、してみると宗恂様は吉田家では異端の方ということになりますか」

　冬は系譜がわからぬこともあって話を宗恂に移した。

「いえ、吉田家が土倉を始めたのは父から数えて三代前から。それまでは時々の足利将軍様の侍医に任じられておりました。宗恂殿と夫の父、つまりわたくしの義父でもある宗桂（そうけい）も名医として世に知られておりました。吉田家が名家だと言われているのは、代々、家業として将軍家の侍医を務めていたからです。今では宗恂叔父ただひとりが吉田家本来の家業である医業を引き継いでいるのです」

　代々医業で世に聞こえている一族であるからこそ、宗恂の京屋敷にはあのようにたくさんの医術書が揃っていたのか、と佳乃の話を聞いて冬は合点がいった。

「まだまだ吉田家のこと話したいのですが、お疲れでしょうから、わたくしはこれで引き取ります。また、夕餉に会いましょう」

　佳乃は縁から腰を上げると軽く頭をさげ、その場を後にした。佳乃の去りゆく後ろ姿に母を重ねてみたが、母の思い出のひと欠片（かけら）もない冬にとってそれは空しいことであった。

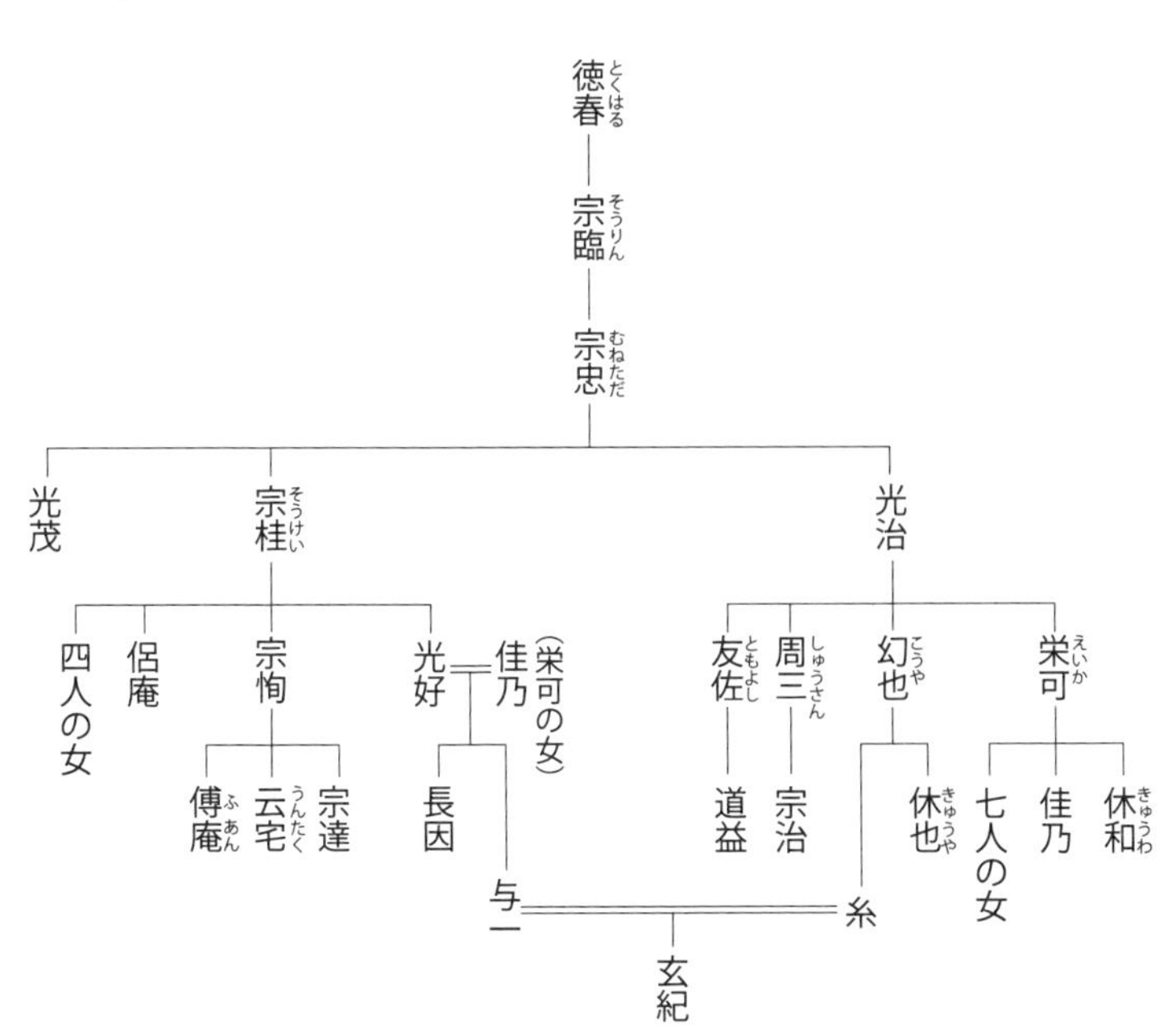

宗恂が化野に閑居して十日後、光好の館に六人の男が集まった。

吉田栄可（えいか）・休和（きゅうわ）父子、吉田幻也（こうや）・休也（きゅうや）父子、それに吉田光好・与一（よいち）父子である。

「集まってもらったのは宗恂と吉田一族にどのような御裁可が下るか、皆の思うところを訊きたいからだ」

栄可が潜めた声で告げた。

「宗恂と吉田一族の御裁可は分けて考えねばならぬ。まず宗恂だが、三つのうちのどれかになるのではないか」

幻也が思案げに言った。幻也は兄栄可より二つ下の五十九歳で吉田分家の当主を休也に譲り、隠居の身である。

「三つとは？」

栄可の息、休和が訊く。休和は四十歳、栄可から近々、宗家当主の座を引き継ぐことになっている。

「ひとつは宗恂お構いなし、二つ目は軽罪、三つ目は重罪」

幻也がすかさず答えた。

「重罪とは」

休和が聞き返した。

「遠流（おんる）か死罪」

「弟に死罪などありえぬ。お構いなしとなろう」

光好は憤然とした面持ちだ。

「宗恂は秀次様の君側と申しても過言ではない。お構いなしになることは、まずあるまい」

栄可が苦々しげに光好を一瞥する。

「よしんば弟に罪ありの御沙汰が下っても軽罰と思われる」

光好はなおも抗弁する。

「そう思いたいが、それは光好殿の願望にすぎぬ」

幻也の語調は光好の甘い考えをたしなめるかのように強かった。

「父上も叔父上も宗恂叔父は罪ありと申されるのですな」

休和が念を押した。

「そうではない。今、宗恂の置かれている立場は楽観を許されぬと申しているのだ」

息子、休和の言に舌打ちしながら栄可は苦々しげに応じ、

「楽観が許されぬのは吉田家も同じこと。吉田家は土倉の商いで関白秀次様の庇護をいただいていた。このことが秀吉様の耳にでも入っていれば吉田家も秀次様謀叛に荷担したと判じられるかもしれぬ。そうなれば吉田家に厳しい御裁可が下るやもしれぬ」

と続けた。

吉田家の二代目当主宗臨(そうりん)は土倉を始めるにあたって足利将軍が任じた京都所司代の力を借りた。以後、三代目宗忠(むねただ)、四代目光治(みつはる)、そして五代目の栄可は時々の天下人が任じた京都所司代と誼(よしみ)を通じて

庇護してもらい土倉の商いを大きくしてきた。ところが宗恂が関白秀次の侍医に任じられると栄可はその庇護を京都所司代から関白に乗り替えた。庇護してもらうなら関白の方が所司代よりはるかに土倉業に有利であったからだ。

「宗恂はともかく吉田一族に有罪の御裁可が下るようなことだけは避けねばならぬ」

幻也の顔が曇る。

「要はこのまま吾等吉田一族が何もせず御裁可を待っているだけでよいのかどうか、それを話し合うためにここに集まってもらったのだ」

栄可が幻也の後を引き取って付け加えた。

「宗家も分家も土倉の商い(あきない)をしばらく止めて、宗恂と共に謹慎してはいかがでしょうか」

光好が遠慮がちに切り出した。

「それで吉田一族は咎を受けずに済むと申すのか」

栄可の顔が険しくなる。

「それは定かではありませぬが、これを機に土倉の商いを考え直してみるのも一計かと」

「何を考え直すのだ」

「一族の商いが時々の権力者のお力を当てにせずに立ち行くよう探ってみてはいかがでしょう」

「権力者のお力を借りねば土倉と申す商いは立ちゆかぬ」

栄可は押さえつけるように言った。

「分家のわたしはそうした方々のお力を借りずに土倉を商ってきました」

光好の口調は穏やかだ。

「そのこと、かねがね苦々しく思っていた」

栄可が口の端をゆがめた。

「わたしは権力者のお力を借りることに今ひとつ心が向かないのです」

「それゆえに光好の土倉は盛んにならぬのだ。よいか光好分家の身代を大きくするには権力者の懐に入り、持ちつ持たれつの間柄になるのが肝要なのだ」

「わたしは大権現様だけを頼りとして土倉を営んできた」

「ために光好の土倉は妻子兄弟を養うだけの小商いしか扱えなかったではないか」

大権現とは、勝軍地蔵のことである。平安期、王城鎮護を願って嵯峨野北方にそびえる愛宕山山頂に勝軍地蔵を祀るお堂を建てた。後に愛宕権現堂は拡張され愛宕信仰の総本山として栄えた。

このお堂の補修費用を捻出するため寺では信者にしばしば金銭を強要した。信者には貧しい者も多い。寺はそれらの信者に土倉から銭を借りさせて寄進してもらった。寺にとって土倉を利用すれば信者から確実に補修費を受け取れたし、土倉を商う者にとっては寺が後ろ盾なので貸した信者から確実に回収ができた。ただ貸し付ける銭は微々たるもので、商いとしては労が多いわりに利は薄かった。

余談だが、明治初年、神仏分離の法によって、愛宕権現堂は愛宕神社と名称を変えた。

「わたしはそれでよいと思っております。此度の秀次様の高野山追放を聞くにつけても、時々の天下人にすり寄ると、いずれその天下人が新しい天下人に代われば、見放される危うさが伴います」

「それは宗家や幻也分家に対する当てつけか。宗桂叔父が亡くなって残された光好らの家族をわしが援助できたのは、権力者と誼を通じ、そのお力を借りて大商いができたからだ」

「そのことを言われると返す言葉もありませぬ。舅殿には常々から御援助をいただき、ありがたく思っております」

光好は崩していた足を組みなおして栄可に頭をさげた。

「土倉の商いはきれいごとではやってゆけぬ。宗家の家族は二十人に近い、それに番頭や手代、下働きの者を加えると八十人ほどになる。これらの者を飢えさせぬためには時の権力者に助けてもらわねばならぬ。これからもわしはあらゆる手を尽くして権力者と誼を通ずる所存」

「今日、集まったのは商いのあり方を論ずるためではない。宗恂の罪軽減の手立てと秀次様高野山追放の余波が吉田一族に及ぶのをいかにくいとめるかを話し合うためだ。そこでわしの案を申す。わしが耳にしたところによれば、かねてより太閤様が命じて東山に創建中だった大仏殿（方広寺）が落成するとのこと。十月吉日に大仏開眼を祝って千僧会が催されるとか。どうであろう、宗家、分家のあり銭をかき集め、奉加金としてお受け取りいただく、というのは」

幻也はそう言って一同をうかがった。奉加金とは仏堂などの造営を助成するために寄進する金銭のことである。

「わたしは父上の案でよいと思います。ただ吉田家が秀吉様に手ずから奉加金を渡せるような身分ではありませぬ。ここは平身低頭して前田様から関白に庇護者を乗り変えた非礼を謝して、お許しを得た後、改めて前田様に仲立ちをお願いし、奉加金を秀吉様にお届けしていただきましょう」

休也が声を押さえて言った。

「わたしも休也殿と同じ考え。父上、それでよろしいのでは。父上とわたしで京都所司代（前田玄以）のお屋敷に参りましょう」

栄可は息子の申し出に答えず、

「光好はどうなのだ」

渋い顔で質した。

「わたしは奉加金など寄進せず一族は商いをしばらく止めて謹慎しているのがよいと考えております」

「宗恂と吾が一族に沙汰が下るまでこぞって謹慎をいたそうぞ。そのうえで奉加金は用立てる。それでよいな」

栄可の口ぶりには抗弁を許さぬ強さがあった。

「これで吉田一族が当面やるべきことが決まった。決まったからには吾等宗家と分家は思いを一（いっ）にしていこうではないか」

幻也がそう応じて座を立とうとした時、手代が部屋に飛び込んできた。

「なぜ顔を出すのだ」

栄可は不機嫌な声で問うた。今般の集会には親族以外顔を出してはならぬ、と栄可から使用人へ申し渡してあったからだ。

「火急でお報らせしたほうがよろしいかと思い、京内での商いを放り出して戻ってまいりました」

「話してみよ」

「関白秀次様と御家臣数名の首が三条橋西詰に晒されました」

手代の声は怯えのためか震えていた。

（三）

冬が秋水山房に身を寄せて一ヶ月近くが過ぎようとしていた。

冬はそこで何もすることがないままに、いつ山房を辞そうかと思いながら明日の見えない日々を送っていた。

「冬殿、えらいことになりましたぞ」

そう言って秋水山房を訪れたのは光好だった。

「明日八月二日、秀次様の御正室様、側室様方らが鴨川の三条河原で秀次様の御首と決別の儀なるものが催されるそうだ」

「その儀に姫はお顔をお見せになりましょうか」

「駒姫様は一度も関白様に御目見得（おめみえ）なさらなかったのでしたな」

「御目文字はしておりませぬ」

「ならばその儀に参列なさることはありますまい」

「それにしても決別の儀が何ゆえに三条河原で催されますのか。儀は京人に関わりのないこと。明日、三条河原に参り、この目で見極めてまいります」

「冬殿はここでお待ちなされ。おそらく三条河原は大勢の京人でごった返すであろう。駒姫様のことはご心配であろうが、出羽の大大名の姫君であってみれば最上家で何らかの手は打ってあるはず。お屋敷の閉門も決別の儀が終われば解かれよう。冬殿が駒姫様にお会い叶う日もそう遠くないと思われます」

冬は光好に無言で頭をさげた。


文禄四年（一五九五）、八月二日、吉田光好が自邸を出たのは早朝だった。行く先は京の東端を流れる鴨川である。ゆっくり歩いても一刻半（三時間）あれば行き着く。外気はまだ夜の涼味を含んでいて暑さは感じられなかった。

早起きの里人がすれ違いざまに挨拶をしたが、光好は気づかずに行き過ぎた。光好は桂川左岸に沿う道を下流に向かって五町（約五百五十メートル）ほど進んで三叉路に行き着いた。真ん中の道を選んで三条通りに入る。この道をどこまでも東に進めば鴨川にかかる三条大橋に達する。昇ったばかりの太陽が三条通りを進む光好の前方にあって双眸（そうぼう）を射た。光好は目を細めて陽をやり過ごす。三条通りの西の起点となるこの界隈は見渡す限り畑である。早朝にもかかわらず百姓たちが畑に出向いて、京内に出荷する秋野菜の取り入れに精をだしていた。畑を分けて路はどこまでも東に続いている。

光好は口をかたく結んで歩き続ける。小半刻（こはんとき）（三十分）ほど進むと道の両側は畑地から民家や商家に変わった。南北に走る千本通りと交わる辻を横切って東に進むと堀川通りと直交する京の中心部に入った。いつもならこの界隈の商家は店を開けて品物を並べ、店の者が通りを行き交う人々に売り声をあげて、かまびすしく誘いかけているのだが、今日は店を閉じている。しかし三条通りは人の流れが絶えず、皆、光好と同じように鴨川へと歩を運んでいる。三条大橋に近づくに従って人の数は増えていった。

三条大橋の西詰に秀次の首が晒されているはずだった。光好は人の流れに沿って西詰まで歩を進めた。そこに秀次の首はなかった。

光好は鴨川の堤防に通ずる脇道に入った。この脇道も人であふれていた。人々に押されながら堤の頂に行き着く。そこから三条河原が見下ろせた。いつもなら人影はまばらであるのだが、今日は人で埋め尽くされていた。よく見ると河原の一ヶ所が竹矢来で囲われて、人が近づけないようになっていた。光好は堤防から河原に降り、人をかき分けて竹矢来に近づく。

「これより前に出てはならぬ。さがれ」

竹矢来に沿って百人を超える警護武士たちが槍を水平に構えて並んでいた。すでに竹矢来の回りは人で埋めつくされていて、後ろから押された者が警護武士の警告に逆らうように前に出る。

「ならぬ、さがれ」

警護武士の威嚇の声が大きくなる。

光好は背後から押す人の勢いに抗して足を踏ん張り、かろうじてその場にとどまった。

竹矢来の内側に四間（七メートル二十センチ）四方ほどの穴が掘ってあった。穴の深さは一間半（約二メートル七十センチ）ほどである。そこに数名の武士と非人らしき者十名ほどが屯（たむろ）していた。

陽はすでに頭上高くに上っていて、あたりは強い陽光と群衆の人いきれでむせ返るような暑さだった。人々はこれから竹矢来の中で繰り広げられる、秀次の首と奥方らの決別の儀がどのような形で行われるのか興味の目を向ける。

しばらく待っていると一町（約百十メートル）ほど上流の河原から群衆を割って武装した一団が竹矢来に近づいてきた。人々が一斉に一団に目を遣った。

一団の先頭は槍を捧げ持った男だ。槍先になにやら黒い球のようなものが刺さっている。光好はその場を動かずに一団が近づくのを待つ。先頭の男の顔が鮮明に見えるまで近づいた。光好は槍先に刺さった球が首であることに気づき、息を呑んだ。

首は日が経っているのか、黒く変色し鼻は腐れ崩れていた。一団を警護する武士が押し寄せる人々に、道をあけるよう怒鳴る。一団の数は二百人を超えているかもしれないと光好は思った。

「前をあけよ」

警護武士が大声をあげると一団の前に一筋の道が開けた。

「ひとりだけ馬に乗っている者が居る。あれは誰だ」

「石田様だ」

「太閤様、お気に入りの三成（みつなり）様か」

「なんと立派な出立（いでだ）ちよ」

ささやく人々の声が光好に届く。

「馬の後に続くのは女たち」

横に立つ男の声。光好は背伸びして馬の後方を見る。きらびやかな装束を纏った女性たちだ。女性たちが光好の方へ近づき通り過ぎた。皆、髪を短く切られて肩先に届くほどしかない。高家や武家の女性は髪が背中の中ほどに届くほど長い。肩先しかない女性の姿は、異様に見えた。女性の数は四十名ほどか。中に幼な児も混じっていた。

「あの方々は関白様の奥方様や御側室」

一団は竹矢来で囲われた中へ入った。竹矢来の中央には荒筵が敷いてある。女性たちは荒筵に座らされた。そこに首を刺した槍を持った男が立った。

馬から降りた三成が群衆を見まわす。

「謹聴、謹聴。これより石田様より伝えることがある」

三成の脇を固める武士が大声をあげる。私語を交わしていた群衆は瞬時に口を閉じ、耳を三成に傾ける。

「太閤様の命により、これより決別の儀を行う」

三成はそこで言葉を切って、群衆の反応を確かめる。演技がかった仕草に光好は嫌悪を覚えながら息を詰めて三成の次の言葉を待つ。

「その錆槍に突き刺された生首は関白秀次様。妻妾方はとくとご覧じろ」

一瞬にして群衆はどよめき、改めて首に目を遣った。三条大橋西詰に長い間晒されて黒ずんだ皮膚と虚ろとなった眼窩から秀次を想起させるものは何ひとつなかった。

数名の側室が失神して昏倒した。

「何故、秀次様はこのようにさらし首になったか、方々にお聞かせ申す」

三成は妻妾らを睥睨（へいげい）した。

「七月十五日、関白は高野山で腹を召された。関白は太閤秀吉様の忠言に耳を貸さず、愚行をくり返し、挙げ句、太閤様を逆恨（さかうら）みなされて謀叛（むほん）を企てた。そればかりではない、秀次には謀叛のほかに様々な不行跡があった」

三成の声は頭の芯に突き刺さるように高い。その声で淀みなく秀次の不行跡を次々にあげつらっていった。そして最後に、

「逆賊秀次は犬畜生にも劣る。この行いを諌（いさ）めることもせずに共に不行跡を行った妻妾らも同罪である」

と断じた。

〈関白様から秀次様、秀次様から秀次、秀次から逆賊〉光好はひとり言（ご）ちて顔をゆがめた。

秀次は、聚楽第に入った当初、秀吉から政権を譲られた天下人として〈関白様、左大臣様、秀次公、秀次様〉と全ての大名、武将から呼ばれた。そのなかに三成も入っている。それが〈逆賊秀次〉と平然と呼び捨てる三成の豹変に胡散（うさん）臭さとあざとさを感じて光好は身震いした。

三成は一歩後ろに下がると、

「大雲院貞安（じょうあん）和尚殿、これへ」

と命じた。すると一団の中から墨衣に身を包んだ僧が進み出て、荒筵の片端に立った。

和尚の左腕には一尺（約三十センチ）ほどの木像の地蔵尊が抱えられている。

「一の台の局殿、お立ちあれ」

三成の声がさらに高くなる。一見して非人とわかる男が筵に座している妻妾のひとり（一の台の局）を背後から無理矢理立たせると矩形に掘られた穴の縁までひきずるようにして引き立てた。それから非人は局を土の上に正座させると貞安和尚に目線を送った。それを合図に和尚は局に地蔵尊を向け、右の掌を垂直に立てて経文を唱えた。経はきわめて短かった。和尚は立てた掌を解いてその場から数歩退く。入れ替わりに襷掛けをして股立ちをとった武士が局の背後に廻った。武士は足取りを固め、腰に差した大刀を抜いた。非人が局の後ろ髪を摑んで身体を前こごみにさせ、首の後ろを晒す。すかさず武士が大刀を上段に構え、

「むっッ」

一気に切り下ろした。

この時、光好は初めて、〈決別の儀〉とは、秀次の生首と正室、側室および秀次の子女が決別するのではなく、三十九名がこの世と決別する儀式であることを理解した。

（四）

「次々に地蔵尊を拝まされ、首を刎ねられて穴に投げ込まれた。年端もいかぬ五名の子女は秀次様の御子。女性は三十四名。駒姫様は十一番目に呼ばれました。地蔵尊にかすかに頭をおさげになり、悠揚として冥土に旅立たれました。立派な御最期でした」

その日、京より戻った光好は冬に三条河原での惨事を告げて深いため息をついた。

「なんとおいたわしい。わたくしがその場に居れば、命に代えてもそのような理不尽な仕打ちを止めましたのに。三条河原に赴かなかったのが今さらながら悔やまれてなりませぬ」

まるで光好が駒姫を助け出さなかったことを責めるような口ぶりだった。

「これは地獄での出来事。この世の者が見てはならぬものであった。集まり来たった京人たちの多くは正視に耐えられず嘔吐し、中にはあまりの衝撃に卒倒し息絶えた者さえ居りました。おそらくわたしは今日の惨事を死ぬ間際まで覚えているにちがいない。冬殿をお連れしなくて幸いでした」

「わたくしは姫の御最期をこの目に焼き付けておきたかった」

冬は唇を噛んで悔しさをにじませ、

「この先、最上家はどうなるのか」

と呟いた。

「三条河原から戻る途中、最上屋敷の様子を見てまいった。門は閉ざされて、人の気配はありませなんだ」

「お屋敷の方々は出羽山形に退去なされたのかもしれませぬ」

「冬殿のお父上、宇月様は山形のお方か」

「いえ、父は京の住人。松永弾正(だんじょう)久秀様にお仕えし、三千石をいただいておりました。織田信長様に松永様が亡ぼされて後、父は浪々の身となり京に居残りました。長い浪々の後、最上義光(よしあき)様に召し抱えられ、二千五百石の扶持(ふち)をいただくことになったのでございます」

秀吉は大坂に城を築いて軍略拠点と為した後、京に聚楽第を建てて政治(まつりごと)の中枢地と定め、京の町筋を改造した。改造例のひとつは全国の大名に命じて聚楽第の近隣に屋敷を建てさせたことである。屋敷に大名の近親者（子女や妻妾）を居住させて人質としたのである。

最上義光も秀吉の命に従って京に屋敷を構え、そこに正室を住まわせた。出羽に根を張る最上家にとって京の地は異国に等しい。そこで京に詳しく、屋敷を切り盛りできる人物として冬の父、宇月一之進を留守居役として召し抱えた。一之進にとってそれは赤貧の暮らしから脱する千載一遇の機会だった。

「お母上は？」

「松永様が籠もった信貴山(しぎさん)城（現奈良県生駒(いこま)郡平群(へぐり)町）が信長様の兵によって攻め滅ばされた折、逃げ遅れて亡くなりました。わたくしが三歳の時でした。以来わたくしを育ててくれたのは爺父(じいや)」

冬は顔をゆがめた。

「その御老人も最上屋敷に住まわれておりましたのか」

「父と爺父、それにわたくし、いつも一緒でした」

冬は爺父のことを思い出したのか、顔の表情をゆるめ、

「光好様にとっては閉居中の宗恂様の方がずっと気がかりなことでした。こちらの事ばかりお話し申

して、はしたないところをお見せしました」

そう言って下を向いた。

「これは宗恂ひとりを案ずればよい、ということではない。秀次様の妻妾と縁のあるお大名、秀次様の御家臣、そして吉田家のように秀次様のお力を借りて商いをしていた商人(あきないびと)の存亡に関わることなのだ」

「いずれにしましても、父は武士(もののふ)として生き残れぬ側で生涯を終えるのかもしれませぬ」

主君が敗死であっても秀次のような理不尽な死であっても仕えていた家臣らは主君と共に死を選ぶか、あるいは浪々の身となるかのどちらかしかないのかもしれない。その武士の娘である冬の行く末は決して平坦ではなかろう、と光好は思った。

（五）

「京の辻々に高札が立ちました」

所用で京内に赴いていた光好分家の手代が光好の屋敷に走り込んできたのは、三条河原の惨事から十日過ぎた八月十二日の昼であった。光好が、何の高札か訊くと、

「秀次公の謀叛に荷担した方々の名とその罪科を記した高札でございます」

と告げた。

「高札を読んだのか」

「それが一刻も早く光好様にお報らせいたそうと思い、読まずに戻ってまいりました」

「では宗恂の名があったか否かは不明なのだな」

光好は部屋を出て秋水山房に冬を訪ねると、

「秀次様謀叛に連座した方々の名が公になったとのこと。これから京に参る。ご一緒願いたい」

告げると冬と共に高札場に向かった。

歩きながら光好は、宗恂と吉田家の名が高札に記されていないことを祈り続けた。

三条通りと千本通りの交わる辻に人だかりがしている。光好は人波をかき分けて前に進む。その後に冬。人々の頭越しに大きな高札が望めた。光好は高札に記されたひと文字、ひと文字を目で追っていく。しばらくして、冬がうめくような声をあげた。

「如何した」

光好が訊いた。

「最上の殿様の御名があります。しかしながらどのような処罰となるのかが記されておりませぬ」

高札には最初に死罪の者の名、次に謀叛に加わった者らの名が列記してあるだけだった。

「高札は京人におおまかの事柄を報しめるもの。仔細については記せぬのであろう」

光好は宗恂と一族の名が記されてないことに安堵しながら言った。

落胆の冬を伴って辻から離れると、

「一刻も早く皆に伝えたいが、ここまで来たのだ、聚楽第の様子を見に参ろうと思うが、冬殿はどうなされる」

「わたくしもお供いたしとうございます。途中、最上屋敷の前を通るはず。お屋敷に家中の方々が戻っていればよいのですが」

ふたりは千本通りを東に小半刻ほど歩いて、最上屋敷に着く。

門前に人影はない。光好は大門の脇に付けられた通用口まで行って、小扉を叩き、応答を待った。返答はない。数度繰り返したが館内は森閑として人の気配は感じられなかった。冬を見ると悲しげな顔をして首を横に振った。その場を離れて千本通りを東に向かう。しばらく歩くと通りは荷車や職人の往来でにぎわしくなった。荷車には崩れるばかりに積み上げた木材が載っている。

「この通りのどこかで家普請でも始まったのでしょうか」

「いや、荷車に積まれている木材はどこかのお屋敷を解体したものらしい。どれもこれも塗装されて豪奢なものばかり。まさか」

そこで光好は言葉を切った。

「まさかとは？」

「まさか、聚楽第を取り壊しているのでは」

光好は急に歩を速めた。聚楽第の方から鎚（つち）やカケヤを叩きつける音が響いてきた。光好と冬は更に歩を速めて聚楽第に近づいた。人だかりがしている。

聚楽第の大門は跡形もなかった。それればかりではない、殿舎の巨大な石垣も粉々に砕かれて、荷車に載せられ運び出されていた。

「益のない愚かなことだ」

光好は吐き捨てた。

「秀吉様は秀次様にまつわる悉くをこの世から消すおつもりなのですね。そのなかに姫も……」

冬が呟いた。

翌日、栄可の屋敷に宗家、分家の主だった者が集まった。その中に処罰を免れた宗恂の顔もあった。

「今朝方、前田玄以様から吉田家と宗恂に沙汰なし、との文が届いた。前田様には大仏開眼の奉加金を太閤様にお届けくださるようお願いしたが、その際、別個に相当な賂を玄以様宛にお渡ししてあった」

栄可の顔にはその賂が功を奏したのだ、という表情がありありと出ていた。

「ここに蓑輔を呼んである。皆が存じているように蓑輔には土倉で欠かせぬ探索方を担ってもらっている」

そう告げて栄可は一族の後ろに控える蓑輔を傍に呼んだ。

土倉業すなわち金貸し業は高い金利で金を貸す商い。貸す際に宗家では借り手に二つの要件を課した。ひとつは貸し出す銭に価する物品（質草）を担保として提供できるという要件である。

質草は損傷や盗難を避けるために倉に保管した。その昔、倉の壁は簡易な板張りであったが、時代が進むにつれて防火盗難防止の必要から土壁（土倉）になった。やがて金貸し業を営む多くの者が土壁の倉を備えるようになった。このことから金融業者を土倉と呼ぶようになった。

もうひとつは身分出自に不審がない、という要件である。

しかしこの二要件を守ってばかりはいられなかった。

秀吉が聚楽第に居を構えると、諸大名が競って京に屋敷を造った。なかに質草なしで借りようとする者も居た。そうなると諸大名の家臣等が引きも切らずに吉田宗家に銭を借りに来るようになった。それでは商いとしての間口を自ら狭くすることになる。そこで質草のない武士が信用のおける者か、あるいは返済金を肩代わりしてくれる縁者が居るか等を洗い出し、回収の目途がたてば、貸し出すことにしていた。そうした武士の身辺調査をする役目を蓑輔が担っていた。従って蓑輔は大名の内情に精通していた。

「わしは蓑輔に秀次様謀叛の一連について探索するよう頼んだ。蓑輔から探り当てた諸々を話してもらう」

栄可は蓑輔に頷いてみせた。

「決別の儀から十一日が過ぎ申した。京人はあの惨事をすっかり忘れたかのように、誰も口の端にのせぬ」

蓑輔が素っ気なく告げた。

「真、京人は忘れてしまったのか」

幻也が信じられぬ、と言った顔を蓑輔に向ける。

「忘れるわけがござらぬ。京人はあのような惨く理不尽な仕打ちを見たくなかったのでござろう。目に焼き付いた光景を拭い去ろうと努めてもおぞましさが増すだけ。消し去るには、見なかったことにして口を噤むしかござらぬ。今、京人の間では、あのようにして天下を取り戻した太閤様の世が果たして長続きするか否かの噂でもちきり」

「高札ではおよそのことしか記されていなかった。そこで蓑輔殿には秀次様に連座した方々を探索して知り得た諸々のことをお話し願いたい」

光好が頼んだ。

「まずは吉田宗家並びに宗恂様がお咎めなし、であったこと安堵いたしました。同じ侍医であった延寿院玄朔様は遠流となり申した。このことを思えば、宗恂様が無罪となったのはおそらく前田様のお力と思われる」

「大仏開眼の奉加金が功を奏したのだな」

栄可が満足げに一同を見まわす。

「秀次様に仕えていた侍医はわたしを入れて三名。そのひとり、玄朔殿が遠流とは……。栄可殿をはじめ幻也殿らに大変な散財をおかけしました。わたしが咎なしとなったのは前田様の働きかけもあったのでしょう。これでわたしが勝手に動き回れるとは思っておりませぬ。しばらくわたしは京内に足を向けず、嵯峨野で医業に励む心積もり」

宗恂は同じ侍医仲間が罪人となったことに強い衝撃をうけた。延寿院玄朔は三人の侍医のなかで最年長であり、秀次をわが子のように慈しみ、秀次の便を毎朝、欠かさず目視して、秀次の健康管理に人一倍熱心だった。それゆえ秀次と接する機会が三人の医師の中で一番多かった。それが秀次の謀叛に荷担した、と受け取られたのかもしれない。そうだとすると、秀次謀叛に与(くみ)したと目された人の中には玄朔のように無罪の者も幾人かは含まれているに違いない、と宗恂は思った。

「死を命ぜられた方々は東福寺の玄隆西堂和尚、小姓で十九歳の山本主殿(たのも)様、同歳の山田三十郎様、十七歳の不破万作様それに三十七歳の雀部淡路守重政様。それらの首は秀次様の首と共に福島正則様らによって高野山から伏見城に運ばれ、太閤様の首実検の後、京三条大橋西詰に晒されたのでござる」

「吾等はあたかも秀次公が謀叛を企てたかの如くで話を進めているが、果たしてそうであろうか。このこと蓑輔殿はどう思う」

光好には未だに秀次謀叛が信じられない。

「話は二年前にさかのぼるが、正親町(おおぎまち)上皇崩御の折、喪に服さねばならぬのに、秀次様はこれを無視して鶴を殺して食し、相撲を興行し、比叡山に狩に出かけるなどの不謹慎があり申した」

「二年も前の所行をもって謀叛と呼ぶのはいささか無理があるように思えます」

宗恂が抗(あらが)うように口を入れた。

「新しいところでは先々月、すなわち六月三日、秀次様は朝廷に莫大な金銀を献上なさり申した。このこと宗恂様はご存じか」

蓑輔の口ぶりは自分(おのれ)の探索力を誇示するかのようだ。

「存じている。殿（秀次）は古典や能に精通しておられた。今上帝(きんじょうてい)（後陽成天皇）も古典や能に造詣深いお方。献金はそれらに資するためのもの、そうわたしは聞いている」

「宗恂様は秀次様のお近くに居られたお方。おそらく秀次様の献金はそのような意図であったのでしょう。さりながら秀吉様はそう思し召さなかった。献金は秀吉様と争った折、今上帝が秀次様に御味方なさるようにとの思惑があったからだ、と秀吉様は断じられたのでござる」

「それは表向きの理由に過ぎぬ。秀吉様にはあることを契機に秀次様が邪魔になったのだ」

さも意味ありげな宗恂。

「宗恂様の申されるとおりでござる。周知のように秀吉様には淀様との間に鶴松様という御子が居られた。その鶴松様が早世なされて秀吉様の血を受け継ぐ後継者が居なくなり申した。秀吉様は甥の秀次様を後継者と定め、お住みになっていた京、聚楽第を去って伏見に隠居いたした。ところが隠居して一年も経たずに淀様が再び御子をお産みあそばした。お拾い（秀頼）様でござる。秀吉様にとっては血を分けた御子。自分の跡を嗣がせたいと思うのは人情というもの。そこで一度譲った天下人の座を取り上げてお拾い様にお与えすることにお決め直したのでござる」

蓑輔の声はあたりを憚るように低かった。

「なるほど蓑輔の申す通りかもしれぬ。だが決め直したからと申して秀次様を殺すことはあるまい。秀吉様が誠意を持って秀次様を諭され、京から離れた領地の大名にでも任ずれば済むことではなかったのか。それが秀次様ひとりの死では飽きたらず一族を根こそぎ殺し尽くすとは」

幻也が得心し難いといった顔をする。

「僕もなぜ秀吉様がそうなさらなかったのか、腑に落ちぬのでござる」

蓑輔が首をかしげた。

「昔の秀吉様なれば時をかけて秀次様をお諫め申したに違いありませぬ」

宗恂がきっぱりした口調で言った。

「昔の秀吉様？　今の秀吉様と何か違うところでもあるのか」

幻也が口を尖らせる。

「秀吉様は二年ほど前から老いによる惚けの症状が始まっている、とわたしは見立てておりました」

「惚け、だと。惚けるには早すぎる」

思いもよらぬ言葉に栄可は戸惑った。

「惚けの症状の顕著な例のひとつは、周りのことを一切構わず自分の欲望の赴くままに振る舞う、ということです」

宗恂は確信ありげに答えた。

「秀吉様の侍医でもない宗恂に秀吉様のお身体のなにがわかると申すのだ」

栄可は承伏しがたいといった様子だ。

「三年前、太閤様は十数万の兵をもって大陸（朝鮮、明）を攻め滅ぼし、自らが大陸の国王になろうとなされました。そのような大軍を大陸に送るのであれば、朝鮮、明の国情、地形や天候、武具の調達、兵糧の補給路の確保をどのように行うか等を調べ上げ、その上で勝算があるか否かを吟味することがなによりも大事。ところが太閤様はそのような調べをほとんどなさらずに、九州、名護屋に壮大な城を築いて、そこから十万を超える兵を朝鮮に送り出しました」

「秀吉様が調べもせずに兵を送り出すような無謀をなさるはずがない」

「もしお調べになっていれば、朝鮮に兵など送らなかったでしょう」

「調べて勝算があったからこそ、兵を朝鮮に進めたのであろう」

「今、朝鮮で十万余の兵が負け続けている、との噂が京内に聞こえている」

栄可と宗恂の遣り取りに蓑輔が割って入った。

「秀吉様とて神ではない。戦に負けることもあろう」

栄可が言いつのる。

「いえ、太閤様は負けるような戦はしませぬ。いつの戦でも敵情を探り、用意周到に作戦を練り、勝利に結びつけています」

宗恂が引き取った。

「用意周到であっても負ける時は負ける。それが戦というのもではないのか」

栄可がじれて声を荒げた。

「朝鮮、明への出兵は無謀そのもの。このように無謀な戦を仕掛けたのは太閤様の惚けによるもの」

宗恂は一言ひとことと区切るように告げた。

「信じられぬ。秀吉様はわしより若いのだぞ」

「なるほど栄可殿は今年六十一歳で惚けておりませぬ。それより三つも太閤様は若い。だからと申して太閤様が惚けないとは限りませぬ。人は生まれ育った境遇で惚けが早まることがあります。織田信長様、徳川家康様、前田利家様の出自はお武家。ところが太閤様はお武家の生まれではなかった。幼い頃より人一倍、いや百倍も身を粉にして、ご主君に仕え、身体に鞭打って働きに働いた末に天下人になられました。ために五十五歳を超えたとき、一気に老いが太閤様を襲ったのです。それはお身体だけでなく、ものをお考えなさる力をも老いさせたのです」

　宗恂が告げたのは、今で言う、認知症のことである。幼少の頃からの厳しい労働と当時の栄養価の低い食べ物は、現今よりもずっと早く老いを進行させた。宗恂はそれを医師の立場から見抜いていた。

「老いによる惚けが、秀次様とその係累ことごとくを葬り去ったと、そう宗恂は申すのだな」

　栄可はひとつ身震いして宗恂を垣間見た。

「わたしの医師仲間で太閤様の侍医に召し抱えられた者が密かに教えてくれたことですが、太閤様は惚けただけでなく、御身体の老化も激しく、立って歩くのがやっとのこと。今、朝鮮で戦っておられる肥後守（加藤清正）様や他の武将が虎を退治して、それを太閤様の許に送り届けた、という武勇もどきの噂は皆もご存じでしょう」

「武勇もどき？　もどきでなく武勇であろう」

　栄可が口をへの字にした。

「京内では猛将清正様の武勇伝として噂になっており申す」

　蓑輔も栄可に同意する。

「たしかに虎退治は武勇でしょうが、清正様が虎を鎌形槍で突き殺したなどは流言にすぎませぬ」

　宗恂はふたりを交互に見て、首を横に振った。

「中国医学では古来より、虎の肉は強壮薬として知られています。老衰し、惚けの始まった太閤様に精をつけてもらおうと、太閤様の侍医たちが朝鮮に出兵した武将に頼んで虎の肉を伏見（秀吉居住の城）に送るよう頼んだのです。それに応じた清正様や他の武将が虎を捕獲、あるいは種子島銃で撃ち殺して伏見に送ったのです。太閤様は虎の肉を喜んで食したそうですが、送られてくる虎は一頭や二頭ではない。食傷した太閤様は虎の肉を見ると横を向いて、不機嫌になられたとのこと。そこで侍医らは、もう虎を送らなくてよい、と清正様らに文を送ったそうです。つまり、虎退治は単に太閤様の老化や惚けを治すための薬草採取と同じこと。侍医らが清正様らに頼んで虎を殺させただけのことで武勇伝などではありませぬ」

「して虎の肉を食した秀吉様は御壮健になられ、惚けも改善したのか」

「さて、効き目があったのか、なかったのか。ただひとつ申せることは、太閤様は豊臣家の行く末に思いを馳せることもなく、お拾い様のかわいさだけに目を遣って、甥の秀次様一族を根こそぎ抹殺した、ということです」

宗恂は眉のあたりをかすかに曇らせた。

「ここ二年、吉田一族は関白様の庇護の下で土倉の商いを広げてきました。関白様亡き今、吉田家は新たな後ろ盾に誰を選ぶのか迷っているやに見えますが、迷うことはありませぬ。再び前田様をお頼りなされればよいのです」

やや経って幻也の息、休也が思うところを述べた。

「妙案だが一度前田様を見限っているのだ。おいそれと前田様がお許しになるとは思えぬ」

幻也はあまり気乗りしない感じだ。

「前田様は宗悔叔父の助命にお口添えをしてくだされたではありませぬか。大枚な賄（賄賂）をお渡しすればお受けくださるのでは」

休也が言い返す。

「兄じゃは倅（休也）の言い分をどう思われる」

「それしかなかろう」

栄可の目が細くなる。乱世をしたたかに生き抜いてきた吉田一族の血が栄可の細められた眼光に宿っていた。

「そこで光好分家に訊くが、過日の集まりで権勢者に誼を通じることを嫌っていたが、此度の決めに異論はないか」

栄可は黙している光好を咎めるように聞き質した。

「今もその考えに変わりはありませぬ。京都所司代の前田様は此度の秀次様処罰に石田三成様、福島正則様らと共に深くかかわっていると聞き及んでおります。その秀次様の侍医であったのが宗悔。宗悔はわたしの弟。そうしたことを考えれば、わたしの分家が前田玄以様にすり寄るわけにはまいりませぬ」

光好は固い表情のままで告げた。

「すり寄るとは嫌味なもの言いだが、光好分家の内情を慮れば、宗家や休也分家と足並が揃わぬのも仕方あるまい」

栄可はいささかむっとした口ぶりだった。

「わたしも父と同じ考え。わが分家が加わらなければ、前田様の吉田家に対する心証もいくらかは良くなりましょう。わたしは父と手を携えて今まで通り愛宕権現を頼りに土倉を続けていく所存。今はただ、宗恂叔父が無罪であったこと、その無罪は吉田一族が金銭を集めて前田様を通じて太閤秀吉様に大仏開眼奉加金を献上し、それが功を奏したことに安堵の思いでいっぱいです」

今まで口を閉じていた光好の息、与一の口調は淡々としていた。与一は四年前、二十歳の時、休也の娘、糸を嫁にしている。血の濃さは親族のなかでも特に強い。

「これで吉田一族の執るべき道が決まった」

栄可が息をととのえて、一同を見まわし、座を立った時、

「しばらくお待ちくだされ」

蓑輔が両手を前に出し、皆を留めた。

「言い足りぬことでもあるのか」

栄可が座り直した。

「光好様のお屋敷に最上家に仕えていた女性(にょしょう)が御逗留なさっておられるとか」

蓑輔が誰に訊くともなく皆を見まわした。

「冬殿のことか?」

光好はなぜそのようなことを蓑輔が言い出したのかわからない。

「おそらくその方だと思われる」

「冬殿がどうかしたのか」

「その方にお会わせいたしたき者がおり申す」

「その者は何処に居られる」

「館の庭に待たせており申す」

「ならばここへ連れてきてくれ。与一、秋水山房に参って冬殿をここにお越し願え」

光好は手際よくふたりに命じた。ふたりは座を立つと部屋を後にした。

待つまでもなく与一が冬を伴って戻ってきた。

冬は吉田一族の主だった顔ぶれに臆することもなく、勧められた円座に座った。

そこに蓑輔が年老いた男を連れて戻ってきた。冬は老人をひと目見るなり、

「爺！　爺父（じいや）ではないか。無事であったのか」

声をあげて老人ににじり寄った。

「お冬様こそよくご無事で」

老人は今にも泣きそうな顔で冬の手を握った。

「なぜ、ここに？」

冬は老人の手を握り返しながらいかにもうれしそうに相好をくずした。

「その理由（わけ）は僕（やつがれ）からお伝え申そう」

蓑輔がふたりを分け、

「僕には関白様の妻妾方の理不尽な最期が哀れでなりませなんだ。そこで妻妾方が埋められた塚に密

かに詣でて冥福を祈るようになった。密かにと申したのは塚に詣でているところを石田様の手の者に見つかれば咎められるからでござる。それが証には塚に僕の外、誰ひとり近寄る者は居らなんだ。ところが昨日、塚に参ると傍に小さな葦小屋が建っており申した。近づくと中から老爺が出てまいったのでその者に、『このような所に小屋を建てると謀叛人の係累に思われますぞ』と忠告いたした。するとその者は、『あるお方がここに参るのではないかと思い、小屋を建てて現れるのを待つ所存』と申してその場を去ろうとせぬ。そこで『待っている方はこの塚に縁の者か』と訊いてみた」

　そこで蓑輔は話すのを止めて老人に目線を送った。老人はその後を受けて、

「そう訊かれましたので、わたしは思わず、首を縦に振ってしまいました。するとこの方すなわち蓑輔様は『直に見知っているわけではないが、ここに埋められたお方に縁のある女性を存じている』と申すではありませぬか。わたしはからかわれたと思い、小屋に入ろうとしますと、『聞くところによると、そのお方は最上様の京屋敷に仕えていたらしい』と申したのです。わたしがその方の名を訊きますと、『名は知らぬ。心当たりのお方か否か確かめたかったら、明日、早朝、嵯峨野、吉田家の屋敷を訪ねてくれれば、会えるよう手筈をする』と申してくだされたのです」

　そう告げて、蓑輔に改めて深く頭をさげた。

「そのお方がそこもとのお探ししていた冬殿。まるで奇跡のような話ではないか」

　栄可が顔をほころばせた。

「わたしは冬様のお父上、宇月一之進様に仕えております鏑木作左衛門と申す者」

「爺父、最上屋敷で何が起こり、また父上は今、どうしておられるかを話してたもれ」

冬は急（せ）くように頼んだ。作左衛門は口を固く結んで、かすかに顔を曇らせた。

「吉田宗恂様のお屋敷に参られる冬様をわたしが最上屋敷の門前でお見送りいたしましたのは七月九日の早朝でした。わたしはそれからいつものように門前を掃き清めておりました。するとそこへ物々しい出で立ちをした五十名ほどの武士が現れ、『この館を取り仕切る者にここへ参るよう伝えよ』と申すではありませぬか。わたしはその傲岸（ごうがん）なもの言いに怖（お）じて屋敷内に駆け込み、一之進様にこのことをお伝え申しました。一之進様は首をかしげながら門前に赴きました。すると武士のひとりが、『われは石田治部少輔（じぶしょうゆう）の家臣、大野と申す。最上義光殿の御息女をさるところにお連れ申す。ここにお出し願いたい』と言ってきたのです。一之進様は、『姫は関白秀次様に近々お輿入（こしい）れなさる。何故（なにゆえ）、そこもとらに渡さなければならぬのだ』と怒りをあらわにいたしました。すると大野様は、『関白様の御謀叛が露見いたし、高野山に送られた。ついては関白様の御妻妾に縁（ゆかり）のある方々の屋敷を閉門し出入りを禁ずることになった』と耳を疑う言葉。一之進様は、『姫をお渡しすることも閉門することもお断り申す』と胸を張りました。ところが大野様は鼻先でせせら笑うと『お手前の胸中など聞いてはおらぬ。これは太閤様直々のご命令じゃ』そう申して、わたし共々一之進様を館内に追いやりました。この日から大門どころか小門全ても閉じられ最上屋敷は封鎖されました」

「駒様は？」

冬は作左衛門の身体にふれるほど近寄った。

「一之進様は駒姫様がお熱を発して伏せっておられることを申し、屋敷に留めるよう大野様に懇請いたしました。その願いは聞き入れられず大野様は駒姫様を拉致しようとなさりました。一之進様は屋敷に詰めている武士に命じて駒姫様を守ろうといたしました。あちらは五十人余。最上屋敷に詰めていた者はわたしを入れてわずかに十名。所詮敵するに価しませぬ。それでも死を覚悟して駒姫様をお守りする一之進様に手を焼いた大野様が、『駒姫様に害は加えぬ、丁重にお迎えするだけだ。駒姫様は当方で然るべき医者に見立てていただくので案ずることはない。いずれ事が終われば、お帰り願う』と申したのでございます。一之進様はその言(げん)をお信じなされ、刀を退いたのでございます」

「駒様はついにお戻りにならなかった。大野様が偽りを申したのですね」

「いえ、偽りを申したとは思えませぬ。おそらく、あの折では駒姫様をお屋敷にお返し申せると大野様は信じていたのではないでしょうか。だからこそ、一之進様は刀を収めたのです」

作左衛門の言に冬は張りつめた顔をいくらかゆるめ、

「で、駒様はどこに連れていかれたのですか」

と訊いた。

「さて、それは……」

作左衛門が絶句する。

「僕(やつがれ)が探索したところによれば、秀次様の御妻妾方らは、前田玄以様の居城亀山城に押し込められたようだ。おそらく駒姫様も亀山城に送られたのでござろう」

蓑輔が代わって答えた。

「してみると御妻妾方らは、この嵯峨野を経て亀山城に向かったのか」

栄可には意外なことのようであった。

「最上の殿様が出羽から京屋敷にお着きになられたのは何日のことでしたのか」

冬がさらに作左衛門に近寄った。

「お屋敷が封鎖されて四日後、七月十三日。しかしながら大野様らに拒まれて屋敷内にはお入りになれませんでした。翌日、大殿は国許からつき従ってきた御家臣の中から選りすぐりの手練れ十五名を引き連れて最上屋敷に参り、武力をもって開門させようといたしました。館内に居ります一之進様やわたしの耳に双方の武士が罵り合う声が聞こえてまいりました。少しずつ怒声が大きくなり、険悪な様子が館内からでもうかがえました。するど一之進様が門へと駆け出しました。むろんわたしも一之進様の後を追いました。どうやって門外に出たのか今では覚えておりませぬ。一之進様は双方がにらみ合う間に割って入り、大殿の前に土下座し、『どうかこの場をお去りくだされ』と懇請いたしました。大殿はこれを聞いて激怒し、『おのれはこの館の留守居役、門前を掃き清めて吾を迎え入れるのが役目。それが、この場を立ち去れ、だと。駒の拉致も止められなかった者が、よくそのような口が利けたものだ。この場で腹を切れ』そう仰せられて腰に提げた太刀を一之進様に投げつけました。一之進様は太刀を拾い、塵を払って大殿にお返し申すと、『非力は身に染みてござる。さりながら腹を切るのは今ではありませぬ』と大殿を見上げ、『今ここで石田三成様の御家臣と争えば、殿は関白秀次様と結託した謀叛人となりましょう。そうなれば山形城を追われるは必定。今はただただ胸の内を抑えてこの場をお去りくださりませ』と地に額が着くほど平身したのでございます」

「姫が京屋敷から連れ去られて三条河原で命を落とされるまでのおよそ半月の間、最上の殿や父たちは何をしておりましたのか」

「大殿は駒姫様に罪が及ばぬようあらゆる手を尽くしたそうでございます」

「父は？」

「一之進様の知友には徳川家康様、前田利家様など大大名の御家臣が数多居られるのを冬様もご存じのはず。大野様ら監視の目を盗んで、しばしば屋敷を抜け出し、そうした知友の方々に実情をお告げになり、駒姫様が京屋敷に戻れるよう家康様、利家様のお力添えをお願いしておりました」

　作左衛門はそこで、深いため息をついて、

「これからお伝えすることは冬様には辛いことですが、お話しいたさねばなりませぬ」

　冬からひと膝離れた。

「駒姫様が三条河原で命を落とされた翌日、義光様御正室が京屋敷で喉を突いて自害なされました。介添えしましたのは一之進様。その一之進様はわたしを呼んで、『冬を探しだしてくれ。冬は姫が葬られた三条河原の塚に必ずや詣でるであろう。ゆえに塚に参っておれば会えるやもしれぬ』そう言い残して割腹いたしました」

　作左衛門は懐からひと束の髪を取りだし、冬の前に置いた。

「一之進様の遺髪でございます」

　冬は唇を噛んで、それを手に取ると懐に収めた。

「大殿は御両所の死を報らされた翌日、太閤様の命により伏見城に連行されました。それからひと月後、最上屋敷は治部少輔様の手の者によって取り壊され、わたくしは屋敷から出る仕儀となりました」

「伏見城に呼ばれた殿のその後は」

冬は暗い気持ちで作左衛門を痛々しげに見た。

「大殿は太閤様からきつい譴責を受けられたそうにございます」

「譴責とは叱り置く、ということ。何ゆえの譴責か」

「そこまではわかりかねます」

作左衛門は思案げに首をかしげた。

「それはこの蓑輔がお答え申そう。最上義光様が関白秀次様と結託して謀叛を企てた、という讒言が太閤様の許にあったそうでござる。これを信じた太閤様は最上家を取り潰そうといたした。ところが徳川家康様、前田利家様らは最上様が関白様に荷担した証はない、と進言したそうでござる。これに治部少輔様が証はあると言い張ったようだが、詰まるところ譴責で済むことになった。御領地も安堵されたと聞いており申す」

「最上の殿は今どこに逗留なされておられますのか」

義光に会って、父の死をどのように思っているのか訊きたいと冬は思った。

「御領地は安堵されたが、未だ伏見城内に留め置かれたまま」

蓑輔は顔を曇らせた。

「わたくしは戻るところがなくなってしまったのですね」

冬は呟いて深く息を吐いた。

「どうであろう、わたくしの手助けをしていただけないだろうか」

宗恂がつとめて明るい声で言った。

「わたくしが宗恂様のお役に立つとは思えませぬ」

「手助けしてほしい事柄は明日にでもお伝えします。武家の素養を身に着けた冬殿ならば能わぬはずはない」

「憐れんで手を差しのべてくださるお心は嬉しゅうございますが、作左と会えたのです、ふたりでやってゆきます」

「やってゆく当てはおありかな。現世はこれでなかなか冷たいもので、若い女性と老人が誰の手助けも借りずに生きるのは難しい。ここはひとつ宗恂の誘いに乗ってみなされ」

栄可の声はやさしかった。冬はその声に押されるようにゆっくりと頭を垂れた。

（六）

天竜寺の境内に接した地に吉田宗家の館がある。広大な庭の隅に奇妙な建物があった。

「あの建物は称意館と申して奈良東大寺の正倉院と同じ造りになっている蔵です」

吉田宗家の庭に冬を伴った宗恂が指を差した。何本もの柱で支えられた高床の蔵の壁は角材の角と角を突き合わせて造られている。

「蔵には何が収めてあるのでしょうか」

「冬殿に手伝っていただくものが収められています」

宗恂は庭を横切って冬を蔵に誘（いざな）った。蔵の扉に通ずる階段を上がり、扉を開いた宗恂が、

「内に入ってみなされ」

と促した。冬は扉から一歩内に足を踏み入れた。

「なんと」

感嘆の声を漏らした。蔵内に本が整然と並んでいた。

「三千冊は超えるでしょう」

後から入ってきた宗恂がこともなげに言った。

「一体これは？」

「わたくしの父は宗桂（そうけい）と申して医者（くすし）でした。この本は父が明（みん）から持ち帰ったもの」

「一冊や二冊ではありませぬ。どのようにして持ち帰ったのでしょうか」

「父は吉田家の医業を継ぐため若くして剃髪し、天竜寺の僧になったのです」

「医者になるために僧になる？」

「天竜寺にはかつて元（げん）へ留学した学僧らが持ち帰った多くの書物が収蔵してあります。父はその蔵書を読むために僧になったようです。それを読破した後、天竜寺が仕立てた朱印船に乗って明（みん）に渡り、医学を学びました。それが天文八年（一五三九）のこと」

「今から五十数年も前のことなのですね」

「その時、父は二十七歳でした。二年後、戻ってくると父は正倉院に似たこの蔵を造って明から持ち

帰った本を収蔵したのです」

「正倉院に似た造りだとなにか良いことがありますのか」

「湿気が防げるのです。父は持ち帰った本をなるべく長持ちさせたかったのでしょう」

「どのような本なのでしょうか」

「医術書や測量術、鉱山術などを記した書物です。明から戻った父は角蔵(すみくら)で医者として暮らし始めました」

「角蔵？」

「角蔵は今、冬殿が逗留している秋水山房、あのあたりです。角蔵とは京の片隅という意で、嵯峨野は京の北西の角にあたります。父はこの角蔵で八年の間、医業に専念し、再び天竜寺船に乗って明に渡りました」

　天文十六年(一五四七)、渡海した宗桂は明の宮廷に出入りを許され、皇帝世宗(せいそう)の知るところとなった。

「世宗皇帝が病に陥った折、父が召されて病を治されたとのこと。するとこのことが明国中に知れ渡り、宮廷から日の本の名医とたたえられ、〈意庵〉という称号を賜ったのです。意庵とは医に通じるということです」

　三年後の天文十九年（一五五〇）、宗桂は膨大な医術書や測量術、鉱山術などを書き記した書物を船に積んで帰国。宗桂の噂を聞きつけた足利義晴（足利幕府十二代将軍）が侍医として召し抱えた。

この時宗桂は三十九歳。将軍の勧めもあって十八歳年下の田鶴(たず)と結婚し、翌年、光好を儲けた。

「兄じゃが誕生した四年後にわたしが生まれたというわけです。話が横に反れました。今日、冬殿をここにお連れしたのは先日申したように手伝っていただきたいことがあったからです。わたしは化野に蟄居している間に、称意館に収められている医術書のことを考えていました。これらの書は我が国では吉田家の称意館に収蔵されている以外、どこにもない貴重な医術書ばかり。京の屋敷から持ち出せずに置いてきてしまった医術書のことを思うと、副書（複写本）を作っておくことが大事であると気づき、作ることに決めました。ただ医術書は全て漢書。これでは和漢両用に長けた者しか読み解けませぬ。副書を作るに際し、これらの医術書を和語に置きかえ、漢語に精通していない者にもわかるようにしたいのです」

「わたくしに父は漢語の読み方を教えてくれましたが和語に直すことは教えてくれませんでした。そのようなわたくしが宗恂様のお手伝いなどとんでもない」

「漢語が読めるのであれば和語に置き換えることなどさしたることではありませぬ。難解なところはわたくしが手引きします」

「宗恂様は一体、どこでそのような知識を習得しましたのか」

「父が亡くなったのを機に嵯峨野を離れて、曲直瀬道三（まなせどうさん）様の弟子となりました。曲直瀬様のこと冬殿は耳にしたことがありますか」

「京では名の通った医者（くすし）」

曲直瀬道三は名医として世に名を馳せていた。中国医学を学び、京に医学学校〈啓迪院（けいてきいん）〉を開き、多くの弟子を育て、後世〈日本医学の祖〉といわれた。

「こんなことを言うと自慢話と受けとられそうですが、わたしは幼少から父に医学の薫陶を受けていたので、門下生の中では群を抜いて優秀でした」

戦国武将の間に、啓迪院に宗恂あり、と評判になり、やがて天下が豊臣家の下に治まると秀吉の甥、秀次の侍医として聚楽第に出仕するようになった。

「京の屋敷から冬殿が運んでくだされた医術書はこの称意館から持ち出したもの。失った医術書は戻ってきませぬ。もし副書本があれば、このような目に会うことはなかったはず。そこで冬殿に副書を作っていただきたいのです」

宗恂の誠意を込めた依頼に冬は迷いながら首を縦に振った。

第二章　養生所

（一）

乱世のただ中、奈良東大寺の大仏殿が松永久秀軍によって焼亡したのは永禄十年（一五六七）のことである。

それから二十年余、戦乱を収めた豊臣秀吉は天下掌握の偉業を後世に誇示するため、東大寺大仏殿を超える寺を京、東山の麓、南六波羅（ろくはら）に創建することを決めた。方広寺である。

天正十四年（一五八六）に着工された当初、寺名は付いておらず、大仏殿と呼ばれていた。完成後、方広寺と呼ぶようになった。

〈方広〉の由来は東大寺の主要な法会（ほうえ）である〈方広会（ほうこうえ）〉からついたもので、〈方広〉とは〈大乗（だいじょう）〉の異称である。〈大乗〉とは古来の仏陀の教えを拡大し新しい解釈を加えた仏法を指す。

方広寺造営工事は小田原（北条家）攻めなどの戦で延期されたが天正十九年（一五九一）に再開された。高野山の木食応其上人の下、前田玄以が普請奉行となって文禄四年（一五九五）、すなわち今年の八月、大仏殿と殿内に安置する大仏、それに回廊などが完成した。

大仏殿は高さ二十五間余（約四十五メートル）、桁行四十五間余（約八十一メートル）梁行二十八間余（約五十一メートル）、東大寺大仏殿をはるかに超える大きさである。

大仏は当初、金銅製を計画したが、鋳造に歳月がかかりすぎるので木像として漆油と油蝋を混ぜた漆喰で塗り固めた像になった。

像丈は六丈三尺（約十九メートル）、これも東大寺の大仏を超える大きさである。

九月二十五日、秀吉は大仏開眼法要を行うことにし、全ての宗派に一宗宛て百名の僧侶を法要に出仕するよう命じた。これを〈千僧会〉と称した。

この命に日蓮宗の僧侶たちは困惑した。

日蓮宗は〈不受不施〉を宗旨としていた。〈不受不施〉とは、信者でない者から施しを受けず、また施しもしない、という規律である。

方広寺は天台宗である。日蓮宗一門は天下人である豊臣秀吉の命に服すべきだとして千僧会出仕に同意する受不施派と規律を守って出仕を拒むべきだとする不受不施派に分かれ争った。大勢は受不施派に傾いた。不受不施を説いた中心人物、大本山本圀寺の日禛上人や妙覚寺の日奥上人は、寺を去って日蓮宗の教えを貫いた。

九月三十日、光好、宗恂兄弟が吉田宗家栄可の許を訪れた。

「宗家の力添えで養生所を開けるようになりました」

宗恂は栄可の前に両手をついた。

「力添えなどと他人行儀な挨拶は抜きだ。吉田家は医術と土倉が両輪となって栄えてきた。宗恂がその片輪を担っているということだ。吉田宗恂と言えば名医として五畿内ではつとに高名。いずれは世に出ることになろうが、しばらく嵯峨野で医業に専念するのも天がくれた休息、そう思ってゆっくりとやればよい」

栄可の言には一族を束ねている、という誇りがあふれている。

養生所は角蔵（すみくら）の一郭、桂川沿いの光好分家の離れ家を改修して充てた。

「過日の大仏開眼供養は盛大であったようですね」

光好が栄可におもねるように訊いた。栄可は九月二十五日の千僧会に招待されていた。招かれたのは多額の奉加金寄贈によるものであるのは言うまでもない。

「それは豪奢であった」

「お大名の方々もご列席なされたのでしょうか」

「朝鮮で戦っているお大名を除いた大方のお大名が顔を揃えていた。それで気づいたのだが、大仏開眼供養は太閤秀吉様が、関白秀次様にお譲りした天下を再び自分（おのれ）の手に取り戻したことを数多（あまた）の大名と日の本の寺々に知らしめるために催されたもの」

「とは申せ、秀吉様が初めて聚楽第にお入りになった折の京人の熱い奉迎と比べ、此度の大仏開眼供養千僧会に向けた京人の目は冷やかでした」

光好は苦々しげな顔をする。

「京人の瞼には秀次様御妻妾処刑の様が焼き付いているのであろう」

「そして京人は、秀次様から天下を取り上げた秀吉様の世が果たしていつまで保つのか、と疑心暗鬼になっております」

「千僧会では太閤様の前に大名と宗門全てがひれ伏した感があった。京人の思いがどうであれ秀吉様の世はお拾い様へと引き継がれるであろう」

「ひれ伏さなかった者もおりますぞ」

光好が首を横に振る。

「ほう、そのような気骨のあるお方が居たのか」

「日蓮宗の日奥様と日禛様」

「そうであったな。お二方は千僧会の出仕を断ったがゆえに寺を去ったと聞いている」

「お二方がどこに身を寄せたか舅（栄可）殿はご存じでしょうか」

「いや、知らぬ」

「日奥様は丹波の山奥。ところが日禛様は京に留まっております」

「京のどこに隠棲しているのだ」

「この嵯峨野、小倉山の麓」

「ここから目と鼻の先ではないか」

「そこに小さな草庵を建て、たったひとり、題目三昧の日々」

「本圀寺の上人様がたったひとりとは。秀吉様はずいぶんと罪作りなお方。ところで今日、わしになんの用で会いに参ったのだ」

「むろん、養生所開設の手助けをしてくだされた宗家へのお礼ですが、もうひとつ」

光好はそう言って栄可をうかがった。

「もうひとつ？」

途端に栄可の穏やかだった顔が引き締まる。光好が事ありげに栄可（ひと）の顔をうかがう時は、なにがしかの援助をしてほしいことが多いのである。

「小倉山の南の麓（ふもと）に愛宕権現堂から吉田家に払い下げられた土地があります」

「あそこは斜面で雑木が生い茂っていて手を入れねば畑地にもならぬ」

「その地を日禛様に差し上げたいのですが、宗家としてのご意見をお伺いしたいのです」

「日禛様は不受不施の教えを厳守したがゆえに自ら寺を出られたのだぞ。吉田一族は古（いにしえ）より二尊院の信徒。二尊院は浄土宗。日禛様が異宗の者の施しを受けると思うのか」

お節介はよせ、と言いたげに栄可の鼻穴がふくらんだ。

「日禛様が受けるか、受けぬかではなく、吉田家が日禛様をお助けして構わぬか否かをお伺いしたいのです」

「秀吉様の命に背いた日禛様を援助すれば、吉田家にお咎めがあるやもしれぬ。宗恂のことで綱渡りのような日々を送ったばかり。これ以上吉田一族を悩ましてほしくない」

「しかし小倉山麓で高徳な僧侶が苦渋しているのを嵯峨野の主と自負している宗家が放っておくわけにはまいらぬのでは」

「……」

「やはり秀吉様のことを慮(おもんぱか)ると叶いませぬか」

黙して答えぬ栄可を光好はのぞき込む。

「わしとて秀吉様の為さり様を好もしく思っているわけではない」

「土倉繁盛のためには秀吉様のご機嫌を損ねてはならぬ。そう申したいのでございましょう。しかし土倉は人を助けるためのもの。そう舅殿はわたしに教えてくれたではありませぬか」

「土倉は銭で銭を生み出す業。しかしその根底には困窮している者を銭で救う、という義がある。そうでなければ土倉を営んでいる甲斐などない。だがそれと日禛様に手を差しのべることとは違うように思うが」

「銭の代わりに土地を貸すのです。貸すと申しても貸し賃は取りませぬ。なにせ雑木が生い茂り、畑地にもならぬ所ですから」

光好の言に栄可はしばらく考えていたが、

「日禛様が吉田家の好意を受けるか否かは光好の弁舌次第。断られたら、潔(いさぎよ)く諦めるのだな」

栄可は根負けしたように渋い顔付きだった。

それから二日後、光好は冬と作左衛門を伴って日禛の草庵を訪れた。ふたりを伴ったのは日蓮宗徒であったからだ。

草庵は急ごしらえのためかみすぼらしく小さかった。訪ないを入れると日禛が草庵から顔を出した。光好は一礼して名を告げた。すると日禛は間の悪そうな顔をした。

「この地に住みつくにあたっては吉田一党の方々に断りを入れなければならぬところでありましたが、太閤様の御不興をかった拙僧であってみれば、そうもならず、礼を失しました」

日禛は光好らの不意の訪れが、自分を追い出すためであると思ったのか深く頭をさげた。

「日蓮宗の内紛はこの嵯峨野にも聞こえてまいりました。御坊がまさか嵯峨野に逼塞なさるとは思いもよりませんでした」

「日奥殿のように京を離れて丹波に参ってもよかったのですが、拙僧は京を離れたくなかった。京に太閤様のお目に触れぬ地があるかと思いを巡らせました。すると托鉢でしばしば訪れた嵯峨野、小倉山の麓が思い浮かんだ。吸い寄せられる如くに拙僧はここに草庵を作りました」

「今は秋。間もなく冬がやってまいります。嵯峨野の冬は厳しゅうございます。この草庵では雨露はしのげますが、寒さは防げませぬ」

「寒さから身を守る術は仏道修行で会得しております」

「ずっとこの草庵にお住みになるお考えでしょうか」

「日蓮宗は此度の千僧会で不受不施派と受不施派の二つに分かれ、争いました。太閤様の命に服した受不施派が大勢を占め、不受不施を貫いた僧の多くは寺を去りました。僧ばかりでなく京に住まう信徒も二派に分かれ、いがみ合う仲となりました。だからと申して不受不施の教えを守る信徒が家を捨てて京を去るわけにはまいりませぬ。今、不受不施派の信徒たちは途方にくれております。こうした信徒に拙僧は応えたいのです」

「応えたい、とは」

「この草庵を寺に作り替え、彼らの拠り所としたいと思っております」

「草庵は五坪もあれば十分。しかし寺となれば何百坪もの土地を要します」

「勧進を行い土地を得る所存」

「太閤様の命に背いた御坊が勧進を行っても京人は太閤様を恐れて喜捨をしてはくれますまい」

「申される通り今は太閤様の世。太閤様が黄泉（よみ）の国へ旅立たれた後でなければ寺の創建は難しいと思われる。さて、太閤様と拙僧、どちらが長生きするか」

日禛は冗談とも本音ともつかぬ言い方をして、

「ところで吉田様は拙僧に何を申しに参られましたのか」

と厳しい顔を向けた。

「ここにお連れしたおふた方は日蓮宗の信者。御坊にお話したいことがあると申すので連れてまいりました」

光好はそう告げて冬と作左衛門を紹介した。

「幼き頃、わたくしはこの冬様を連れて本圀寺によく詣でておりました」

作左衛門が拝むように日禛に頭をさげた。

「ならば拙僧と境内で会っているやもしれませぬな」

「修行僧をお連れなされた上人様を何度かお見掛けいたしました」

「そしてここでおふた方と邂逅(かいこう)する。これも仏の導き」

日禛の厳しい顔が柔和になっている。

「わたくしがここに参りましたのは、上人様にお願いしたき儀があってのことでございます」

「墨衣一揃えと草庵のほか、何ひとつない拙僧に作左衛門殿の願いを叶えてやる術(すべ)はないが、幸いにも話を聴く耳はある」

「わたくしを一年の間、日禛上人様の許で修行させていただき、一介の僧として独り立ちさせていただきたいのでございます」

「お断りする」

日禛は即座に断じて今までの柔和な顔を引っ込めた。

「……」

「拙僧が断った理由(わけ)を作左衛門殿はおわかりか」

「浅はかなお願いでございました」

恐縮した作左衛門の声は消え入るように小さい。

「そうではない。そのお歳で修行を志すことに頭がさがる。なれど一年の修行で独り立ちなどできる者など拙僧の弟子には誰ひとり居らなかった」

「わたくしとて何年も修行した後、と申したいのですが残された命の長さを思えば、一年でも長すぎる修行なのでございます」

「どこかの堕落した僧侶に幾ばくかの銭を積めば、一年の修行で独り立ちさせてくれるやもしれぬが、拙僧は修行に和与（妥協）はいたさぬ。それにしてもなにゆえ、僧として独り立ちいたしたいのか」

日禛の訝しげな顔が作左衛門にせまった。

「罪もなき方々の供養をするためでございます。わたくしは当年で七十路に入ります。あと生きてせいぜい四、五年。この年月を供養に充てたいのでございます」

そう言って作左衛門は豊臣秀次の妻妾らが殺戮され、それに伴って最上家の正室と冬の父が自死したことを告げ、

「十日前、京を野分（台風）が襲いました。三条河原沿いにある首塚は鴨川の氾濫で土が掘り返されて荒れ放題。昨日も塚を見に参ったのですが、太閤様を恐れて誰ひとり塚を修復しようとする京人は居りませぬ。その荒れ様は目を覆うばかり。先ほど日禛様は、『太閤様が黄泉の国へ旅立たれた後でなければ寺の創建は難しい。さて、太閤様と拙僧、どちらが長生きするか』そう申されましたが、わたくしは太閤様より年上。おそらく太閤様より先に黄泉の国へ旅立つでしょう。となれば太閤様の死を待ってなどいられませぬ」

「何を待ってはいられぬのか」

「塚の片端に草庵を建て、そこで塚守として関白様の子女と妻妾方、特にわたくしがお仕え申した駒姫様を供養したいのでございます」

「そのような供養は太閤様に逆らうことになる。逆らえばどのような仕儀となるのか、拙僧を見ればよくわかるはず」

「だからこそ、僧として独り立ちしたいのでございます。独り立ちいたせば太閤様のお咎めはわたくしひとりに向けられるだけで他の者に類は及びませぬ。それに他宗の僧での供養では葬られた方々が喜びますまい」

「いかなる宗派の僧であれ、真（まこと）があれば御妻妾方には供養になろう」

「駒姫様方の首を刎ねたのは秀吉様。その秀吉様を祝うが如くの千僧会に出仕した宗門の僧に供養されたとて、駒姫様らは浮かばれませぬ。千僧会を拒み通した日禛様の弟子として供養に臨むことこそ、真の供養ではないかと」

日禛は瞑目して腕を組んだ。作左衛門は日禛を食い入るように見る。しばらくして目を開けた日禛は、

「明日からここに移ってきなされ。草庵は狭いが作左衛門殿が寝泊まれる広さはあろう」

穏やかな声で告げた。作左衛門は日禛を伏し拝んだ。

「わたくしからも上人様にお願いがあります」

冬が遠慮がちに後に続いた。

「ほう、そこ許（もと）も拙僧に」

「わたくしは嵯峨野近在に五百坪ほどの地を取得したいと思い立ち、吉田光好様に話しましたところ、この草庵から西の奥まった小倉山の麓に吉田家所有の土地があるので譲ってもよい、痩せた土地

なので安くしておく、とのお言葉をいただきました。安いと申しても、わたくしが一度に払える額ではありませぬ。わたくしは月々に幾ばくかの銭を支払ってその地を取得したいと申し出ました。すると請け人（保証人）を立ててほしいと申されるのです。父を失い、作左衛門とふたりになったわたくしに請け人となってくれる人など居りませぬ。まことに勝手ながら日禛様にわたくしの請け人になってほしいのでございます」

「拙僧は無一文。そのような者を請け人としても吉田家は承知すまい。何に使う土地かは知らぬが買うのは諦めるがよかろう」

「いえ、どうしても土地を取得したいのでございます」

「ならば拙僧以外の者にお頼みなされ」

「吉田家では日禛様が請け人に相応しいと申しております」

冬に退く様子はない。

「吉田殿、それはいかなることか」

日禛はからかわれていると思ったのかするどい眼差しを光好に向けた。

「わたしはかねがね政を司る者にへつらうことをせぬように、と心がけてきたつもりです。しかしながら土倉で口を糊しなくてはならぬ身であってみれば、それもならず、内心忸怩たる思いで今日まで過ごしてまいりました。そんな折、方広寺千僧会の一件で秀吉様のお怒りを承知のうえで出仕をお断りなされた日奥様、日禛様にわたくしは内心で喝采しました。その日禛様が奇遇にも嵯峨野に逼塞なされた。ならば日禛様にこの地に末永く住んでいただきたい、それにはこの地に寺を創建し、寺主になっていただくのがなによりと思ったのでございます。寺を建てるにはまず土地の手当て。その土地をわたしは日禛様に喜捨しようと思い立ちました。なれど日禛様は日蓮宗不受不施派の旗頭。わたしは浄土宗の信徒。わたしが日禛様に小倉の地をお使いくだされ、と申しても日禛様がお断りなさるのは明らか。冬殿が日蓮宗の信者であることを知ったわたしは、冬殿に土地を譲り、冬殿から日禛様に土地を喜捨する、そうすれば日蓮宗徒からの喜捨となり、日禛様は快く小倉の地を受けるであろう、そう思ったのです。ところが冬殿は吉田家から無償で土地をもらうわけにはいかない、小倉の地を廉価で譲ってほしいと、そう申されたのです」

光好は冬の言をもっともだと思い、銭を貸すしきたりに従って保証人を立てたうえで土地を譲渡し、その代金は十年かけて返済してもらうことにした。

「実弟（宗恂）が請け人になると申しでましたが、これは身内。請け人にはなれませぬ。そうなると冬殿の請け人になれる人は見当たりませぬ。そこでいっそのこと日禛様に請け人になっていただこうとなったわけです」

「そういうことであったのか。すまぬ、つい大声で冬殿を誹るようなもの言いをした。許してくだされ」

日禛は頭をさげ、

「快く冬殿の請け人になろう。そうなったからには拙僧からも返済を手助けいたそう。作左衛門殿、明日から共に京の辻々に立って喜捨をお願いしようぞ」

抑えた声で作左衛門に笑みを向けた。

（二）

十月、嵯峨野は冷気に包まれる。

宗恂が開設した養生所は嵯峨野近隣に知れわたり、病を持った京人が引きも切らずに押しかけていた。

冬は養生所に近接した秋水山房で机の前に座し、宗恂から与えられた医術書を書き写す作業に没頭していた。秋水山房からは桂川を挟んだ対岸に嵐山が望める。一刻（二時間）ほど筆写を続けていると筆を持つ右手が疲れてくる。冬は筆を置いて嵐山に目を遣る。なだらかな山容は楓（かえで）の紅葉で覆われている。冬はしばし川の水面に逆さに映る錦紅の嵐山に見入る。

再び筆を持とうとした時、養生所が騒がしくなった。何事かと思った冬は養生所に行った。

屈強な男たちが宗恂を囲んで大声をあげている。男たちの足下には若者が戸板に乗せられて横たわっていた。

「静かに！」

宗恂は威圧するように男たちに告げて、

「溺れたのか」

眉をひそめた。宗恂は男たちが答えるのを待たず、屈むと若者の胸部に耳を当てた。しばらくして、

「いかん。心の臓が止まっている」

立ち上がった宗恂が、

「水を吐かせたか」

男たちをしかりつけるように質した。

「やってはみたが、うまく吐いてくれねえ」

「うつぶせにして腰を高くさせ、頭をさげるようにしてくれ」

宗恂の指示に男たちは無言で従う。宗恂は若者の背後に回り、両腕を若者の胴に巻き付けると力を込め腹部を圧迫した。ゲボッと若者の喉が鳴って大量の水を吐き出した。宗恂はそれを何度も繰り返した後、

「上向きに寝かせてくれ」

と男たちに命じた。上向きになった若者の胸に宗恂は両の手を重ねて置くと、全ての体重を両腕に込めて胸部を押し、すぐに力を抜いた。一回、二回、三回と宗恂は同じ動作を繰り返す。今で言う胸骨圧迫（心臓マッサージ）法である。宗恂の顔はたちまち真っ赤になる。十回を超え、二十回になっても止めない。宗恂の額から汗がしたたり落ちて若者の胸にかかった。男たちは息を詰めて宗恂を見守る。

「わたくしが代わります」

冬が見かねて申し出た。宗恂は聞こえなかったのか動作を続ける。百回を超え、二百回に迫ろうと

した時、

「うっ……」

若者が呻いた。宗恂は腕に込めた力を抜いて、

「代わってくれ」

荒い息を吐きながら告げた。冬は若者の横に両膝をついて宗恂の所作に見習って腕に力を込めて若者の胸を押し、それから力を抜いた。

「そのような、か弱い押し方ではせっかく蘇生した心の臓がまた止まってしまうぞ。自分の身の重さ全てを腕に乗せて胸を押せ」

いつにない宗恂の強い口調だ。冬は若者に馬乗りになった。冬の着物の裾が割れる。男たちの目が冬の脚に注がれる。

「溺れた者はひとりだけか」

宗恂が冬の露出した脚を隠すように男らの前に立った。

「あとひとり居る。足と腕の骨が折れている。外に待たしてある」

男らのひとりが応じた。

「その者を直ぐにここに運べ。ぐずぐずするな」

宗恂は両手を前に出し、蝿でも追い払うようにして大きく振った。男たちは宗恂の強い口調に押されてそそくさとその場を去った。その時、若者が目を開けた。

「冬殿、ようやった。もうよい。衣の裾を整えてくだされ」

宗恂の戸惑った物言いに冬は初めて自分のあられもない姿に気づいて、顔を赤くした。

「恥じることはない。その懸命さが医者（くすし）を志す者には欠かせないのだ」

「わたくしは医者を志してはおりませぬ。宗恂様の気迫に思わず応じてしまっただけでございます。この者は宗恂様の気迫で蘇ったのです」

冬は衣服の裾を正し、乱れた髪を手ですくって整えた。

「気迫で人の命は救えぬ」

「医術を心得た宗恂様であればこそ救えたのです」

冬は感に堪えない声で告げた。

「医術に心得がある者ならば誰でもわたしと同じことをしたであろう。どうじゃ医者にならぬか」

冗談かと思って冬は宗恂の顔を窺った。宗恂は真顔で冬を見返した。

「宗恂様はわたくしが医者になれるとお思いになりますのか」

冬は医者になろうなどと一度たりとも思ったことはない。なのにさも医者になりたいような口利きをしたことに吾（われ）ながら驚いた。おそらく宗恂の真剣な眼差しがそう言わせたのだ、と冬は思った。

「冬殿と初めて会うた時から、わたしは冬殿が医者に向いていると思っていた」

「何ゆえにそう思われましたのか」

「駒様の御様態をお訊（たず）ねした折の冬殿の適確な応答からそう思った。冬殿なら良き医者になれる」

宗恂が答えた時、突然若者が起き上がって辺りを窺（うかが）った。

「動いてはならぬ。そのまま寝ておれ」

宗恂が叱りつけた。若者は自分が何ゆえ怒鳴られるのかわからぬままに、宗恂の怒りに圧倒され、その場に臥した。

「冬殿が会得した蘇生術はこれからおおいに役立つだろう」

「この川で溺れる者が何人も出る、と申されますのか」

「左様、この川は人食い川と申してもおかしくないほど多くの人命を食い物にしてきた」

「そうであるなら、皆が川に近づかなければ避けられましょう」

「そうかもしれぬが、そうもいかぬのだ」

歯切れの悪い宗恂の答えに、

「そうもいかぬとは？」

反問した時、男らが苦痛で顔をゆがめた初老の男を連れて戻ってきた。

「わたしに訊くより兄じゃ（光好）に訊いてくれ。そのことについては兄じゃの方が詳しい」

宗恂は運ばれてきた男に目を遣りながら応じると、

「冬殿、この者の衣服を脱がせる。手を貸してくれ」

声高に頼んだ。

医者にならぬか、と語りかけた日を境に冬は医業の手伝いをするようになった。昼間は宗恂の助手（今で言う医学実習生）、夜は医術書の副書（筆写）に励んだ。

文禄五年（一五九六）の年初。

「すまぬが当分の間、冬殿にまともな支払いは能わぬ」

宗恂が診療の合間に言った。宗恂としては十分な手当てを冬に渡したかったが、支払おうにも患者からの診療代が入ってこないのだ。患者のほとんどは貧しい百姓たちで、診療代を払えるような者が少なかったからである。

「ご懸念には及びませぬ。わたくしは宗恂様から無償で医術を教えていただいております。それを思えば無給でも不満はありませぬ」

「それでは兄じゃから買い受けた土地代金の返済が能うまい」

「それが光好様からは一度も返済の催促がないのでございます」

そう冬が告げた時、

「おおそのことだ」

と背後から声が飛んだ。ふたりが振り返ると、そこに光好が立っていた。

「あいかわらず、銭を持たぬ患者が引きも切らずに押しかけているようだな。これは妻女殿から頼まれたふたりの中食（昼食）だ」

光好は竹皮に握り飯を入れた包みをふたりの前に置いた。いつもは彩が化野の居宅から運んでくるのだが、今日に限って光好が持ってきた。

「兄じゃに中食を運んでもらうなど恐縮」

「彩殿は京内に参るのでここに寄る暇がない、とか申していたぞ」

「妻には薬草を買ってきてもらうよう頼んでおりました」

「薬草を買う銭があるのか」

「安い薬草なので何とかなりますが、高価なものは諦めました」

「あいかわらず患者らの支払いは渋いのか」

「特に冬場はいけませぬ。百姓たちは畠からの収穫がほとんどありませぬから、薬代どころかわたしへの診療代も滞っております」

「このままずっと嵯峨野で養生所を続けていくのか」

「秀吉様の世が続く限り京内には戻れぬでしょう。ここ（嵯峨野）で医業を続けるつもりなので、兄じゃにはこれからもしばらく厄介をかけます」

そう言う宗恂の顔は光好に遠慮しているようには見えない。

「そうだった。小倉の土地代金のことだが」

光好が思い出したように言った。

「土地代金貸し付けについて冬殿から証書をいただいたはずだが」

光好は首をかしげながら訊いた。

「確かに借用の証書を光好様宛に入れました。なにか不備でもありましたか」

「あれを戴いたのは昨年の七月でしたかな」

「はい、日禛様の許（もと）を光好様と作左、それにわたくしの三人で訪れた数日後、光好様にお持ちしたと憶えております」

「わたしもそう記憶している」

「催促がないのをよいことにして、まだ一度も返済しておりませぬ。今しばらくお待ちくだされ」

「待つのは構わぬが、実はその証書を紛失してしまったようだ。証書は欠くべからざる大事なもの。それを紛失するなど土倉を営む者としては恥ずべきこと。このような失態が宗家の舅（栄可）殿に知れれば、物笑いの種どころか叱責を受けるだろう。宗恂と冬殿にはこのこと、口外してもらっては困る」

「証書はどうしましょう。もう一度作って光好様にお出しいたしましょうか」

「作り直すことはない。証書はなかったことにしたい」

「兄じゃ、それでは冬殿が何を根拠（もと）に銭を返せばよいのか惑（まど）われますぞ」

「証書がないのだ、返さなくてよい」

　光好が宗恂に向けた眼差しは意味ありげだった。宗恂は訝しげな顔でしばらく光好を見返していたが、

「確かに兄じゃが申すとおりですな。そこで訊きますが、どこからか証書が出てくるようなことはないでしょうな」

　と相好を崩した。

「一度、紛失した、と申したのだ。出てきたとしても、それをもって冬殿に返済を迫るようなことはせぬ」

　光好は破顔した。

「冬殿、聞きましたかな。そういうことです。で申すわけではないが、ふたり、心して兄じゃの失態を口外せぬようにいたそうではありませぬか」

宗恂は冬に笑いかけた。冬は目の奥が熱くなってくるのを感じながら笑い返した。

「宗恂から聞いたのだが、冬殿は人食い川について知りたいそうじゃの。明日、所用で丹波亀山に参らねばならぬのだが、亀山への路は川に沿って参る。亀山には駒姫様が幽閉されていた亀山城もある。あの城は織田信長様を弑逆（しぎゃく）した明智光秀様が作った城でなかなかの構えだ。明智様が秀吉様に亡ぼされると、羽柴秀勝様、小早川秀秋様ら秀吉様の血筋に近しい方が城主となられたが、今は前田玄以様が城主となって丹波亀山を治められている」

光好は説明口調で話した後、

「関心がおありなら同道せぬか」

と誘った。

「是非、お供しとうございます」

冬は深々と光好に頭をさげた。

（三）

角蔵の館を光好と冬が出たのは夜が明けた直後だった。

「京から丹波の亀山（現、亀岡）へ通じる路は数本あるが、主な路は山陰道、またの名を丹波路とも呼ぶ。京を起点に桂川渡月橋を渡り西へ進み、老いの坂を越えて亀山に入る。路は亀山からさらに先、若狭の小浜に達している。人の往来も多く、亀山に参るには丹波路を行くのがよいのだが、今日はその路でなく保津川沿いを通る。亀山まではおよそ三里半（十四キロ）、ゆっくり歩いて三刻半（七時間）。日暮れ前には行き着くであろうが、この路は整備されておらず、往き来する者は稀。心して通らねばの。それにしてもなんと穏やかな流れなのだ」

四半刻（十五分）ほど桂川に沿って歩いてきた時、光好が立ち止まって桂川を指さす。

「水鏡とはこの川のためにあるような」

冬も歩を止めて桂川に目を遣る。

朝ぼらけの川面に嵐山が逆さに映っている。嵯峨野に来て以来、ほとんど秋水山房と養生所を行き来するだけだった冬は、対岸の嵐山が唯一見慣れた風景だった。

「この流れもあと半刻（三十分）ほど川筋を遡れば急変しますぞ。それまでこの眺めを存分に楽しみなされ」

冬と並んで立つ光好の顔も穏やかだ。

菅笠をかぶり、手甲脚絆を着けた冬の姿はまるで男のようだ。ふたりとも背に袋を背負っている。中に竹筒に入れた水と竹皮に包んだ握り飯、それに着替え用の薄縁が入っている。

「この川は丹波の大悲山の山中から湧き出る一滴の水から発して谷々から流れ出る小川を飲み込んで

少しずつ水量を増して保津という集落まで流れ下る。大悲山麓から保津集落までを〈大堰川〉、保津集落から山深い峡谷を抜けて嵐山の麓、渡月橋までを〈保津川〉、渡月橋から京の西端を流れ下り山崎で淀川に流れ込むまでを〈桂川〉と呼んでいる。つまりこの川は流れ下る土地くで、大堰川、保津川、桂川と名を変えるのだ。ところで大堰川という名の由来を冬殿はご存知か」

光好は問いかけて歩き始める。

「存じませぬ」

冬が後に続きながら首を横に振る。

「奈良に都が作られる前、応神天皇の御代と申すから千二百年ほど昔のこと。百済から〈弓月の君〉と名乗る者が多くの百済人を率いて大和に渡ってきた。それから数百年後、この川一帯にその末裔である秦一族が住みつくようになった。秦一族は川の周りの荒地を開墾して田畑に作り変えた。田畑に欠かせないのは水。一族はこの川に大きな堰を数多く作って田畑に河水を流し込んだのだ。それをもって大堰川と呼ぶようになった。この一族は土や石を扱う術に長けていたのだ。冬殿もご存じであろうが太秦の広隆寺はその昔、秦寺と呼んでいたそうじゃ。太秦と言い秦寺と言い、これらはいずれも秦一族と深い関わりがあったのであろう」

そう告げているうちに渡月橋東詰に着いた。

渡月橋は川が峡谷部から平坦部に流れ込む直前の川幅が狭い箇所に架かっていて、野分（台風）などで川が氾濫するとしばしば流失した。そこで架け替えに築造費がかからないよう、欄干も付けず、また橋高も低い造りとなっていた。

光好は渡月橋を渡らず川の左岸に沿った小径に入った。冬は少し離れて光好の後を追う。

「光好様はずいぶんとこの川に関心がおありのようでございますね」

「わたしは医者になることが叶わなかった。吉田家には称意館と申す蔵がある。そこに父、宗桂が明より持ち帰った書物が収められている。このこと冬殿も存じているはず」

「存じております。今わたくしはその蔵にある医術書を宗恂様から頼まれて副書しております」

「父はわたしを称意館に連れていって医術書を選び出し、それを読むように勧めた。父はわたしに医業を継がせたかったのだ。ところがわたしときたら、とんと医術書に関心が湧かなかったのだ。称意館の蔵書は医術書だけではない。空合術（天候予測）、間積術（測量術）、岩石の硬軟や石質を判別する術、さらには河川に関する治水術などを記した書が収められている。わたしはそれらの蔵書をむさぼり読んだ。医術書よりはるかに面白かったのだ。父はそんなわたしに見切りをつけて、土倉を継がせることにした。だが土倉を営む者に空合術や間積術、治水術などは何の役にも立たなかった」

歩きながらの話としてはずいぶんと重い話だ、と冬は思った。そして他人であり、しかも女性である自分に自らの心中を打ち明けてくれる光好に冬は好もしさを感じた。

「話に気を取られていたが、そろそろ川の流れが急になってきますぞ」

光好は目を細めて上流をうかがった。急傾斜の岩肌に人ひとりが通れるほどの路が穿たれている。

「これからあの路を辿ることになる。川面を見てはなりませぬぞ。ひたすら路に目を遣り、足裏に岩を感じながら歩くことが肝要」

光好の忠告に従って冬は慎重に歩を運ぶ。小半刻（三十分）ほど光好の後について峡谷につけられた小径を進むと川幅が急に狭まり、両岸は切り立つような崖になった。

「冬殿に見せたいものがある。しばらくここで待とう」

路幅が少しだけ広がった所にさしかかった時、光好はその場に腰を下ろした。冬も見習って路に座る。眼下に保津川が迫る。川中には大きな岩が頭を出していた。その岩に河水が当たり渦を巻いて白濁し、うねりながら下流へ走っていく。山峡を見上げると紅葉が終わって葉を落とした木々が陽光につややかに光っていた。風は無く、温かな陽気である。冬はうとうとした。

「見なされ」

眠気を吹き飛ばすような光好の呼びかけだった。冬は恥じるようにして光好が指さす川面に目を向けた。丸太を数本並べて組んだ筏が数珠玉のように連なって激流を下ってくる。先頭の筏と中ほどに位置する筏にそれぞれひとりずつ棹を持った男が立ち、川中に突き出ている岩を巧みな棹さばきでかわして筏を下流へと導いていく。

「先頭の筏から最後尾の筏までの長さがどれほどか冬殿にはおわかりか」

丸太十本ほどを組んでひとつの筏となし、それを幾つも連結して、まるで巨大な帯のように見える。

「ずいぶんと長いようですが」

冬は筏から目を離さず応じる。

「二十五間（四十五メートル）ほど。幅は一間二尺（約二メートル四十センチ）」

「筏の幅はずいぶんと狭いのですね」

「峡谷で狭められた河道を下（くだ）っていくのだ。筏を幅広に組めば川中の岩に当たってばらけてしまう。そうなれば筏師は川に投げ出されて溺れ死ぬか大怪我を負う。過日冬殿が介抱した若者は幸いなことに命永らえたが、多くの筏師がこの激流で命を落としている。これが人食い川と宗恂が申した正体だ」

光好が告げている間に筏は通り過ぎて見えなくなった。

「あの筏が無事に渡月橋の橋詰めまで流れ下ってくれることを祈るばかりです」

「筏流しは今には始まったことではない。何百年も前から丹波の黒木（くろき）を京都（みやこ）に運ぶ術（あだて）（手段）として行われてきた。冬殿が住まわれていた最上屋敷に使用した檜（ひのき）も、今はもう取り壊されて跡形もない聚楽第（じゅらくだい）の建物に用いた檜や杉も丹波の山で伐採した黒木を筏に組んで筏師の手でこの川を下り、京に運ばれたものだ。そればかりではない、京の多くの家屋敷に用いた木材はこの川の水運を介して運ばれた黒木が使われている。京の建物は保津の筏師なしには語れぬのだ」

黒木とは樹皮を剥（は）ぎ取っていない木材のことである。

「筏師はご自身が運ぶ杉、檜で京の家々が建てられていくことに誇りを持っているのでしょうね」

「棹一本に命をかける筏師は黒木が無傷で保津の激流を流れ下るよう力を尽くすだけ。誇りなどと言うものは武士（もののふ）が戦をする折に自分（おのれ）を奮い立たせるために用いる方便にすぎぬ」

「誇りは武士の方便……」

言葉を濁す冬に光好は、

「そうであった、冬殿のお父上は武家であったな。つい言葉が過ぎたようだ。他意はない、ただ筏師の業は過酷であると申したかっただけだ」

「ならば他の業に鞍替えなさればよいものを」

光好の言葉に動ずることなく冬の口調はいたって穏やかだった。

「筏師の多くは百姓も兼ねている。百姓と筏師を巧みに使い分けて何百年にもわたって大堰川沿いで暮らし抜いてきた。おいそれと鞍替えなど能(あた)うものではない。それは冬殿の父上が武士を捨てずに命を絶ったように。そしてわたしが土倉を投げだせぬのと同じようにな。筏師の話になってしまったが、実は冬殿に見せたかったのは筏ではない。あの川中にある大岩だ」

「岩？」

冬が首をかしげる。

「あの岩を砕きたいのだ」

光好は目を大きく見開いて冬を見た。冬は光好の眼の奥に強い光が宿っているのに驚いた。それは土倉の話をしている時の目の色と全く違って生き生きとしていた。

「そういうことでしたか。あの岩が無くなれば筏師の命も救われますな」

「いや、そうではない。わたしはただあの大岩を砕きたいだけなのだ」

「何の目的(あて)も見返りもなく岩を砕きたいと」

「左様、ただ無性に砕いてみたいのだ。わたしの頭の中は称意館でその昔読んだ空合(そらあい)術や間積(けんづもり)術それに治水術などの一文、一文がこびりついている。岩を砕きたいのは称意館で過ごした幼き頃からの夢なのだ」

「岩を砕いてどうなさるのですか」

「申したようにただ砕きたいだけ」

「それが夢」

　冬にはとても理解できないことだった。

「おかしいと思っておるのであろう。他人の冬殿さえそうなのだから、これを身内の者に打ち明けたら頭がおかしいと相手にされぬのは明らか。だからずっと胸の内に秘めて誰にも話さずにいた。わたしの胸は誰かに聞いてもらいたいという思いでふくれ上がっていた。冬殿に聴いていただき、胸が楽になった。だがのわたしの夢はそんなにおかしいなものだろうか」

「岩を砕くにはそれなりの具（道具）が要るのではありませぬか」

「鏨（たがね）や鎚（つち）が要る。砕いた岩屑を運ぶモッコや岩を曳く綱も。それらは天から降ってくるのではない。銭を出して買い求めなくてはならぬ。さらに岩を砕く人足も只で働いてくれるわけではない。労賃を払わなくては人足も集まらぬ」

「岩さえ砕ければそのような費えを払っても構わない、と申されますのか」

「もう身罷ってしまったが、父宗桂の茶友であった堺の今井宗久様や津田宗及様は晩年に目が飛び出るほど高価な茶器を買い入れ手許に置いて楽しんだ由。わたしには茶器にそのような思い入れはない。与一に家業を譲ったら、茶器の代わりに岩を砕いて隠居後を過ごすのもよいと思っている」

　冬はなんと答えてよいのかわからない。ただ光好の夢が現（うつつ）のものとなれば、筏流しの危険箇所がひとつ減ることになる。それを考えれば光好に是非岩を砕いてもらいたい、と思った。

「岩を砕くのにそのような多額の金銭を要するとなれば、隠居なされた後であっても吉田家の方々が快く岩砕きをお認めになるとは思えませぬ。つまり岩を砕くには砕くための理（理由、理屈）がなくてはなりませぬ。そしてその理は吉田家に益をもたらす理でなければ、栄可様や与一様たちを得心させることは能いますまい」

「吉田家に益をもたらすような理……。よいことを教えてくだされた。今まで童が遊具を無心にほしがるようにわたしは岩を砕きたいと思うだけで人を説得させるための理など考えてもみなかった」

光好はそう告げて何度も頷いた。

「わたくしは嵐山と桂川を眺めていると、しみじみと嵯峨野に連れてきていただいてよかったと思っております」

冬は話を変えて明るい声で言った。

「嵐山も良いが桂川はなんといっても鮎。冬殿も鮎を食したことがあろう」

「鮎は父が好きで、よく一緒に食したものでした。鮎を食すると夏が来たのだ、との思いが身に付きました」

「その鮎はこの川から獲れたものだ。初夏から盛夏にかけ、渡月橋下流一帯は鵜匠たちが操る鵜舟の行き来が盛んになる。おっと、冬殿との話に気をとられていた。さて亀山に向かうぞ」

光好は立ち上がると冬を急き立てるようにして歩き始めた。

第三章　地震（ない）

（一）

文禄五年（一五九六）、七月。

冬が嵯峨野に来て一年が過ぎた。

渡月橋から少し下った川中に鵜飼いの小舟が数隻浮かんでいる。

養生所で午前（ひるまえ）の診療を終えた冬は庭先に出て鵜匠が何本もの紐を操（あやつ）りながら鵜を泳がせている姿に目を遣った。

冬の日々は〈多忙〉のひと言に尽きた。冬に診察をしてほしいと願い出る患者がひきも切らずに押しかけたからである。宗恂の助手となって一年足らず、医者として未熟どころか、満足に診察もできぬ冬になぜ患者がついたのか、冬にはその理由（わけ）がいとも容易（たやす）く理解できた。冬が〈女〉だからである。

冬の患者はほとんどが女性だった。医者は患者の脈をとり、胸や腹を触って診断をする。性別を超えた立ち位置に居るのが医者だ、とわかっていても女は男の医者に肌を触れられると羞恥で身が縮む思いなのだ。女たちの多くはたとえ未熟であっても宗恂より冬の診察を望んだ。むろん冬が処方を決めることなどできるはずもなく、詰まるところ、女患者は冬の手を経て宗恂が診断をすることになるのだが、患者の傍に冬が付き添うだけで女たちは羞恥心を減ずることができた。

「変わりありませぬか」

冬の背後から遠慮がちな声が届いた。鵜舟から目を離して振り返ると鏑木作左衛門(かぶらぎさくざえもん)が庭隅(すみ)に立っていた。

「爺(じい)も変わりないか」

冬は笑顔で聞き返す。作左衛門は腰を折りながら冬に近づいた。

「日々、日禛様と共に托鉢をして京内を歩き回っております。それが叶うのも健やかであるから」

「それを聞いて安堵しました。今日も托鉢に出かけるのでは?」

「少しばかり冬様と打ち合わせたいことがありまして、今日は京内へは参りませぬ」

「日禛様もお変わりないのですか」

「冬様から寄進された土地にどのような寺を建てるか、またその費(ついえ)をどう集めるか、日夜頭をひねっております」

ふたりが会うのは作左衛門が日禛の弟子となって以来だから、およそ九ヶ月ぶりである。

「大殿(最上義光)御正室と駒姫様、それにわが殿(宇月一之進(うづきいちのしん))の命日が近づいております」

「あれから一年。早いものですね」

「日禛様が三条河原の塚に参って、お三方に供養の経を念じてくださる、とのことでした。いかがでしょう、そうなされては」

「それはありがたいことです。日禛様が塚に参って供養してくださるなど願ってもないこと」

「日禛様は来月、閏七月の十二日がよいのではないかと申されておりますが」

「わたくしに異存はありませぬ」

「命日より少し遅れますが京は今、たいそう厳しい取り締まりが行われております。ご存じかと思いますが、明からの使者が我が国との戦を和平で終わらせるために、京に逗留なされております。その使者らに不測の事態が起こらぬように京内を何千という兵が昼夜を分かたず警護しております」

「やっと朝鮮や明との戦も終わるのですね」

「そうなるとよいのですが、京を托鉢で廻っておりますと、いろいろな噂を耳にします。その中に、肥後半国を治めている加藤清正様が朝鮮から呼び戻されて、大坂の加藤屋敷に押し込められているとか」

「加藤様は朝鮮での戦いでめざましい武勲をお立てになったと聞いております。その加藤様が何ゆえに？」

「加藤様は朝鮮、明との戦いを和平で終わらせるのではなく、勝利して両国を日の本に加えたいらしいのです」

「太閤秀吉様も加藤様のお考えと同じではありませぬのか」

「太閤様はお拾い様のお誕生を機に朝鮮出兵の関心をなくした、と京では噂されております。それに戦況はどうも芳しくないようで、戦場では早く和平に持ち込んで日の本に戻りたいと思う武将が増えているとのこと。その旗頭が同じ肥後の半分を治める小西行長様。小西様と加藤様は和睦か戦を続けるかで揉めたそうです。その一方で小西様はこうした動きを伏見城に詰めている石田三成様に伝えたそうです。三成様と行長様は古からの盟友、それに反して石田様と加藤様は秀吉様の許で出世争いをした犬猿の仲。石田様は小西様と結託して、加藤様の朝鮮での所業について太閤秀吉様に讒言し、朝鮮から呼び戻すよう企んだそうでございます。もっともこれらの話は全て京人の噂話ですが〈火のないところに煙は立たぬ〉の例えもあるように、どうやら信じてよさそうです」

「加藤様の朝鮮での所業とは？」

「清正様があたかも太閤様であるかの如くに振る舞って他の武将らに指図している、との讒言」

「それを太閤様がお信じになられた、と」

「加藤様を呼び戻し大坂屋敷に押し込めた処置を見れば、石田様の讒言をお信じになられたのでしょう。このご処置、なにやら関白秀次様の謀叛騒ぎと通ずるところがあると冬様はお思いになりませぬか」

「加藤様が秀次様のような御最期を辿らぬよう願うばかりです」

「供養のことから加藤様の話に飛んでしまいました。供養が終わりましたら、わたくしは僧として独り立ちし、塚の片端に草庵を作り、駒姫様の供養に励みます」

「確か日禛様の許での修行は一年の約束でしたね。その一年がもう直ぐなのですね。で日禛様から僧名をいただけましたか」

「順慶という僧名をいただきました」

「順慶、いい名ですね。ではこれからは爺父でなく、順慶和尚と呼びましょう」

「いえ、冬様には、爺父と呼んでいただきたい。わたくしにとって冬様は唯一身内と呼べるお方。せめて冬様と一緒の折は幼き時より育て申した爺父として接したいのです」

冬は涙が出そうになるのをこらえながら川に目を遣った。鵜舟の隻数が増えていた。岸辺に鵜飼いを見ようと多くの人が集まっている。秀吉、三成、加藤らの葛藤は鵜飼い見物に興ずる人々にとって無縁のことのように冬には思える。そして京人にとって一年前の三条河原での惨事はさらに無縁のことのように思えた。

（二）

文禄五年（一五九六）閏七月十二日早朝、三条河原の塚の前に、日禛上人、順慶、冬、宗恂、茂助・熊夫婦、光好とその息与一の八名が密かに集まっていた。

塚は畿内を襲った野分（台風）による鴨川氾濫で荒れていた。八人のほかに人影はない。早朝の所為もあるが、おぞましい惨事を忘れ去るには首塚に近づかないことが何よりだと京人が思っていたからである。

一行は塚に絡まった漂流物を取り除き、大石をかたづけて塚周りを清掃した。それが終わると冬は塚の前に手折ってきた野の花、数輪を手向けた。一行は塚の前で頭を垂れ瞑目し、それから日禛上人と順慶が一歩塚に近づいて読経を始める。日禛の鍛えられた声と順慶のしわがれ声が和音となって三条河原に流れていった。


嵯峨野に戻った一行は光好の館で飲食の宴をもった。日禛と順慶は小倉山の草庵に戻るため日没前に退出したが宴は深夜に及んだ。冬は頃をみはからって秋水山房に戻ると医術書の副書に取りかかった。宴で光好や宗恂に勧められて呑んだ御酒が胃の腑に残っているのか筆が思うように進まない。身体が弛緩して眠くなってくる。冬は頭を二度三度と振って目を見開き、眠気を追い払って筆を運ぶ。かすかに宴席から聞こえていた歓談の声も途絶え、代わって桂川の瀬音が障子越しに聞こえてくる。冬は筆を休めて瀬音に耳を傾けながら、この一年を振り返る。

吉田家に世話になった一年は冬にとって見るもの聞くもの全てが出会ったことのない日々の連続であった。医術に造詣の深い宗恂、為政者にすり寄ることを潔しとしない光好、土倉を盛んにすることが吉田一族の繁栄に繋がると信じて突き進む栄可、それらの人々は武士の娘として育てられてきた冬とは全く異質であった。駒姫に仕えることが全てであった一年前までのことがまるで嘘のように遠いことに思えた。

瀬音に混じって対岸の嵐山中腹に建つ法輪寺の鐘の音が聞こえてきた。二打である。

「なんともう丑（うし）の刻（午前二時）。十三日になってしまったのか」

そうひとり言ちて（ご）机の前から立ち上がった時、突如床が突き上がり、冬は転倒した。机に置いた灯明が倒れて灯が消え部屋は闇となった。

「地震（ない）、地震」

部屋のあらゆる所から軋む音がして棚から物が落ちる音が耳に響いた。立ち上がり、手探りで秋水山房の外に出ようと試みた時、さらに強い揺れで冬は床に叩きつけられた。両腕で頭を覆い、身体を丸めて揺れが収まるのを待つ。だが揺れは二波、三波と間断なく襲い、身を起こせない。冬は這って戸外に出るとそこで一夜を明かした。揺れは朝になってようやく小さくなった。


地震発生から七日後、閏七月十九日、栄可は吉田一族の主だった者を自邸に召集した。

光好、幻也（こうや）の各分家のほかに周三（しゅうさん）、友佐（ともよし）の両分家も加わった。一宗家四分家が一堂に会するのは年初以来初めてだった。周三は栄可四兄弟の三男、友佐は四男である。そこに宗恂と冬、それに蓑輔も呼ばれて総勢二十三名であった。

「地震（ない）は収まりつつある。幸い吉田一族の者や家屋敷、蔵などにさしたる損傷はなかった。しかしながら京内では甚大な被害が出ている。この禍（わざわい）を吾等一族に与えられた千載一遇の好機と捉え、土倉をさらに飛躍させるためのものとしたい。それには京内の惨状を知らねばならぬ。そこでこの七日の間、分家の方々が京に出向いて見知ったことを告げ合って、その実情を知り、土倉としての営みに生かしていこうではないか」

栄可はそう述べて召集した意図を説明した。

「わたくしがまず知り得たことから申します」

栄可の息、休和がその場から立ち上がった。

「わたくしは手代の者と地震が起きた翌日、京内に行ってまいりました。京内には宗家が銭を貸し付けたお武家様が大勢おられます。そのお屋敷がどうなったのか見て回りました。下京に建つお屋敷のほとんどは焼亡しておりました。おそらく焼亡したお屋敷の方にお貸しした銭の回収は能わぬものと思われます」

「宗家と同じように、吾が分家も回収能わぬ者が多く出た。宗家と異なり、貸し付けた方々はお武家より市井の者の方が多い。貸し付けた額も宗家より少ないと思われる。わたしも地震の翌日に京を見回ったが、おそらく、京の三分の一ほどは燃えてしまったであろう。銭を貸した者の中に家を失った者や死した者も居た。貸付金の回収はあきらめるしかない」

周三が休和の後を継いで報じた。すると友佐が立って、

「わたしのところも似たり寄ったり。わが分家は唯一、京内に店を構えているゆえ、地震が起きた当初のことに通じている」

友佐はそう言って、次のような話をした。

突き上げるよう衝撃で飛び起きた友佐は息子ふたりと妻を伴って家から飛び出して、裏の高台に避難した。絶えず揺れが襲ってきて闇夜の中で四人は立っているのがやっとだった。高台からは京内が一望できる。一ヶ所から火の手が上がった。するとそれを待っていたかのようにいたる所から火の手

が上がった。京内はまたたく間に広大な火の海となり、真昼のような明るさとなった。闇夜を押し開いた炎で多くの京人が鴨河原に避難を始めた様子が丘からほの見える。熱気をはらんだ風が丘に立つ友佐ら四人に吹きつけるようになった。火炎がつむじ風となって真っ暗な天空に上がっていく。幾つかの火炎は互いを引き寄せて巨大な竜巻へと成長していった。三波、四波の揺れが大地を突き上げ、友佐らを襲った。

「竜巻は倒壊した家の柱や屋根、戸障子、畳などを巻き込み、吸い上げ、引き千切って空高く舞い上げた。炎が地表を走り、竜巻に吸い寄せられ火柱となって勢いを増していった。夜が明けて京内を見下ろした。街は半分ほどが焦土と化していた」

友佐はその時の光景を思い出したのか、首を横に振って身震いした。

「友佐の館は類焼を免れたのだな」

栄可が質す。

「焼かれずに済んだが土倉蔵(くら)に大きな損傷があった」

「蔵に収めてある質草は」

「幸いなことに無傷であった」

「次はわたしが話そう」

休也が友佐のあとを継ぐ。

こうして、そこに顔をだした一族の者たちが次々に京に出向いた時に見聞きしたことを伝え合い、そのどれもが酸鼻を極めたものばかりであった。最後に光好の息、与一が立ち上がった。

「真夜中に起きた地震。皆、火の始末をして寝静まっている時刻。なのになぜ、あのような大火になったのか。そのことがわたくしには不可解でした。しかし京内に赴いてその理由がわかりました。地震が起こる前日、わたしどもは日禛様とともに三条河原に出向き、秀次様一族の供養をいたしました。この供養を京人は遠くから眺めていたらしいのです。いえ、眺めていただけでなく、ある者は家に戻り、密かに灯明を立てて、供養をしたとのことです。そうした殊勝な方々は数百軒に及んだと聞いています。それだけ関白様一族の殺され方は理不尽で、京人の心内に一年経った今も残っていたということでしょう。灯明は夜を通じて点されそうです。そして深夜の丑の刻（午前二時）、地震が起こりました。この秀次様供養の灯明が倒壊した家屋に火を点けたのです。火はまたたくまに京中に広がり、家から逃げ出した人々は火と大地の揺れに追われ、鴨河原へと逃げました。辻々に建てられた物見櫓から半鐘を打ち鳴らす音が間断なく聞こえてきたそうです。地震の翌日、休和さんや友佐叔父と違ってわたしが訪れたのは鴨河原でした。鴨河原に難を避けた京人はおそらく一万人を超えていたと思われます。河原には以前から住んでいる乞食らが一万ほど居ります。その彼らが住まう住居は地震での損傷をほとんど受けませんでした。と申すのも乞食らの住まいは茅と枯れ木と縄と筵だけで組まれていて、揺れに強く、よしんば倒れたとしても怪我などしませぬ。また火事になっても鴨川が目の前、直ぐに火を消せます。この時、どこよりも安泰な所は鴨の河原であったに違いありませぬ」

そこで与一は話を切った。

「で、与一は何を申したいのだ」

栄可が首をかしげながら訊いた。

「申し上げたかったのは、此度の地震を吉田一族繁盛の好機と捉えるのは、いかがなものか、ということです」

「与一は藤原惺窩なる高名な学者の下で学問に励んでいると聞いていたが、その学問は土倉には役立たぬようだな」

今回の集会の主旨を否定された栄可は与一に厳しい顔を向けた。与一が反論しようと口を開きかけた時、

「吉田一族は医術と土倉が両輪となって栄えてきた、そう栄可殿は先の集まりの折に申されていたではありませぬか。与一が学んでいる朱子学が此度の地震対応に役に立たぬとも、これからの吉田家を支える大きな力となりましょう」

宗恂が諭すように告げた。

「分家の皆様に確かめたいことがありますが、聞いていただけますか」

気まずくなりそうな気配を察して、栄可の息、休和がさりげなく言った。皆が宗恂に当てていた視線を休和に移す。

「実は昨日、東国の大名に仕えるお武家から高額の借用を申し込まれたのです。使い道を訊ねましたところ、京に構えた館が地震で損壊したので修復するための銭を借用したいが、この禍なので質草はないと申されるのです。で、わたしと父で話し合った末、『質草がなければ代わりに御主君のお名を認めた借用証文をいただきたい』と申し上げました。するとお武家は、『質草の代わりに殿の名、だと。無礼にもほどがある』とえらい剣幕。わたしは『ご依頼のような大枚を用立てるには四、五日か

かる、今日のところはお引き取り願いたい』と申し上げ、その日は引き取ってもらいました。おそらく分家にも同じようなことが起こっているのでは、とそれを確かめたいのです」

「わが分家にも銭を貸せと屋敷を焼かれたお武家が連日押しかけてまいる」

周三がそう告げると、友佐も同じことを言った。

「で、そのお武家たちは質草を用意しておったのか」

栄可が訊いた。

「ない」

周三と友佐が口を揃えて応じた。

「で、どういたしたのだ」

「宗家と同じようにその日はお帰りいただいた。しかし、日を改めて再び参ることは明らか。宗家はこの後、いかなる対応をされるのだ」

周三が顎を突き出し、上目遣いに栄可をうかがった。

「わしの腹は決まっている。此度はお武家に貸さぬ。最初に借用に訪れたお武家に質草も預からず貸し出してしまえば、次に借用に参ったお武家にも同じように質草なしでも貸し出さねばならなくなる。それを聞きつけて多くのお武家が質草を持たずに銭を貸せと土倉に押しかけるのは目に見えている」

「京都所司代の前田様を中に入れれば借用証文のみでお武家様に貸し出せましょう。質草なしでの貸し出しとなれば、高い金利で貸し出せるはず。みすみす大儲け（おおもう）けを見逃すことはないでしょう。こういう時のために、吉田一族は一度疎遠となった前田様に大枚の銭を献上して誼を通じ直したのです」

幻也の息、休也がしたり顔で言った。

「いや、此度は前田様を当てにしてはならぬ」

栄可が渋い顔で応じた。

「それでは今まで前田様に献上してきた賂（賄賂）は無駄だったのか」

友佐が不満げに訊いた。

「一昨日、使いの者を前田様の許に走らせた。ところがお屋敷は閉まっていて、会うことが能わなかった」

「京は地震の後始末で大騒ぎ、京都所司代の不在など考えられぬ」

宗恂が首をかしげる。

「京内の探索に出ていた蓑輔が昨夜遅く、五日ぶりに戻ってきた。まだ蓑輔から探索の諸々を聴いていないが、前田様がなぜ不在であるか蓑輔は探り当てているかもしれぬ。まずは蓑輔から京の様子を話してもらおう」

栄可は後方に座している蓑輔を栄可の横に招いた。蓑輔は皆に一礼すると、

「地震が起きて七日が過ぎ申した。京がどのような惨状を呈したかは、すでに皆様の口から発せられた通りでござるので、それ以上のことは申さぬ。前田様の京不在について話す前に、秀吉様の近況をお話しなければなり申さぬ」

そう告げてひとつ、咳払いをして喉の調子を整えた。

「地震が起こった折、太閤秀吉様は京の南方に築いた伏見城、奥御殿の寝所でお拾い様、淀様と共に就寝しておられた。地震で目を醒まされた淀様はお拾い様を抱きかかえ、秀吉様の手を引いて奥御殿の奥庭に逃れ、そこで一夜を明かしたやに聞く。夜明けてみれば、二の丸や外曲輪の建物群や石垣が崩壊し、なかでも警護の者らが詰めていた広大なお屋敷は石垣と共に水堀に崩落。そこで寝をとっていた武士、女中、足軽など多くが命を失い申した」

宗恂は眉のあたりをかすかに曇らせた。

「太閤様にお怪我はなかったのか」

「なかったと思われる」

「一夜を明かした後、太閤様はどこにお移りになられたのだ」

栄可が蓑輔をうかがった。

「夜が明けたと同じ時刻、朝鮮より呼び戻されて自邸に閉居を命じられていた加藤清正様が数百名の職人を率き連れて、太閤様に謁見したとの由。清正様は、閉居を命じられている身であるのに、その命を破って参上したことの非礼を詫びた後、職人らに命じて城内のもっとも奥である山里曲輪に仮の館を突貫で建てさせ、そこに御三方をお移しになり、自らは不眠で警護にあたられた。このことがたちまち伏見城下に広まり、町民は、清正様を〈地震加藤〉と呼んでもてはやしておる」

「そうであったか。これで加藤様は殿（秀次）と同じ運命を辿らなくてすみそうですな」

宗恂が感慨深げに呟いた。

「太閤様は仮の館にお入りになると、前田玄以様を呼び寄せた」

蓑輔が続ける。

「太閤様は心細かったのであろう。それゆえ前田様をお呼びになったのか。なるほど前田様が京を留守にしていること、合点がいった」

栄可がしたり顔になる。

「いや、そうではござらぬ。呼び寄せたのは腹を切らせるため」

「腹を切らせる、だと」

栄可が目を剥いた。

「そう、聞いており申す」

蓑輔は平然と答えた。蓑輔は栄可に雇われて世上探索を担っているが、かつては織田信孝の家臣であった。織田信孝は信長の三男である。信長が明智光秀に弑逆された後、天下を羽柴秀吉と柴田勝家が争った時、勝家と組んで共に破れて自刃した。この折、織田信孝の多くの家臣が浪々の身となった。蓑輔はそうした経歴の持ち主であるがゆえに武家社会の内情を探るのがそれほど難しくなかったのかもしれなかった。

「前田様は石田三成様と同様、太閤様お気に入りの御家臣だぞ」

栄可は首を二度三度と横に振る。

「確かに前田様は太閤様のお気に入り。だからこそ秀吉様は伏見城を築くにあたって前田様に普請惣(そう)奉行をお命じになられたのでござろう」

「それほどまでに気にいられている玄以様に腹を切らせようとなされたのは」

「大坂城でも此度の地震で石垣は崩れた。天守や御殿などは損傷したが倒れなかった。それ故地震で命を落とした者は数十名と少なかった。それに比して伏見城は再建が能わぬほどの崩落倒壊。命を落とした者は五百人を超えるといわれており申す。その因は築城の総指揮をとった前田玄以様がいい加減な普請をしたから、そう秀吉様が断じたのでござる」

「前田様は誠実な方だ。普請に手を抜くようなことはなさらぬ」

栄可が口をへの字に曲げた。

「僕はただ、探索で得たことをお伝え申しているに過ぎぬ」

蓑輔は憮然とした顔で言い返し、

「前田様は地面に額をこすりつけて、今一度、機会を与えてほしいと懇願したそうな」

と続けた。

「それで秀吉様の御処置は」

栄可にとって前田玄以は頼みの綱である。その玄以が秀吉に恨まれて腹でも切らされれば、今まで玄以に献金していたことが水泡に帰すことになる。

「前田様は伏見城崩落の汚名をそそぐため新たな城を作ることを進言し、自らが築城惣奉行に就くことを秀吉様に願い出た。そのことをもって切腹の命を取り下げていただいたと、聞いており申す。しばらく前田様は京へお戻りになれぬと思われる」

「前田様の切腹がなかっただけでも善しとせねばなるまい。それにしても実に恐ろしきものは、太閤様の御心内。うかうかとすり寄れば土倉を営む吉田家など、瞬刻で葬り去られるであろう。光好がかねがね申していたように、京都所司代の懐深くに入り込むことを慎むのが正しいのかもしれぬ」

栄可にしてはめずらしく弱気な言葉であった。

「甚大な被害を受けたのは京、伏見ばかりではござらぬ。大坂では淀川に架かっていた橋のほとんどが落ち、路々は寸断され、天満東寺町に築造中の専念寺と九品寺が崩落いたした。ただ大坂城の石垣は、先ほど申したとおり、さほど大きな損傷はなかった。ひどかったのは堺の町。ほぼ二千戸の家、屋敷が倒壊し、辛うじて残った家々は、その直後に襲った津波によってことごとく海中にさらわれてしまった。堺を旧に復するのはもはや困難かと思われる」

「すると京の建て直しは堺の商人なしで進められることになる。となれば京や大坂の商人が担うことになろう。これに吉田家がどれだけ関われるかだが、土倉だけでは多くの利は望めまい」

栄可はいかにも無念そうに唇を噛む。

「ここに集まって皆の話に耳を傾けていると、土倉の行く末が見えてきたように思います」

今まで口を噤んでいた光好が唐突に言った。

「何が見えてきたと申すのだ」

栄可が口を尖らせる。

「土倉の明日は暗い、ということがです」

光好は恐れげもなく断じた。

「おまえは土倉という商いのおかげで飯が食え、一家を養えたのだ。土倉に明日があったからこそ、今でも吉田家は栄えているのだ」

「銭で銭を儲ける商いは、京が平穏であれば京都所司代の庇護の下でやっていけましょう。今まで宗家は、銭を貸したにもかかわらず返済を渋るお武家らには、前田様にお頼みして、返済要請のお口添えをしていただき、なんとか回収にこぎつけました。しかしながら、此度のように天変地異が起こって京が疲弊混乱すれば京都所司代の庇護など当てになりませぬ。いえ、このような時だからこそ、京都所司代の庇護を当てにしてはならぬのです」

「このような時だからこそ前田様のお力が欠かせぬのだ。そのような道理を光好はなぜわからぬのか」

「秀吉様が滅べば前田様は京都所司代の役を解かれるでしょう。そうなれば吉田家は前田様の庇護を失います」

「めったなことを申すな。秀吉様が何処かの大名に滅ぼされるとでも思っているのか」

「秀吉様を滅ぼすのは大名とは限りませぬ。先の集まりで宗恂が申したことを忘れましたのか」

「宗恂が何を申したというのだ」

「秀吉様は惚けがすすみ、それと併せてお身体も人よりはやく老化がすすんでいる、と申したことです。さきほど蓑輔殿は、『地震で目を醒まされた淀様はお拾い様を抱きかかえ、秀吉様の手を引いて奥御殿の奥庭に逃れ』と述べられました。秀吉様が歳相応のお身体でしたら、秀吉様がお拾い様を抱き、淀様の手を引いて奥御殿からお逃れするのが理に適っています。宗恂そうであろう」

光好は栄可から宗恂に顔を向けて確かめた。

「蓑輔殿の話を聞いて、秀吉様の老化と惚けが相当進んでいるのではないか、と改めて思った次第」

「蓑輔、淀様が秀吉様の手を引いて奥御殿を脱出した、と申したことに偽りはないのか」

栄可が声をひそめて確かめた。

「ご存じのように僕（やつがれ）はかつて織田信孝公に仕えし身。その折、信孝公の茶坊主をしていた者が今、秀吉様付きの茶坊主として仕えており申す。その茶坊主から僕がこの耳で聞いたこと」

蓑輔は憤然とした口調で応じた。

「秀吉様は淀様の手を借りなければ歩くこともままならぬほどお身体がお弱りになっている、わたくしでなくとも医者であればそう思うでしょう」

宗恂はこともなげに言った。

「もしこのまま宗家が前田様のお力を借りて商いを続けるおつもりなら、秀吉様亡き後、前田様がどのようなお立場になるかを慮（おもんぱか）ったうえで、吉田家は次なる手を考えておくことが肝要かと思われます」

岳父であり従兄弟でもある栄可に光好は憚（はばか）ることなく言った。

「地震（ない）は毎年京を襲うわけではない。そろそろ京も旧に復する。さすれば吉田一族もまた繁栄の途に戻れよう。次なる手など考えることはない」

栄可は光好を睨みながら言い切った。

地震を契機として土倉業をさらに繁盛させるために吉田一族は結束を堅くして取り組むという栄可の意図から外れて、一宗家四分家はそれぞれの思惑でこの危機を乗り切ることになった。とは言っても光好分家を除いては〈前田玄以とは今後も誼を通ずる〉〈質草のない武家には銭を貸さない〉〈困窮している京人であっても質草がなければ銭の貸し出しはしない〉等々で一致した。

閏七月十三日、五畿内を襲った慶長大地震の規模は現在の学術用語で表せば、マグニチュード七・五と推察されている。震源の近い京での揺れが烈震であったことは想像に難くない。なお前日に豊後（現大分県の大部）でも大地震が起こっていた。

この年、十月二十七日、秀吉は厄災続きの日々を払拭するかのように元号を文禄から慶長に変えた。したがって慶長元年は二ヶ月という短い年となった。

第四章　秀吉逝去

（一）

慶長二年（一五九七）、秀吉の動きは活発だった。

一月、休戦を解いて朝鮮に十四万余の将兵を送る。（文禄の役）
　聚楽第の代わりとなる新たな城を造営するため、建設地である内野（現京都府上京区京都御苑）に赴き、細々した指示を同行した石田三成に与える。

二月、伏見で大茶会を催す。

三月、醍醐寺に桜を観に出向く。徳川家康が随伴。

四月、伏見より京に出向き、新城建設の進み具合を検分する。

五月、伏見城の天守と奥御殿が完成し、お拾い共々移る。

方広寺に出向き、地震で損壊した大仏の造り替えを命じる。

六月、再び、新城の進捗を確かめるため京に出向く。

七月、造り直す大仏が完成するまでの間、信濃善光寺の如来像を大仏殿に安置させる。

ルソンの使節団を伏見城に招き、象を贈られた返礼に能を催す。

象を禁中（宮中）に運び、天皇の叡覧に供する。

八月、京に赴き、新城の進捗を視察、翌日、伏見に戻る。

九月、新城が完成し、お拾いを新城に移す。

禁中に赴き、お拾い（四歳）を元服させ、名をお拾いから秀頼とする。

秀頼、従四位下左近衛権少将に叙任される。


十月。

「冬殿は医者（くすし）として立ち行けるのか」

久しぶりに養生所を訪ねてきた光好が宗恂に訊いた。

「昼は医者、夜は医術書の副書に励んでくれています。おかげでわたしは夜の副書から手が引けたため、余った時を使って〈古今医薬〉という本の一部を世に出すことが叶いました。冬殿は優れた医者になりましょう」

〈古今医薬〉はその後も書き継がれ、三十三巻に及んだ。

「それは重畳（ちょうじょう）。ところで秀吉様は老化が激しく、今にも黄泉（よみ）の国に旅立つような宗恂の口ぶりであったが、本年正月からの動きをみると、まるで若返ったような感がする。おまえの見立て（診断）は外れたのではないか」

「いえ、外れておりませぬ」

「ならば三日とあげずに京、伏見を行き来なされているあれはなんと解釈すればよいのだ」

「その往来には常に秀吉様の侍医、五名が付き従っております。その侍医のひとり、竹田定加（ていか）殿とわたしは懇意。その定加殿が半月前に、吉田家が所蔵する医術書を是非見せてほしいと、わたくしに頼み込んでまいりました。そこで定加殿を称意館に誘（いざな）いました」

「まさか医術書を貸し出したのではあるまいな」

称意館の蔵書は吉田家以外の者が持ち出してはならぬことになっている。

「定加殿は三冊ばかりを蔵書棚からぬき出し、記されている一文を半紙に写筆しました」

「一体何を写しとったのだ」

「労咳（ろうがい）に関する一文でした。定加殿は、『太閤様は数年前から労咳（ろうがい）に悩まされておられる。伏見と京の間を頻繁に行き来なされておられるが、伏見の城に御帰還あそばすと熱を発して二、三日間はお動きになれない。熱がひき、体力がお戻りになられると、また京へと赴きなされる』と教えてくれました」

「そのような御様態ならば、伏見のお城からお出にならずに御養生なされればよいものを」

「秀吉様が病を押して京に参られるのは、偏（ひとえ）に秀頼様のため」

「秀頼様のためと申すなら、養生なされ壮健になられたうえで、秀頼様の御養育に意を注がれなさるのが理にかなっているように思えるが」

「秀吉様はどんなに養生なされても、壮健に戻ることはないと悟ったのでしょう」

「竹田定加殿ら五名の侍医が労咳であることを秀吉様にお伝え申したのか」

「そのようなことを侍医らが伝えるはずはありませぬ。定加殿が称意館に参って医術書を写筆していったのは、もはや日の本の医術では秀吉様の病を治せぬゆえ、高度な医術を持つ明の医術書に一縷（いちる）の望みをかけたのでしょう。しかし労咳は明でも不治の病。おそらく、秀吉様の余命は一年か二年」

　宗恂はあたりをはばかるように低い声で告げた。老咳とは今で言う肺結核のことである。

「それで秀吉様は秀頼様の元服をあのように早めたのか」

「たった四歳で元服させるなど聞いたこともありませぬ。誰が考えてもありえぬことをなされたのは、命あるうちに、と秀吉様が思われたからこそのこと。今、秀吉様の胸中にあるのは秀頼様の行く末のみ。そのことに残る命を燃やしておられるのでしょう」

「地震（ない）で崩落した大仏を作り直すために何度も方広寺に出向いておられるし、七月にはルソンの御使者とお能をご覧になってもいる。また、一年少し前になるが文禄四年九月には明から来朝なされた和平使節の方々との交渉に秀吉様は意を尽くし、催した宴では自らが使者の方々に酒を注（つ）いでまわり、上機嫌だったと聞いている。それらをもってしても秀頼様ひとりにかまけていたとは申せまい」

「秀吉様が、朝鮮出兵の拠点である名護屋（現佐賀県唐津市）に在陣している最中に秀頼様が誕生あそばされました。その報を聞いた秀吉様は名護屋から大坂に戻られました。それ以来、今に至るまで四年もの間、ただの一度も名護屋へ参ってはおりませぬ」

「参らなくとも事足りていたのではないか。それがなによりの証にはこの二年の間、休戦であった朝鮮、明との戦が一月早々に再開された。秀吉様の英断がなければ十四万もの兵を朝鮮に送ることは能うまい」

「いえ、秀吉様は名護屋に行きたくとも行けぬほどにお身体がお弱りになっておられたのです。これも竹田定加殿から耳打ちされたことですが秀吉様は二、三年前から昼でもしばしば失禁し、夜は寝具に小水をお漏らしになっているとのこと」

「年とれば誰でも失禁くらいはあるだろう」

「定加殿が申すところによれば、一年ほど前に来朝した和平使節の方々との宴が終わったその夜、秀吉様は突然、『和平使節の奴輩を即刻、この国から追い出せ』とわめき散らしたそうです。医者の立場からこの秀吉様の振る舞いを診れば、惚けの顕著な兆候と言えましょう」

「以前にも宗恂は同じようなことを申していたが、果たしてそうであろうか」

「惚けは進んでいるとみなければなりませぬ。仮にも大国である明の使者を何があったか存じませぬが、後先も考えず、追い出せと怒鳴る。挙げ句、朝鮮、明と再び戦を始める。若い頃の秀吉様ならそのような振る舞いはなさらなかったでしょう。これは偏に惚けのなせる技。労咳と惚けを背負った秀吉様が、この後、日の本の政をどのように動かしていかれるのか、そのことを考えるとなにか空恐ろしさを感じます。兄じゃが前の集まりで、『秀吉様亡き後、前田玄以様がどのようなお立場になるかを慮ったうえで、吉田家は次なる手を考えておくことが肝要』と申したそのことが、近づいてきたことは確かです」

宗恂の声はさらに低くなっていた。

「お越しになられていたのですか」

ふたりの背後から声がした。その声に振り返った光好が、

「おお、冬殿、よいところに参られた。お伝えしたいことがあったのだ」

明るい声で応じ、今までの硬い表情を解いた。

「わたくしに何か？」

「昨日、所用で京内に出かけたが、その帰り、順慶和尚の草庵に寄ってみた。塚の清掃と読経を日課にしていると申しておりました。前にも増して御壮健な様子でしたぞ」

「せめて月に一度くらい塚に詣でたかったのですが、多忙にかまけて、まだ参っておりませぬ。爺父のこと気になっておりましたが、健在と聞いて安堵しました」

冬はいかにもうれしそうに頬をゆるめた。

「順慶和尚によると、最上義光（よしあき）様は伏見城での収監を解かれて、伏見に新たなお屋敷を造ったとか」

「そうですか、殿が伏見にお屋敷を。これで山形二十四万石は安泰。主君を持たぬ武士ほどあわれなものはありませぬ。三千を超える御家臣は路頭に迷わずにすみます」

「これを機に順慶和尚と共に伏見のお屋敷を訪ね、義光様に宇月家再興をお願いしてみてはいかがか」

光好が勧めた。

「わたくしは最上屋敷留守居役の娘として十年ほどを過ごしてまいりました。父が浪々の身であった

時の辛さは身にしみてわかっておりましたから、最上家に召し抱えられた父が再び浪々の身にならぬように、との強い思いがありました。それ故、ゆくゆくは父が選んだ御家中の方をわたくしの夫として迎え入れ、宇月家を嗣ぐ、このことに何の疑いも抱いておりませんでした。その思いが今でもあるなら光好様のお言葉に従って伏見へ参り殿様にお家再興をお願いするでしょう。しかしながら宗恂様から医術を学んでいるうちに宇月家再興に心が動かぬようになりました。どうかこのまま宗恂様の下で医術を学ばせてくださいませ」

冬はそう告げてふたりに頭をさげるとその場を後にした。

（二）

慶長二年（一五九七）、十二月、嵯峨野は雪に覆われた。渡月橋の桁板にも雪は積もった。対岸の嵐山に密生する落葉樹の枝々は積もった雪でしなり、白一色である。

養生所を開いて三年、宗恂の名は京内に知れわたった。そうなると裕福な者で病を持った人々が宗恂の治療を求めて養生所を訪れるようになった。宗恂は彼等の中で重篤な者に養生所に逗留して治療を受けるよう勧めた。それに応じた者から高額な逗留費、すなわち今で言う入院費を徴収した。その一方で近在の貧しい逗留患者からは薬代も逗留費も徴収しなかった。宗恂は銭をとれる患者からは貪欲（どんよく）にとり、その分で貧しい患者の医療費を捻出したのである。

養生所逗留患者の食事は茂助・熊夫婦が担った。

宗恂が診療の合間に厨房に来て、立ち働く熊に話しかけた。

「食材は足りていますかな」

「宗恂様がご案じなさることではありませぬ。この婆（ばば）がなんとでもいたします」

熊は歯の欠けた口を開けて笑ってみせた。

「逗留患者らは熊殿が作る朝夕餉（げ）が旨くて退所したくない、と申すので逗留を待っている患者が続出してわたしは困っている」

宗恂は熊の欠けた歯を治療してやりたいと思いながら笑い返した。

「それは困りましたな。とは申せ、『病を治すにはまず食から』そう教えてくだされたのは宗恂様。賄（まかな）い（食事の支度）に手を抜くわけにはまいりませぬ」

宗恂の京屋敷から医術書を背負って嵯峨野に来た当初、茂助・熊老夫婦は光好にあてがわれた一室で所在なげに日々を送っていたが、今は逗留患者らの食事の賄いを一手に引き受けて多忙の明け暮れである。養生所逗留中に死んでゆく患者の始末も茂助が担っていて、老夫婦は養生所を支える一員となっていた。

「手当（俸給）を払ってやりたいが、患者のほとんどが銭を支払ってくれぬ。しばらく我慢しくれ」

冬にも俸給は一度も渡していない。今のように貧しい患者を受け入れていれば、この先も冬や茂助・熊夫婦は無給で働いてもらうしかない。それは宗恂の妻彩（あや）にも言えることで、家計のやりくりに彩は四苦八苦しているようだった。ただ彩には宗恂に内証で光好から幾ばくかの銭が月々渡されているようだったが、それを彩も光好もおくびにも出さなかった。

「こうしてふたりして雨露しのげる部屋と朝夕餉が戴けるだけでなんの不満がありましょう。それに患者殿が病癒えて養生所を出ていく姿を見るのはなにごとにも代え難いよろこび。それだけで事足りております」

熊の言葉に宗恂はつくづく養生所を開いて良かったと思った。

雪が積もったまま慶長三年（一五九八）を迎えた。

厳冬の中、筏流しは敢行されている。保津川の水は身を切るように冷たい。この時節、筏師は蓑（みの）を纏って寒さから身を守るのだが、河水は蓑を突き抜けて肌に刺さる。それに耐えて筏師は両手両脚を河水に晒して筏を操（あやつ）り激流を乗り越えてゆく。練達の筏師しか冬場の筏流しは務まらない。筏師は生と死の境を棹さばきひとつで何十回もの冬を生き延びてきた。未熟な筏師は冬場の筏流しに加えてもらえず、出番は寒さがゆるむのを待ってからである。こうした規律が若い筏師の命を救い、やがては練達の筏師となって冬場の筏流しを担うことになる。

しかし、この冬は違っていた。地震で壊滅した京、伏見、大坂の復興が大量の木材を必要としたため、未熟な筏師が厳冬の筏流しに加えられたのである。

宗恂と冬それに三人の筏師が渡月橋東詰（ひがしづめ）に近い川岸に立っていた。岸辺は雪に覆われていて、紺碧の天空が雪の白さを際だたせていた。その雪の上に若い筏師が横たわっていた。

「施す術（すべ）がない」

宗恂は心を痛めながら筏師らに告げた。

「医者（くすし）様がそう申すなら諦めるしかない」

筏師のひとりが力無い声で肩を落とした。

「また若い命が消えたのですよ」

冬が三人に荒げた声をあげた。

「わしらとて冬場は熟達の筏師だけで筏流しをしたいと思っている」

「ならば、そうなさればよいでしょう」

冬が言いつのる。

「領主の前田玄以様には逆らえぬ」

「前田様は未熟な筏師を使えと申しているのですか」

「領主はありったけの筏師を使って黒木（くろき）を流せるだけ流せ、と命じたのだ。なんせ玄以様は伏見城の普請奉行と京都所司代にお就きになっている。伏見でも京でも幾ら黒木があっても足りんのだ。ここで話し込んでいる暇はねえ。この者を亀山まで運んでゆく」

「老いの坂は雪に埋まっておりましょう。どうやって越えるのですか」

冬は若者の遺骸を茂助に任すつもりだった。

「この者には亀山に先祖からの墓がある。わしらが無理強いをして死なせてしまったのだ。せめてもの償(つぐな)いとして三人で代わる代わるこの者を背負って老いの坂を越える」

筏師のひとりが遺骸を担ぐと宗恂と冬に一礼し、その場を後にした。冬と宗恂は遺骸に無言で手を合わせる。筏師たちが渡月橋を渡るのを見送った冬が、

「宗恂様、今冬これで筏師の死者は五人になります。五人が五人とも若者。棹さばきを間違えれば筏は川中の岩に乗り上げ、解体し筏師は投げ出されます。夏なら水温も高く、助かるでしょうが、今の時節、泳げる筏師でも凍るような河水に浸かれば手足が動かなくなることくらい承知しているはず。それがわかっていながら未熟な筏師に筏流しを強いるのはあまりに無謀」

激すると冬の口調はきつくなる。

「黒木の要(よう)(需要)はますます高まっている。丹波からの黒木が滞(とどこお)れば、京、伏見、大坂の立て直しは望めない。そのくらいのことは冬殿もわかっているはず」

冬の激高をたしなめるような宗恂に、

「だとしてもあまりに理不尽」

冬は言い返す。

「理不尽なことはこの世に数多(あまた)ある。それに一々腹を立てていても理不尽が消えるわけではない。医者は理不尽を治すのではない」

宗恂は思慮深げに諭した。

（三）

翌、慶長三年（一五九八）春。

〈秀吉の病と惚けは進んでいる〉との宗恂の見立てをよそに、六十二歳になった秀吉の動きは活発だった。

正月早々、戦況不利と伝えられている朝鮮在陣の諸将に兵粮（ひょうろう）や弾薬を送る。

二月、朝鮮での戦線がますます不利になる中、何を思ったか醍醐寺（現京都市伏見区醍醐伽藍町）の本坊である三宝院に赴いて門跡の義演（ぎえん）に会うと、

「三月十五日に余は秀頼に醍醐寺の桜を見せることにした。ついては秀頼の目を汚（けが）さぬよう、朽ちかけておる五重塔婆（とうば）（五重塔）と仁王門の修理（すり）、それに秀頼の休所（やすみどころ）（寝殿）を建（けん）ずるよう、おことに命ずる。それから畿内（きない）より名樹と名の付く桜を索（あなぐ）り、それを醍醐寺参道の両側に移し替えよ」

と命じた。

この唐突の命に義演は驚愕したが断るわけにはいかない。五重塔と仁王門の修理には大量の木材と多数の宮大工が欠かせない。しかし畿内を襲った地震後の復興で木材は不足、宮大工も多忙を極めている。また参道は五町余（約六百メートル）もあるので多くの名樹を用意することになる。移植した桜が開花するか否かも不明である。ともかく一ヶ月半では短すぎる。

義演は平身低頭して、

「今しばし有余をくださりませ」

と懇願した。すると秀吉は伴ってきた家臣らの中から前田玄以を呼びつけると、

「桜花は待ってはくれぬ。玄以、義演の語人（相談）にのってやれ。銭、人の使いは勝手放題」

こともなげに命じた。

義演はかつて関白であった二条晴良の息子で室町幕府の将軍足利義昭の猶子である。人に命ずることはあっても命じられたことなど一度もない。それが有無を言わさぬ秀吉の命に言い返すこともできなかった。

この日から義演と玄以は眠ることもままならぬほど多忙となった。玄以は義演に五百人ほどの植木職人を預けて畿内の名樹と言われる桜を探し回らせた。職人らは山城、近江、河内、和泉から七百本ほどの名樹を見つけ出すと、根切りもそこそこに掘り起こし、木車に積んで醍醐寺に運んだ。

一方、前田玄以は武士、町人、百姓を使って伏見城から醍醐寺までの路を整備し、さらに醍醐寺境内の八ヶ所に茶屋を造り、秀頼が喜んでくれるような趣向を茶屋に施した。

その間、秀吉は醍醐寺に八回も赴いて、自ら名樹の移植を行い、境内を歩き回り、整備すべき所を探しだして義演や玄以に細かい指示を与えた。

こうして三月十五日を迎えた。昨日まで降っていた雨がやんで快晴となった。

着飾った秀吉は秀頼の手を引き、北政所（正室ねね）、秀頼の生母西丸（淀君）、三丸（織田家の娘）、加賀（前田利家の娘）などの妻妾を従えて一番茶屋から順次、八番茶屋までを巡っていった。

付き従う武将らも酒杯を手にして桜を楽しんだ。

その盛大さ華やかさは十一年前の天正十五年十月に北野神社の森で催した大茶会に劣らぬものだった。

だが北野大茶会と醍醐の花見は根本から異なっていた。

北野大茶会で秀吉は、京人に〈若党、町人、百姓以下によらず、釜ひとつ、つるべひとつ、呑みものひとつで駆けつけよ〉と呼びかけ、これに応じた京人が釜やつるべなどを持って加わり、北野神社の森を埋め尽くした。

醍醐寺の花見はその規模において北野大茶会を凌駕する豪華さであったが、若党、町人、百姓の姿は一切なく、それどころか醍醐寺山域五十町（約五・五キロ）四方を〈もがり〉で囲い込んだ。〈もがり〉とは先端を斜めに削った竹を筋違いに組み合わせ、縄で堅く縛って柵としたものである。

ちなみに竹で組んだ柵にはもうひとつ〈竹矢来〉があるが、これは先端を水平に切り落としたものである。〈もがり〉は主に戦場での陣営構築などに使用され、〈竹矢来〉は平時、町内等で特定の地域を囲い込む時などに用いられた。

なお〈もがり〉から想起されるものは〈虎落笛（もがりぶえ）〉であるが、これは〈もがり〉に冬の烈風が吹きつけて笛のような音を発することから名がついた。

前田玄以は花見の前日から町人、百姓などが醍醐寺境内に入り込まぬよう五十町の〈もがり〉に沿って警護武士を配置した。鉄砲、槍、弓を携帯した武士の数は一万を超え、まるで戦（いくさ）かと思わせるほど物々しかった。こうした玄以の苦労など秀吉は全く知らなかった。

玄以がなぜ秀吉に内緒でそのような警護をしたかと言えば、京都所司代として長年京人と接してきたので彼らがどのように秀吉を評価しているかわかっていたからである。北野大茶会では京人が戦乱の世を治めた天下人として秀吉に親しみと畏敬をいだいて宴に加わった。だが十一年経った今、町民らは十万を超える兵を朝鮮に送って無益な戦争を起こし、自分の名を後世に残そうとして焼亡した奈良の大仏を超える巨大仏を造り、秀頼愛しさのあまり甥で関白の秀次とその妻妾のことごとくを処刑した秀吉の所行に厳しい評価を下していた。これら京人の心の移り変わりを京都所司代という役柄から玄以は切実に感じとっていた。始末が悪いことに秀吉はそうした世情に気づかず、今でも上下貴賤を問わず熱狂的に自分が受け入れられていると思っている。そう思っていることこそが老いと惚けであることを秀吉は気づかないし、医者も近習の重臣も決して忠言しない。玄以も堅く口を閉ざしている。こうした忠言ができるのは秀吉の血を分けた信頼に足る者の役目である。しかしそこに見る秀吉は肉親ことごとくを失い、あるいは抹殺した孤老の姿であった。

とまれ醍醐の花見はろうそくの火が燃え尽きる刹那に輝きを放つように華やいだ一日となった。

そして五月、秀吉は激しい下痢に襲われた。侍医らは単なる腹下しと見立て（診断）たが、下痢はおさまらず、食も細くなり身体は衰弱していった。案じた北政所は七月一日、臨時の御神楽を奏して秀吉の病気平癒を祈願した。その翌日、秀吉は一刻（二時間）ほど気を失い、危篤になった。幸い侍医らの懸命な治療により、一命はとり留めたが、誰の目にも死期が近づいていることが秀吉の憔悴した姿から見てとれた。

秀吉自身も死が迫っていることを覚る。秀吉は五人の大老に政務と秀頼の行く末を任せることにした。五人とは徳川家康、前田利家、毛利輝元、上杉景勝、宇喜多秀家である。〈大老〉とは秀吉を補佐する最上位の職名である。

これでも秀頼の行く末が心配でならない秀吉は、さらに五人の奉行に秀頼の庇護を頼んだ。浅野長政を筆頭に前田玄以、石田三成、増田長盛、長束正家の五名で、いずれも秀吉子飼いの豊臣家重臣たちである。

秋口に入って涼風が吹き始めた一日、秀吉は遺言状を認めた。

遺言状は幼少から寸暇を惜しんで働き続けた秀吉が漢字などを学ぶ暇がなかったことを証するようなほとんどが平仮名の読みにくい字面であった。

秀より事なりたち候やうに、此かきつけ候しゆとして、たのみ申候、なに事も此ほかにわおもひのこす事なく候、かしく

　返々、秀より事たのみ申候、五人のしゆたのみ申候、いさい五人の物に申わたし候、なこりおしく候、以上

八月五日　秀吉

いへやす（徳川家康）
ちくせん（前田利家）
てるもと（毛利輝元）
かけかつ（上杉景勝）

秀いへ（宇喜多秀家）

まいる

秀吉の心を占めるものは、朝鮮で苦闘を続ける十余万の将兵のことでなく、自分（おのれ）亡き後の秀頼の行く末のみであった。

慶長三年（一五九八）八月十八日、従一位太閤秀吉が六歳の秀頼を残して伏見城で没した。享年六十二歳。

つゆとをち　つゆときへにし　わかみかな
なにわのことは　ゆめのまたゆめ

辞世の句である。

秀吉の死は七日後の八月二十五日に公にされた。

（四）

　秀吉の死から三ヶ月後、十一月、栄可は分家の主だった者を嵯峨野の館に集めた。顔ぶれは地震発生後に開いた会合とほぼ同じである。今回もその席に蓑輔と冬が臨席していた。

「太閤様が逝去なされて京、大坂は騒然となったそうだが、今は大分収まったと聞く。蓑輔、どうじゃ」

　栄可は会合の目的も伝えず蓑輔に話を振った。

「太閤様ご崩御の報が流れると、京、伏見、大坂では大きな戦（いくさ）が始まるとの流言（噂）が飛び交った。また豊家に恨みを抱く九州や奥州の大名、あるいは太閤様に滅ぼされた一族の残党などが大坂に向かっている、とまことしやかな流言。町民は荷をまとめて大和、近江、和泉などへ逃げだした。大坂に住まう者の半分が町から消えたほど。京内も同じこと。京都所司代の前田玄以様は逃げ出す京人を留めようと手を尽くしたが、収まる気配はありませなんだ。太閤様から後事を託された前田利家様と徳川家康様がこの世情を憂慮し、御両所が手を携えて天下にその威を示したため戦（いくさ）の流言は消え、京、大坂から逃げ出した人々が再び戻ってまいり申した」

　蓑輔はそこで話を切って栄可らを見回した。その顔はどのような問でも答えられるという自信に満ちていた。

「大坂に住人が戻ってきたのは、真（まこと）、戦が遠のいたからなのか」

栄可が訊いた。

「町民はそう思って戻ってきたのでござろう」

蓑輔が答えた。

「京の方々はともかく蓑輔殿はどう思われておりますかな」

幻也（こうや）が蓑輔をうかがう。

「家康様、利家様が手を携えているうちは戦にはなりますまい」

「ならば訊くが、家康様と利家様が反目する兆（きざ）しでもあるのか」

栄可がひと膝乗り出した。

「それは諸国の大名らの動きにかかっておりましょう」

「お大名の動きを蓑輔は探れるか」

「おおよそのところは探れます」

「諸国の大名と申せば一家や二家ではないぞ」

栄可が不審げな顔をする。

「僕（やつがれ）がかつて織田信孝公の家臣であったこと、方々は周知のこと。同輩の多くは浪々の身となりましたが、その一方で運良く新たな大名に仕官した者も居り申す。仕官先は様々。徳川家あるいは加賀前田家の家臣となった者、また太閤様に遺恨をいだく大名家に召し抱えられた者と様々。そうした同輩の数は百人を超える。その者らに僕は意を通じておる。彼らがもたらす報によれば、多くの大名が息を潜めて五大老、五奉行の動静をうかがっておるとのこと。むろん手をこまねいて見ているだけでなく、城や屋敷に槍、弓、鉄砲、弾薬をしこたま用意したうえでのこと」

「お屋敷に槍、弓、鉄砲、弾薬、そこなのだ。蓑輔殿が申したように、京内に町人は戻ってきたが、だからと申して元の京に戻ったようには思えぬのだ。その証(あかし)にわが分家に銭を借りに来る者の顔ぶれが変わった」

　吉田友佐(ともよし)は秘密でも打ち明けるような小声だ。

「左様、わしの土倉でも銭を借りに来る者は町人や百姓から牢人が多くなった。牢人らに銭の使い途(みち)を訊(たず)ねると弓、槍、鎧(よろい)を買うためだ、と恐れげもなく答える。太閤様の目が黒かった頃は、そのような物騒なことを公言する者など居らなかった」

　周三(しゅうさん)が友佐の言を補うように告げた。牢人とは〈牢籠(ろうろう)の人〉の約で主家を去り扶持(ふち)を失った武士のことである。

「そのような者に周三や友佐は銭を貸したのか」

　栄可が渋い顔で質した。

「質草を預からせていただきたいと、申すと、『わしが戦で手柄を立て大身となった暁には借りた銭の数倍を払う、それが質草だ』と申して辺りをはばからぬ」

　周三が答える。

「それで貸したのか」

　栄可の声が尖る。

「前(さき)の吉田家寄り合いで、質草のない者には貸さぬ、と取り決めた。とは申せその取り決めは地震(ない)に限ってのこと。此度(こたび)は地震でなく太閤様の逝去」

「貸したのか貸さなかったのか」

栄可は声を荒げた。

「貸した。わが分家は牢人の出世払いに懸けることにした」

周三は栄可の剣幕に抗うように胸を張った。

「土倉は博打(ばくち)ではない。危ない橋を渡ってはならぬ。わしが蓑輔に世の動きを探るよう頼んでいるのは危ない橋を渡りたくないからだ。蓑輔は、『多くの大名が息を潜めて五大老、五奉行の動静をうかがっておる』と申している。まだ先のことは見えておらぬ。貸した銭に価する質草を持参した者、あるいは身元がしっかりしている者に限って銭を貸し出すよう心がけねばならぬ」

「此度は周三兄の考えに沿いたい。銭を借りに来る者は牢人だけではない。れっきとした大名の御家臣も質草を持たずに借りに来る。彼らは口では言わぬが、やはり武具、武器を買いそろえるために借りに来ていると思われる。大名の家臣であれば身元はしっかりしている。わたしは武家にも牢人にも貸し出すことにした。それに今までなら前田玄以様のお力添えを当てにできたが、太閤様がお亡くなりになった今では、それも心許(こころもと)ないからの」

友佐は堅い面持ちで栄可に目線を送った。

「心許ないだと？　前田玄以様は五奉行のひとり。今でも京都所司代の大役を担っておられる。吉田家は玄以様が京都所司代であるかぎり、お力添えいただくよう努めねばならぬ」

栄可の声は集まった者を威圧するかの如く大きかった。

「世が治まっている折は土倉の商いに嵯峨野と京内でさしたる違いはない。だが此度の太閤様逝去で世情が不安となった今、嵯峨野と京内では商いに大きな違いがでてきた」

周三の声は栄可の大声を皮肉るように小さかった。

「何が大きな違いなのだ」

栄可の声はさらに大きくなった。

「嵯峨野に住まう者で大和、和泉、近江などに逃げ出した者は居りましたか」

周三が聞き返した。

「ここは京内ではない。そのような者は居らぬ」

「そこが京内と嵯峨野が大きく違うところ。土倉はその土地、その土地に住まう者らの事様（状況）を判じて銭を貸し出さねばなりませぬ。今までは宗家に合わせて土倉を営んできたが、これからは兄じゃ（栄可）が吉田一族の土倉を仕切るのでなく宗家、分家それぞれが銭を貸し出す者を裁定することが危ない橋を渡らぬことになりましょう」

周三の言に栄可は渋い顔で黙りこんだ。

「兄じゃ、それで良しとしましょう。光好分家は別にして吉田家は兄じゃの考えの下、兄弟四人が前田玄以様の力を借りて土倉を大きくしてきました。太閤様が逝去なされて玄以様のお力は小さくなったが兄じゃは変わらず玄以様と誼を通ずることが肝要と考えている。ところが弟ふたりは玄以様では頼りにならぬと考えている。ここはひとつ、周三の言に従いましょう。世が治まればまた兄じゃの下に周三も友佐も戻ってきましょう」

幻也が穏やかに言った。

光好は幻也の話を聞きながら、秀吉の寵臣である前田玄以にすり寄って吉田一族の土倉を大きくしてきた岳父（栄可）の思惑が秀吉の死によって破綻したことを改めて知った。しかしそれは意外なことではなく、むしろ当然のことと思えた。そして自分の分家は今まで通り百姓らを相手に土倉業を続けていこうとも思った。

「そうであった、冬殿にお伝えしたきことがあり申した」

話に一段落ついたと思ったのか蓑輔が冬に顔を向けた。

「最上義光様が関白秀次様御謀叛に連座の嫌疑を掛けられたのは三年前。太閤様は最上様に伏見に屋敷を造らせ、そこに義光様と御家臣六百余名を留め置き豊臣家に奉仕させることで譴責という軽い処分ですませた。こうした処分は最上家だけでなく仙台の伊達様も同様で、伊達様の伏見屋敷には千人もの家臣が豊臣家の奉仕団として常駐していた。これが太閤様逝去の報が流れると、両家の屋敷からひとり去り、ふたり去り、ひと月も経つと屋敷に残った家臣は最上家五十余名、伊達家百名ほどとなった。つまり伏見在駐の家臣の内、九割りが国許に戻ったのだ」

「最上の殿様も出羽にお戻りさなれましたのか」

「いや、伏見の屋敷に居残っており申す」

「伏見に屋敷を造らされた他の大名方は」

栄可が口を入れた。

「伏見に屋敷を構えた大名方は七十家を超える。そのうちの数十家が最上様、伊達様に見習って家臣を国許に引き上げさせた由」

「太閤様から後事を託された五大老方はそうした動きをどう思っているのか」

さらに栄可が訊いた。

「それはわかりかねるが、徳川家康様や前田利家様がそれを止めたとは聞いておらぬ」

「五奉行のひとり、前田玄以様は？」

「太閤様逝去後の玄以様の勢いは衰えたと見なければならぬ。それに反して石田三成様がさらに力をつけてきたと思われる。その三成様が、最上様家臣の国許引き上げは豊臣家を軽んずる所行と苦言を呈した由」

「なるほど三成様なら申されそうなことだ。で三成様は何か手を打たれたのか」

周三が蓑輔に訊いた。

「三成様は最上家を咎める暇もなく、伏見から博多に赴いた」

「博多へ何しに？」

周三はいぶかしげに目を細めた。

「唐入り（朝鮮進出）した諸将らを船で撤退させるためでござる。十万余の兵を博多に撤退させるには一体何隻の船を手当てせねばならぬのか。こうした手はずは石田様でなくては能わぬ」

蓑輔は三成の手腕を誉めるような口調になった。

「秀吉様が食い散らかした事柄に始末をつけられるのは詰まるところ石田三成様のほかに誰ひとり居

られぬ、ということか」

周三は心得顔でうなずいた。

「秀吉様亡き今、世の治まりが見通せなくなり申した。石田様を軸に廻るのか、あるいは家康様、利家様の手腕に委ねられるのか、はたまた家康様、利家様、三成様が三つ巴になって覇を争うのか、それは一年先か二年先にならなければ誰にもわかりますまい」

蓑輔は自分に言い聞かせるように告げた。

十二月、十余万の将兵が朝鮮から博多に帰還した。その中に加藤清正もいた。

清正は自領の熊本に戻らず、博多から伏見に入った。秀頼に謁見するためである。それともうひとつ石田三成の讒言で秀吉から死を命じられ窮地に立たされたことへの決着をつけるためであった。

蓑輔が述べたように、混沌とした世が始まろうとしていた。

第五章　関ヶ原の戦

（一）

慶長四年（一五九九）、元旦、秀頼は伏見城で加藤清正ら、諸領主の祭首（年頭）の賀を受けた。

十日、祭首の儀式が終わったのを機に、秀頼は家臣らに守られて大坂城に移った。

それにともなって大坂城をひとりで守っていた秀吉の正室ねねは秀頼母子に城を譲り、京に居を移した。

政（まつりごと）は秀吉の遺言により五大老五奉行の合議によって進められていた。

合議体制は秀頼が政権を担（にな）えるまでの臨時の組織であることは言うまでもない。とは言え六歳の秀頼が秀吉の遺訓を継いで天下を統（す）べるのはまだ先のことであった。

五大老五奉行は戦乱を生き抜いてきた猛将たちである。

かつて信長が弑逆され、後継者を誰にするかで揉めた時、秀吉が強力に推した信長直孫の三法師が後継者に決まった。この時、三法師は三歳、秀吉が後ろ盾となり政務を仕切った。三法師が元服すれば秀吉が三法師に天下を渡すであろうと諸大名の誰もが思った。しかし秀吉は元服した三法師に自分の一字〈秀〉と信長の一字〈信〉を与えて名を〈秀信〉と改めさせただけで、岐阜城主十三万余石の大名に封じ込めたまま、自分が天下人として居座り続けた。

秀頼の行く末を託された五大老五奉行は秀頼に織田秀信を重ねた。だが彼らが重ね合わせて導き出した思いはそれぞれ違っていた。

前田利家は秀頼の後ろ盾の立場から、秀頼を秀信のような境遇に貶めてはならない、と考えていた。

石田三成も同じ考えで、利家よりも思い入れは強かった。

毛利輝元、上杉景勝、宇喜多秀家の三大老は前田利家の考えに近かった。

徳川家康は、天下人は自らの力で勝ち取ること以外、天下人になる資格はない、と考えていた。この考えは秀信を天下人に就かせなかった根拠として秀吉が諸大名に公言していたものだった。

家康のような考えは秀吉逝去の直後ということもあって少数であった。しかし天下人が死したとき、その後継者となるべき息子は民衆の信望と数十万の兵を動かせる知力が備わっていなくてはならない。また備わっていないならば近親者がその役を担わなければならない。しかし幼少の秀頼にこうした信望と知力が備わるのは数年先、そのうえ近親者は母親の淀君ただひとりである。

このような状況下で家康は、秀頼に代わる徳川の政権を打ち立てようと企て始める。これに気づいた石田三成と前田利家が連携して牽制する。双方の策動は拮抗（きっこう）しているが故に、世情は平穏であるかにみえた。

閏（うるう）三月三日、大坂城に詰めていた前田利家が病没した。秀吉より一年遅れで生まれ、秀吉より一年遅れの死。まるで秀吉の後を追うような死であった。

この利家の死を知った加藤清正は福島正則、細川忠興らと諮（はか）って石田三成を誅殺しようと画策した。秀吉亡き後、淀君に取り入り、まるで秀吉の後継者であるが如くに振る舞う石田三成に清正らが豊臣家の将来に危（あや）うさを抱いたからである。

ところがこの画策は事前に三成に漏れてしまった。三成は熟慮の末、伏見の徳川屋敷に逃げ込んだ。

なぜ敵対する家康の胸中に飛び込んだのか。怜悧と能吏で秀吉の寵臣にのしあがった三成である、闇雲に逃げ込んだのでなく、そこにはしたたかな考えがあった。

三成は三大老の毛利輝元（てるもと）、上杉景勝（かげかつ）、宇喜多秀家（ひでいえ）らと昵懇（じっこん）。こうした状況下で家康が清正らに自分（おのれ）を引き渡せば三大老を敵に回すことになる。家康は二百五十五万石の大大名であるが、大坂からはるか離れた江戸の領主。伏見の徳川屋敷に家康の家臣はわずかしか居ない。ところが三大老のうち毛利と宇喜多の領国は江戸から比べれば伏見と近い。自分（おのれ）を引き渡せば、これを口実に二大老が上杉景勝を懐柔して家康を攻め殺そうとするのは必定。家康の家臣らが江戸を発って伏見に着く頃には家康の首が京の三条大橋に晒（さら）されていることになる。

そう三成は考えて家康の伏見屋敷に逃げ込んだのだった。

この思惑はみごとに当たった。

加藤、福島、細川らの家臣が徳川屋敷を十重二十重(とえはたえ)に囲み、三成を引き渡すよう談判したが、家康は加藤らを一歩たりとも自邸に踏み込ませなかった。

家康もまた三成の胸中を読んでいたのである。家康は家臣を江戸から呼び寄せるには遠すぎることを憂慮し、三大老に攻める口実を与えない策を採った。

家康は清正らと密かに会い、〈引き渡すことはならぬ。だがそこ許(もと)らの心底はこの家康、肝に銘じてわかっておるつもりじゃ。決して悪いようにせぬからわしに任せてくれ〉と頭をさげて頼んだ。二百五十余万石の領主に懇請された清正らは受け入れざるを得なかった。

この首尾に家康はほくそ笑みながら三成に、〈しばし佐和山(さわやま)の城に籠もり、危機を避けなされ〉と忠告し、護衛をつけて丁重に佐和山城へ送り届けた。三成は近江佐和山十八万石の城主である。体のいい大坂追放と蟄居(ちっきょ)である。

これは三成にとって予想外のことだった。しかし強硬を極めた清正らの行動を考えれば佐和山城に一旦戻り、加藤清正らに備える策を考えるのも悪くないと思った。

利家の死、三成の蟄居で家康は閏三月以降、誰にも遠慮せずに幕府樹立への画策を続けて慶長四年は暮れていった。

（二）

慶長五年（一六〇〇）、二月。

嵯峨野に早春の雪が降り積もっていた。嵯峨野の雪景色を見るのは冬にとって五度目である。二十四歳となった冬は茂助と養生所の出入り口に吹きたまった雪を取り除く作業に没頭していた。嵯峨野に来た当初から比べると脚、腕に筋肉が付き、腰回りの肉置き（ししお）が逞しさと健やかさを現していた。ふっくらした頬は壮年の女になった証（あかし）でもあった。

「精がでますな」

冬の後ろから声がした。冬は雪かきの手を休めて振り返った。

「これは日禛（にっしん）和尚様」

素足にわらじ、墨衣に身を包んだ托鉢僧がにこやかに立っていた。

「今日は冬殿と光好様にお伝えしたいことがあって参りました。差し支えなければ光好様の許（もと）へお連れ願えますかな」

穏やかな日禛の口調に促（うなが）されるように冬は雪かきを茂助に任せて、光好の館に日禛を誘（いざ）った。光好は息子の与一と帳場で書類に目を通していた。

光好は帳場を与一に任せて日禛と冬を囲炉裏（いろり）のある土間に導いた。

「暖が取れるとはありがたい」

日禛は炭火に手をかざしながら久しい無沙汰を詫びた後、

「光好様、冬殿に喜捨いただいた小倉山の地に寺を創建しますぞ」

と抑えた声で告げた。

「それはめでたいこと。よく創建にこぎ着けましたな」

「小倉山の麓に草庵を編んで以来、来る日も来る日も京への托鉢。その間、地震があり、二度目の唐入りがあり、そして太閤の死があった。憶えておいでかの、『太閤様と拙僧、どちらが長生きするか』と申したことを」

「忘れもしませぬ。冬殿と作左衛門殿を伴って初めて和尚様にお目にかかった折のことでしたな」

「太閤が身罷り、拙僧が生き残りましたぞ。するとのう、今まで息を潜めて喜捨を控えていた不受不施を信奉する信者たちが競って喜捨をしてくださるようになった。その額は拙僧が考えていたのをはるかに超えるもので、今でも托鉢に参ると驚くほどの喜捨がある。不受不施派の方々は太閤が生きていた折は拙僧への喜捨を控えていたが、喜捨すべき小銭を毎日蓄えておいてくだされたのだ」

「いくら額が多くとも日禛様ひとりでの托鉢では寺を創建できるような大枚は集められぬのでは」

銭を扱う光好であってみれば当然の疑問であった。

「左様、拙僧ひとりの托鉢では額は知れている。そこで拙僧は托鉢を勧進に変えたのだ。信者の方々に小倉山の麓に不受不施をもっぱらにする寺を造る、そう伝えて京内ばかりでなく近隣に足をのばした。すると不受不施の信者の間に勧進の話がまたたく間に流布した。畿内の大和、山城、河内、和泉、摂津は申すにおよばず、近江、丹波、播磨などにも広まった。こうした仕儀になったのは大仏開眼千僧会以後、日蓮宗不受不施派の信者に目を光らせていた太閤が身罷ったからこそ」

勧進とは社寺・仏像の建立・修繕などのために金品を募ることである。

「寺名はもうお決めになられたのでしょうか」

冬が笑顔を見せた。

「決めた」

日禛は力強く頷いて、

「常寂光寺」

ひと言ひと言区切るように告げた。

常寂光とは生滅変化を超えた永遠の浄土のことである。また浄土とは仏、菩薩が住する地をさす。

「よいお名でございますね」

冬は秀吉の死が最上家のような大名ばかりでなく吉田家や日禛ら武家以外の者たちにも変化をもたらしていることを今さらながら知った。そして常寂光寺が日蓮宗不受不施派信者の拠り所になることを心から願った。

「また筏師が河中に投げ出され渡月橋の袂に流れ着きました」

雪かきを任せた茂助があわただしく土間に飛び込んできた。冬の穏やかな顔が一瞬で引き締まった。

「宗恂様にお伝えしましたか。息はあるのですか」

茂助に問いかけた冬は日禛に一礼するとその場を後にした。

「おそらく筏師が棹さばきを誤って保津川に転落し、激流に呑まれて渡月橋辺りに流れ着いたのでしょうが、さてこの寒さ、助かってくれればよいのだが」

冬を見送った光好は日禛に告げるともなく呟いた。

「丹波亀山に托鉢で訪れることがしばしばあった。山陰道を行くより保津川沿いを通る方が近いのでそちらの路を通るのだが、あの激流に棹さす筏師の腕は練達しておらなければさばき切れるものではない」

「畿内を襲った地震以後、筏流しはますますその頻度を増やしております」

「増えれば保津川に投げ出される筏師も増えるが道理。筏師の命に重きを置くのであれば筏流しをやめるのが良いのだが」

「筏流しは、黒木を切り出す者、それを川縁まで運ぶ者、運んだ黒木を筏に組む者、さらに黒木を売りさばく問屋などの強い要望によって行っている。そこで働く者の家族も含めればその数は千人、いや千五百人を超えておりましょう。筏流しをやめればそうした者たちがたちまち干上がるということです。おそらく筏流しはこれから先、何百年と続くでしょう」

「続くのであれば、筏師が命を落とさぬよう保津川の流れを変えるしかないが、これには莫大な銭がかかる。となれば丹波を治める領主以外にそれを行える者はおらぬ」

「ご存じのように太閤秀吉様が逝去なされて以来、世は不穏。丹波の領主は前田玄以様ですがいつ領地替えになるかもわかりませぬ。そのような中で玄以様が保津川整備に手をつけるわけがありませぬ」

「保津川を改修しようとする奇特な者でも現れればよいのだが。どうです、その奇特な方に光好殿がなっては。もしその気がおありなら拙僧が相談にのりますぞ」

光好をのぞき込んだ日禛の顔は冗談とも本音ともわからぬほど深い皺に覆われていた。

（三）

嵐山は保津川が桂川と名を変える辺りの右岸に位置し、標高三百八十メートルほどの山である。山腹には空海の再興によると伝えられる真言宗の法輪寺があって虚空蔵菩薩を祭っている。また山頂には土塁が残っており、かつてそこに城（嵐山城）があったことを物語っていた。

吉田光好、与一父子が土塁に腰を下ろして桂川を見下ろしていた。

「父上、この山に桜を植えたのは誰だかご存知か」

「自生していたのではないのか」

そこから満開の桜が見下ろせた。

「いえ、後嵯峨天皇がこの地に離宮を築かれた折、吉野山の桜をこの地に移し替えたのです」

「後嵯峨天皇はたしか鎌倉に幕府があった頃の御方ではなかったか」

「今から三百年余も前の帝」

「その頃からここの桜は京人に愛でられていたのか」

「そうではありませぬ。嵯峨野の桜が知られるようになったのは二百年ほど前から」

「なぜ二百年前からだとわかるのだ」

「後鳥羽上皇（一一八〇〜一二三九）が藤原定家らに命じて作らせた〈新古今和歌集〉、そこに嵯峨野に関する和歌十一首が見出せますが、その中に桜を詠ったものはありませぬ。室町期、観阿弥（一三三三〜一三八三）の〈謡曲〉に〈嵐山〉、〈西行桜〉の二曲が嵯峨野の桜を述べています。つまり嵯峨野の桜が高名になるのは観阿弥が生きていた頃から、ということになります」

「そのような雑学は亡くなった侶庵が教えてくれたのか」

「侶庵叔父が亡くなってもう六年も経つのですね」

「わたしと宗恂、それに一番下の侶庵の兄弟三人で父宋桂の目を盗んでよくこの城跡に登ってきたものだ。その頃侶庵はまだ五歳にもなっておらずピイピイと泣いておった。それがいつの間にか儒学を学び世に知られるようになって、これからという時、身罷ってしまった」

「三十五歳の若さでしたね」

「おまえは侶庵から儒学を学び、それから侶庵を通じて藤原惺窩殿の門下生になったのであったな」

藤原惺窩は平安期の名門冷泉家の末裔で、幼い頃出家し、相国寺で修行し、そこで儒学を学び、還俗して後、朱子学を学んだ。後に〈近世儒学の開祖〉といわれるようになる。

その惺窩と侶庵が出会ったのは惺窩が還俗して直ぐだった。惺窩は侶庵よりひとつ年下、歳が近いこともあってふたりは気が合った。侶庵も儒学を学んでいてふたりはやがて朱子学を学ぶようになる。侶庵はしばしば与一を伴って惺窩の許を訪れた。

病弱であった侶庵が死去すると、与一は惺窩の門下生となった。ほかに門人として林羅山もいた。

儒学とは孔子を祖とする政治と道徳の学問であり、朱子学とは儒学の一派で中国、南宋の朱子がとなえた学説のことである。

「侶庵叔父の導きがなかったらわたしは惺窩様を師と仰ぐこと能わなかったでしょう」

「その惺窩殿から桜の話を聞いたのか」

「朱子学では桜の話などしませぬ」

「では本阿弥光悦殿からか」

「光悦様とは和歌を紐解いて楽しんでいますが、嵯峨野の桜のことはわたしが自ら学んだこと」

与一は幼い頃より書を本阿弥光悦に学んでもいた。

光悦は今年四十二歳になる。刀剣の目利きや研ぎを家業とする本阿弥家出身であるが家業を継がず、書と焼き物（楽焼）に夢中になり、能書家として世に知られていた。

「和歌のどこが楽しいのだ」

「――朝まだき嵐の山のさむければ紅葉のにしききぬ人ぞなき――」

与一は節をつけて詠みあげ、

「これは平安期の藤原行成が嵐山を謡ったもので、拾遺集に載っています」

楽しげに光好を見た。

「面白くもない」

光好は素っ気なく言って、

「ここにわたしを誘ったのは、そのような役にも立たぬ知識をわたしにひけらかすためか」

と不快げな顔を向けた。

「母が案じています」

与一の明るい声が一変していた。

「佳乃が何を案じていると申すのだ」

「折々、母に内緒で外出し、夕刻に帰ってくることを、です」

「どこかに妾でも囲っているのではないかとでも思っておるのか」

「栄可祖父でもあるまいし、母が案じているのはそのようなことではありませぬ」

栄可は艶福家で三人の妾を囲って、七人の女をもうけている。その女たちは皆他家に嫁いで、妾はすでに死去している。栄可は今年六十六歳である。

「月に一度か二度、土倉や家族から離れて息抜きしたい時もある」

「祖父（宗桂）が亡くなったのは父上が十八歳の節、その歳で一家を養うためやむを得ず土倉を商いとしたこと重々承知しています」

「土倉で一家を養っていくしか選ぶ道はなかった」

「わたしは藤原惺窩様の許で朱子学を学び、さらに本阿弥光悦様に書を習いました。わたしがふたりの師の許で学べたのは、父上がしたいこともしないで脇目も振らず土倉に専念し、学費を稼ぎ出してくだされたから。その恩返しもあって、わたしは土倉の業にも人一倍力を入れて父上を補佐してきたつもりです」

「そのようなことおまえがことさら口にだして言わぬともわかっている。おまえはわたしと違い父（宗桂）に似て才に長けている。だからわたしは医学、学術それに書など、おまえが望むものなら何でも叶えてやったつもりだ。それを恩に着せるつもりはない。わたしも与一のように小さい頃から抱いていた夢に手を染めてみたかったが一家を養うには土倉ひとつに邁進するしかなかった。その轍（てつ）をおまえに踏ませたくなかっただけだ」

「父上が幼き頃から抱いていた夢とは？」

「それは……」

光好は口を噤んで桂川に目を落とした。

「その夢とは母に内緒でどこかに出かけていくことと関わりがあるのですね」

与一が父の横顔をうかがう。

「わたしの夢は益体（やくたい）もない絵空事。おまえに話して聞かせるようなものではない」

「父上はそうして、いつも胸の内に秘めた様々な思いをとじ込めて一家を支えるため土倉の商いに身を粉にしてきました。わたしは今、三十路に足を踏み入れようとしている身ですよ。そろそろ吉田分家の身代（しんだい）をわたしの肩に移し替えて、その益体もない絵空事を為そうと動き出してもいいのではありませぬか」

「身代はいずれ、おまえに委ねるつもりだ。とは申せわたしは四十六歳になったばかり。身代を代わってもらうほど老けてはおらぬ。秀吉様が身罷って二年になろうとしている今、徳川家康様と豊臣家の間が危ういとも聞いている。こうした世情の下では土倉の舵取りも難しい。このような折に益体もない絵空事など話したとて何になろう」

「何になるか否かは話を聞いた後でなくては判じられませぬ」

与一は向きになって言い返した。

「ならば話すが、申したようにこれは益体もないことだ。そう肝に銘じて聞いてくれ。わたしは幼い頃から宗恂やおまえと違って医術や書画などより、自分の目に映る諸々に心惹かれていた」

「目に映るもの？」

「おまえが今ここで目に映るものを申してみよ」

「桂川の流れと対岸の小倉山、その後方に京を囲い込むように連なる東山の峰々」

「その山々をどう思うのだ」

「古来より、京人がこの眺めを和歌に詠んで美しさを称賛してきました。わたしはそうした和歌を口ずさみ、改めてその美しさに感じいります」

「それが先ほどわたしに謡って聞かせたあの藤原なんとかと申す和歌か。情けないことだ。世の人々の何人が和歌など口ずさめると思っておるのか」

「では父上は今ここで何を目にしているのですか」

「おまえと同じように川の流れと小倉山、東山の峰々だ。だがわたしは和歌を口ずさめるような学など持ち合わせておらぬ。わたしはこの眺めから、なぜ山があるのか、その山がなぜそれぞれ高さが違うのか、またなぜ平地があるのか、そして保津川が流れ下る峡谷がどのようにして作られたのか。さらに峡谷の岩石は一体何からできているのか。またその岩石の質は鴨川や淀川の川原石と同じ類のものなのか。硬い石と柔い石があるのはなぜか。川辺に砂があるのはなぜか。そのようなことを思って川を見、小倉山を目にしている」

　熱を帯びた光好の話を聞きながら与一は、この話が父の益体もない絵空事とどう繋がるのかわからずに困惑した。

「で、幼い頃からの夢とはなんですか」

「保津川の流れに出ている大岩、あれを砕きたいのだ」

「はあ？　……。山や平地があるのは何故かとか、石が硬いだ、柔らかいだとか長々申された末の答えが、岩を砕きたい、からですと。肝に銘じて聞くほどのことではありませぬな」

　与一はあきれた顔をして、それから笑い出した。

「何がおかしいか」

「おかしいも何も。岩を砕いてどうなさるのですか」

「どうするのかと訊かれても答えようがない。ただ保津川に突き出ている岩を無性に砕きたいだけだ」

「まさに益体もない絵空事ですな」

「ずっとそう申しているではないか」

「なにも母やわたしに遠慮することはありませぬ。明日にでも鑿と玄翁（鎚）を持って岩を砕けばよいではありませぬか」

「わたしひとりで砕けるような岩でなく、大岩を砕きたいのだ」

「十人ほど石工を雇って砕いたとしても石工に支払う額はしれています」

「砕きたい大岩はひとつやふたつではない。土倉で得た一年分の銭を全てつぎ込んでも足らぬかもしれぬのだぞ」

「まさか保津川にある大岩全てを砕きたいなどと考えているのではないでしょうね。で一年分の稼ぎを費やして岩を砕いたとして、それが何になるのですか」

「なんの役にも立たぬ」

「聞けば聞くほど益体もない絵空事。他人が聞いたらさぞや呆れかえるでしょうね」

「冬殿に話したことがあるが、冬殿はおまえのように人を小馬鹿にしたもの言いはしなかったぞ」

「冬殿にこの絵空事を話されたのですか」

「四年ほど前、冬殿と亀山まで同道した折に話したのを覚えている」

「いつの頃から岩を砕きたいと思うようになったのですか」

「だから先程申したように称意館で蔵書を読みあさった頃からだ。つまりわたしが十歳になるかならぬかの頃から」

「すると三十年ほど前。そんなに長い間、岩を砕きたいと思い続けてきたのですか」

「思い続けているからこそ佳乃には内緒で折々保津川に出かけ、砕きたい岩を筆写しているのだ」

「母に伝える気にもなれませぬ。一体母の心配は何であったのでしょうね」

「佳乃には心配無用とわたしから話しておく。おまえはこのこと忘れてくれ」

光好は腰掛けていた土塁から立ち上がり、ひとつ大きな伸びをした。


嵐山を下りて帳場に行くと、そこに栄可が待っていた。

「城址で花見とはずいぶんとお気楽だな」

栄可は待たされた腹いせに嫌味を言って、

「明日、前田玄以様の許へ一緒に行ってくれ」

不安げな様子で頼んだ。

「京都所司代（前田玄以）からお呼び出しでもかかったのでしょうか」

「そうだ。さきほど前田様からの使いの者が参って所司代の館まで来てほしいとのことだ」

「わたしも呼ばれたのでしょうか」

「呼ばれておらぬが、わしひとりでは心許ない」

「今まで前田様とは親しくお話なされていたではありませぬか。心許ないとは舅殿にめずらしいこと」

「太閤秀吉様の逝去で世情は変わった。前田様がわたしを呼び出して何を伝えたいのか、なにやら興がのらぬ事柄のような気がしてならぬのだ。明日頼んだぞ」

栄可は頭をさげるでもなく背を向けて足早に去っていった。

（四）

京都所司代は京の治安維持と寺社の監察を主な任務としている。その役に前田玄以が就任して久しい。

前田玄以は幼い頃、比叡山で出家して後、織田信長の家臣となり、信長が弑逆されると秀吉が後継者として担ぎ出した三法師の守り役となった。この守り役で秀吉の信頼を得た玄以は京都所司代に任じられ、また丹波亀山五万石の領主にも任じられた。そして今、五奉行のひとりとして秀吉亡き後の政（まつりごと）の一翼を担っていた。だが秀吉の寵臣であったが故に秀吉の死去は玄以の行く末に一抹の不安を投げかけていた。

「昨年、八月、上杉景勝（かげかつ）様が大老の役を放り出して伏見から国許の会津に戻ってしまったこと、栄可殿も存じておろう」

栄可と光好が侍している京都所司代の館（やかた）の一室に入ってきた玄以は挨拶もせずに、そう告げてふたりの前に坐した。栄可は平伏してから顔を上げると、

「なにゆえの御帰国であったのかは存じませぬが、未だに伏見にお戻りなされてない、との噂は聞いております」

言葉を選びながら応じた。

景勝は叔父である上杉謙信の養子となって会津百二十万石の大名となった。

「徳川家康様、毛利輝元様、宇喜多秀家様の三大老が伏見に戻るよう連署した文を送ったが、景勝様はそれを無視して会津に居座っておられる。しかも景勝様は会津若松城の石垣を積み直して高くし、刀槍、種子島（銃）、弾薬などを買い付け城内に運び込んでいるとのこと。多くの大名がこの景勝様の所行を知って、太閤秀吉様の御遺訓を軽んじ、豊臣家に弓を引こうとしておるのでは、と疑っている」

「前田様もお疑いをもたれておりますのか」

「豊臣家に謀叛を企てているとは思っておらぬ。会津に戻られたのは、懇意であった前田利家様が身罷り、家康様の専横が目に余る仕儀となったことに我慢ならなかったのであろう。上杉様のように家康様の専横を快くおもわぬ大名は多い。わしもそのひとりだ」

栄可はそのような重大な内情を武士でもない自分になぜ聞かせるのかわかりかねた。

「ところで土倉の方は太閤様が逝去なされて後もうまくいっておるのか」

玄以が話を変えて栄可を意味ありげにのぞき込んだ。

「ご存じのように土倉なる商いはなかなか一筋縄では行きませぬ。行かぬところは玄以様のお力で何とか凌いでまいりました。今あるのは玄以様の後ろ盾があってこそ。ありがたく思っております」

「うまく、行っておるのだな。ならばわしに少しばかり銭を融通せぬか。むろん利（利子）は支払う」

「玄以様が困窮しているとは思えませぬ。もし差し支えなければその遣い途をお聞かせ願えませぬか」

栄可は銭を貸す商人の顔になっていた。

「上杉様の勝手を家康様は決して放ってはおくまい。まわりの諸大名を巻き込んで上杉様に戦を仕掛けるに違いない。その折、家康様に与する大名と家康様の専横を誹る大名が二手に分かれて戦うことになるやもしれぬ」

「そのような恐ろしいこと、起こるわけもございませぬ」

「戯れで申しているのではない。実は佐和山城に蟄居した石田三成殿から何通もの文が届いている。文には毛利輝元様を総大将として家康殿を取り除くので与力願いたし、と記されてあったのだ」

「お待ちくだされ。そのような天下を左右する大事を商人風情のわたしに打ち明けてよろしいのでしょうか」

栄可はひと膝後にさがった。

「石田殿は徳川縁故の大名を除くほとんどの大名にこのわしに送ってきたと同じ文面の文を送っているはずだ。石田殿が徳川家康様と不仲なことなど誰もが知っておる。隠すようなことではないわ」

「玄以様は石田様に与力なさるのですか」

「家康様に秀頼様の行く末を託すわけにはまいらぬ」

玄以はそう告げて、一呼吸を置くと、

「さてそこでじゃ、大坂城の秀頼様をお守りするとしても武器がなくては話にならぬ。丹波亀山は五万石、ちっぽけな大名だ。刀槍も種子島も五万石に見合った量しか備えておらぬ。それで秀頼様をお守りするにはあまりに心許ない。種子島と弾薬、それに刀、槍を買い入れたいのじゃ。ところが買い入れるための銭が足らぬのだ」

玄以は、後は言わなくともわかるであろう、と言いたげな顔を栄可に向けた。

栄可の頭はせわしく動いた。家康と家康に与力する大名、それと石田三成と三成に与力する大名、すなわち徳川連合軍と石田連合軍。両者が戦えばどちらかが滅ぶは必定。その戦に玄以は〈秀頼を守る〉という大儀をもって石田連合軍に加わるという。石田連合軍が勝利すれば玄以は大坂城の奥深くに食い込んで秀頼の守り役になれるかもしれない。それはかつて玄以自身が三法師の守り役となって秀吉の信を得て五奉行にまで出世したことを意識してのことであろう、と栄可は思い至った。

「わかりました。お貸しいたしましょう。吉田家として用立て申せる額は」

そう言って栄可は貸し出し額を小声で玄以に伝えた。それを漏れ聞いた光好は吉田宗家が貸し出せる額はもう少し多いのではないかと思った。

「それでは足りぬ。もっと出せぬか」

玄以が眉と眉の間に皺をよせる。

「これが今まで後ろ盾をしてくだされた玄以様へのこのわたし、吉田栄可の誠意でございます」

栄可は顔を上げ、正面から玄以を見ながら言い切った。

（五）

六月十七日、夏の陽光が渡月橋の橋板に当たっていた。筏流しは四月上旬から休止期間に入っている。代わりに川面を占有しているのは数隻の鵜飼い舟である。舟内に立った鵜匠が数羽の鵜を細紐で操っている。

冬が診察し終わった患者を養生所の出入り口まで送って戻ろうとした時、

「お久しゅうございます」

と声をかけてくる者があった。

「これは爺父、いえ順慶和尚」

冬は破顔して鏑木作左衛門（順慶）に駆け寄った。

「参ったのは冬様にお報らせしたいことがあってのこと。話は少々込み入ったもの」

「ここで難しい話は能いませぬ」

そう告げて冬は渡月橋の東詰に植えられた桜の木陰に順慶を伴った。

「常寂光寺創建のことは日禛和尚様からお聞きしました。爺父も創建に加わっているのですか」

「わたくしは三条河原で塚守を続けております」

「塚に変わりはありませぬか」

「相も変わらず塚に手を合わせる者は居りませぬ。あの惨事を知っている方々はそのおぞましさに手を合わせることさえできぬのでしょう。今日、参ったのはそのことではありませぬ」

順慶は一呼吸置いてから、

「昨日十六日、塚に大殿が詣でられました」

と告げた。

「なんと義光様が。して、殿は爺父のことを憶えておいででしたか」

「頭を丸め、僧衣に身を包み、日焼けしたわたしに大殿は気づくはずもございませぬ。ですが随身の御家臣の中にわたくしを見知った者が居りまして、その者がわたくしに気づいてくださりました」

その者が義光に、〈京屋敷に出仕していた者で、殿もご存じのはず〉と伝えた。すると義光は、〈思い出した。どこかで見た顔であると思ったが屋敷周りの雑事をしていた作左であったか〉と親しげに声をかけた。

作左衛門は京の最上屋敷を接収されたことから始まった一連の出来事、すなわち、駒姫の助命嘆願に一之進が走り回ったこと、駒姫の処刑、正室の自裁、一之進の切腹、さらに冬との邂逅、そして自分が僧となって駒姫を弔っている、その一部始終を涙ながらに述べた。

聞き終わった義光は作左衛門の手を取り、〈駒の供養、礼を申すぞ〉と感に堪えぬ顔で頭をさげ、〈冬に申し伝えたき儀がある。これから申すので作左から伝えてくれ〉と頼んだ。

「大殿は、『一之進に京屋敷の門前で追い返されたことに腹を立て、怒りにまかせて切腹を命じたが、あの折、屋敷に入って石田殿の家臣と争っておれば、謀叛の汚名を着せられて太閤秀吉様から領地召し上げのうえ切腹を命じられていたであろう。今あるのは一之進が死を覚悟して、わしを追い返してくれたからである。そうとも知らず宇月家を断絶させたが、冬の生存がわかった今、宇月家再興を許し、家禄二千五百石はそのまま冬に安堵する、そのことを申し伝えよ』そう仰せられたのでございます」

冬は桂川を眺めていた。鵜匠に操られた鵜が潜ったり浮いたりを何度も繰り返している。鵜飼いは最盛期を迎えていたが、鮎を捕らえてくる鵜は少ないようだった。

「殿はお家の再興を許すと。それを聞いて今までのつらい心内が晴れました。父もこれで浮かばれましょう」

「やっと宇月家の再興が叶いましたな」

「殿の御配慮はありがたいことですが、わたくしはこのまま宗恂様の許で医者を続けます」

「宇月家再興と二千五百石、お捨てになられるのですか」

「捨てる、捨てない、ではありませぬ。養生所を訪れる女性(にょしょう)の患者は今、百人を超えて百五十人に達する勢い。この方々を放り出すことは能(あた)いませぬ。いずれ折を見て伏見のお屋敷に参上し、この思いをお伝え申すつもり」

「大殿は出羽山形にご帰国なされる途中に塚に立ち寄ったのでございます」

「殿がご帰国?」

「六月六日、徳川家康様は伏見に逗留なされている大名の方々を伏見城に集めて上杉景勝様の討伐を命じられました。そして翌日の七日、家康様は江戸に向け伏見の城を後にしました。伏見に詰めていた諸将も自領に戻り、兵を整えて景勝様の居城を攻めるべく会津に向かわれるとのこと。大殿も一日遅れの昨日、伏見を発し、出羽の山形城に向かわれました。上杉様と戦うためでございます。京都所司代の前田様も京を引き払い、丹波亀山城に戻られました」

「所司代が不在となれば京の治安も悪くなりましょう。いつ物盗りが爺父を襲うかもしれませぬ。重々気をつけてくだされ」

「わたくしは赤貧の塚守。物盗りもこのような老爺を襲いはせぬでしょう。冬様こそお気をつけてくだされ」

さも愛しげに順慶は冬を垣間見た。

「冬様〜」

養生所の方から茂助の声が聞こえてきた。

「すぐ参ります」

冬は大声で答えて、

「また、重篤な患者が担ぎ込まれたようです」

そう言って立ち上がり、

「宇月家を再興したとて、此度の戦で上杉景勝様が勝利なされば、宇月家はもとより最上家も滅びましょう。武家が覇を争う限り戦は必定。戦に勝敗は付きもの。敗者には死か浪々の身が待っている。そのこと爺父もわたくしも痛いほど身にしみてわかっている。武家は浮き草の如く頼りなく空しいもの。それに反して医業に携わる者はどのような世になろうとも人から求められ頼りにされます。実入りが少なく忙しいだけの医業ですが、病癒えて養生所を去っていく女性を見送る折のすがすがしさは何ものにも代え難い。わたくしを幼少から育ててくれた爺父、わたくしが申したいこと、わかってもらえますね」

告げると養生所へと駈け出していった。

（六）

秀吉が隠居所として選んだ地、伏見は諸大名の屋敷が整然と建ち並び、広大な武家町を形成していた。秀吉に二心がないことを示すために諸大名は肉親、親族を伏見屋敷に住まわせた。むろんそのように仕向けたのは秀吉である。町人と商人のほとんどは伏見屋敷の住人相手に生計を立てている。伏見は武家の街と言ってよかった。

家康や諸大名が上杉討伐のため伏見を出立すると、伏見は町民のみの街となった。

とは言え、武士がひとりも居なくなったわけではない。家康は街を出るにあたって、家臣千八百余名を伏見城内に残し、町を守らせた。しかし彼らは城に籠もって一歩も街に出てこなかった。

伏見はいたって穏やかだった。戦場となるのは遠地の会津で伏見に関わりはない、町民の誰もがそう思った。

七月十一日。

会津討伐に向かう途中、美濃垂井(現岐阜県不破郡垂井町)に兵を休めていた大谷吉継、増田長盛、安国寺恵瓊の各陣屋に佐和山城に蟄居中の石田三成から檄文が届いた。檄文とは敵の罪状を挙げ、自分の信義を述べて、心ある者に決起を促す文書のことである。

檄文には前田利家死去後の徳川家康の専横が詳しく記され、敵は上杉景勝でなく徳川家康だ、と説かれていた。この檄文に賛同した三将は密かに佐和山城を訪れた。

三将は前田利家亡き後、あたかも天下人の如くに振る舞う家康を不快に思っていたのに加えて、昵懇であった上杉景勝と一戦を交えることに気乗りしていなかったからで、この三将の心底を三成は見抜いていたのである。

三成は蟄居の身でありながらも、かねてより親交のあった武将たちに檄文を送り続けていた。特に三成が熱心に檄文を送って決起を促していたのは毛利輝元であった。輝元からは三成に賛意を示す文がひそかに届けられていた。

その日、三成と三将は謀議を重ね、毛利輝元を総大将にして、〈家康を討つべし〉との衆議で一決した。

この決議をもって安国寺恵瓊が毛利輝元の許に説得に向かう。

安国寺恵瓊は名が示すとおり、毛利一族が治める領内にある安国寺(現広島県福山市)の住職であった。僧であるので弁は立った。その弁舌で輝元に信頼され、後に毛利が秀吉に攻められ窮地に立たされた折、秀吉との間に和議を成立させた。これを機に秀吉からも信任されて伊予六万石の大名に任じられた。

恵瓊の説得はうまくいった。

七月十六日、輝元とその家臣らを乗せた十数隻の船が大坂の港に着き、時を移さず輝元らは大坂城に入った。

家康の専横を苦々しく思っている諸将にこの事実はたちまち広まった。そこに三成の〈心ある者は大坂城に結集せよ〉との檄文が届いた。檄文に触発された大名が兵を率いて続々と大坂を目指した。

三成は毛利輝元と連絡を密にとる一方で佐和山城を出て美濃大垣城に移り、ここを反徳川軍の前戦司令部とした。

三成の策動を家康が知ったのは、上杉討伐に向かっている最中、下野（しもつけ）の小山（おやま）（現栃木県小山市）まで軍を進めていた時である。家康は会津東征を中止し、上杉討伐に加わった諸将にこのことを報じ、大坂に向かうことにした。

こうした世上の動きは嵯峨野に伝わってこなかった。

栄可は前田玄以に貸し付けた銭のことが気になってならない。玄以の動静が全くわからなかったからである。

「栄可殿、お耳に入れたいことがあって参りました」

落ち着かぬ栄可の許を訪れたのは宗恂だった。

「急用でなければ後にしてくれ」

栄可はそっけなく応じた。

「伏見城が攻められている、と先ほど京内から通っている患者が教えてくれました」

栄可の目が見開かれた。

「まさか前田様が攻めているのではあるまいな」

「その患者の話によれば、旗印から毛利（輝元）様、宇喜多（秀家）様、島津（秀元）様それに小早川（秀秋）様とのこと」

「前田玄以様の旗印はなかったのだな」

「それは聞いておりませぬ」

「攻城はいつから始まったのだ」

「二日前の七月十九日」

「すると城攻め三日目だな。城兵は多くないと聞く。となればもう城は落ちているであろう。そうか徳川様とそれに抗する諸将の戦が伏見から始まったのだな。まずは伏見城が落ちて徳川方の敗北。このまま徳川様が負け続けてくれるのを願うばかりだ」

玄以に貸し付けた銭を回収するには玄以が与力する石田連合軍に勝ってもらわねばならない。

「城が落ちれば、伏見は言うに及ばず、五畿内は石田様らが差配するところとなりましょう」

「結構なことだ。家康様が勝ちでもすれば、宗家は破滅だ」

栄可は厳しい顔を宗恂に向けた。

（七）

八月四日、伏見城が陥落し炎上したという報が栄可の許にもたらされた。

栄可の予想に反して陥落したのは八月一日、十日以上も持ちこたえての落城であった。

しかしそれ以外の戦況は嵯峨野には伝わってこなかった。

栄可は戦況を蓑輔に聞こうと思い、手代を蓑輔の許に走らせた。

しかし、手代はうかぬ顔で戻ってくると、蓑輔の居宅は空家となっていて、行方がわからないと告げた。

栄可はそのうち蓑輔が現れるに違いないと思い放っておくことにした。

鵜飼い舟が毎日、桂川に浮かび、渡月橋を往き来する人影も例年の初秋と変わらなかった。

戦況がわからないまま九月半ばとなった。

冬は養生所での診察を終え、夕餉をとった後、秋水山房でいつものように、宗恂に頼まれた医術書の副書に筆を動かしていた。桂川に近い秋水山房は夜になると瀬音が大きく聞こえる。

冬は筆を休めて瀬音に聞き入った。

「ううっ、ううっ」

唸りとも呻きとも思える声が瀬音に混じって蔀戸(しとみど)の外から届いた。冬の身体が一瞬で引き締まる。冬は机の横にいつも置いておく懐剣を手に取った。懐剣は宇月家に代々伝わるもので、今では宇月家の存在を示すただひとつのものであった。

「どなたか？」

冬は懐剣の束に手をかけながら質した。

「蓑輔でござる」

冬は蔀戸を押し上げた。そこに夜半(よわ)の月に照らされた黒い塊が見えた。

「まこと蓑輔様か」

黒影が起き上がろうともがいた。だが起き上がれずに再びその場にうずくまった。冬は懐剣を懐に仕舞って近寄ると助け起こして部屋に入れた。腐臭が冬の鼻をついた。冬は机の上に備えた燭台を持ってきて横たわる塊を照らした。

まぎれもなく蓑輔であった。装束はちぎれて泥にまみれ、剥きだしになった両脚と腕、さらに頬に刀傷と思われる痕が見てとれた。

「どうなされましたのか」

冬の声は医者の声になっている。

「関ヶ原」

蓑輔はひと言告げると気を失った。

冬は蓑輔の腕を取り、脈をみる。打ち方は弱いが規則正しく打っている。

冬は辺りを憚るようにして蔀戸を下ろした。

翌朝、冬は宗恂、栄可、光好、与一に蓑輔の状態を伝えた。すぐに四人が秋水山房を訪れた。蓑輔は気を失ったままであったが呼吸は規則正しく続いていた。冬が落ち着いているのは蓑輔の命に別状はない、と見立てたからである。

「これは」

蓑輔をひと目見た栄可が顔をしかめた。

「傷を負うておられます。しかもその傷は刀槍によるもの。蓑輔様は戦場(いくさば)に赴いたのでしょう」

冬は昨夜、蓑輔の傷口を洗い、軟膏を塗って包帯を巻いておいた。

「姿を見せないと思っていたが、戦場に行っていたとは。してその戦場とは」

栄可が訊いた。

「気を失う前に、関ヶ原、そう申しておりました」

「関ヶ原。はて聞かぬ地名だ。誰か聞いたことはあるか」

栄可が蓑輔から光好らに顔を向ける。四人は首を横に振った。

「どこなのかわからぬが、その関ヶ原で蓑輔が金創(きんそう)（刀傷）を負ったと申すのか」

栄可は再び蓑輔に目を移した。

「おそらく蓑輔殿は関ヶ原なる地に赴いて徳川様とそれに抗する石田様らとの戦を探索していたのでしょう」

光好が言った。

「戦に加わらぬ者が、なぜ金創を負うのだ」

栄可は合点がいかなかった。

「戦況を探るために戦場に近づきすぎて敵方と思われて襲われたのでは」

宗恂が光好を庇うように言い足した。

その時、蓑輔が一声を発して目を開けた。

「蓑輔様の気が戻りましたぞ」

冬が安堵の声で告げた。素早く宗恂が蓑輔の腕を取り、脈を測った。

脈を取り終わった宗恂が蓑輔をのぞき込む。蓑輔は直ぐにこの場の状況を覚ったのか、

「話せますかな」

「いかにも」

しっかりした声で応じた。

「しばらく顔を見せなかったですな。どうしましたかな」

栄可が労るように質した。

「心配をおかけ申した。実は僕(やつがれ)は縁あって三ヶ月前に宇喜多秀家様の禄をいただけるようになり申した」

そう告げて、蓑輔は臥したままで次のようなことを話した。

かつて織田信孝の家臣であった時の同輩が宇喜多家の家臣となっていて、その同輩から〈近々、徳

川家康を相手に大きな戦がある。宇喜多家も家康を討つべくその戦に加わる。そこで宇喜多家は戦に心得のある者を募っている。仕官はわしの口利きで決まる。禄高は十石と低いが手柄を立てれば千石、二千石も夢ではない〉と誘われた。これに蓑輔は一も二もなく乗った。躊躇しなかったのは、栄可の命に従って世上の動きを調べていくいうちに、毛利・石田方と徳川方が一戦を交えるのではないかと思うようになり、戦えば毛利・石田方が勝利すると踏んでいたからである。

「わが軍は九月十四日、関ヶ原と申す地の南天満山を背にして五段構えの陣を敷いた。そこから関ヶ原が見渡せた。両軍の旗印数万本がはためいていた。陣から見て、僕は石田方の勝利を疑わなかった。ただひとつ案ずるとすれば、毛利輝元様が大坂城に居座って関ヶ原に参らぬことだった」

「ちょっと待って、その関ヶ原とはどこなのだ」

栄可が蓑輔の話を折って聞き質した。

「伊吹山をご存じか」

蓑輔が訊いた。

「聞いたことはあるが、何処なのかわからぬ」

栄可が素っ気なく答えた。

「祖父上、伊吹山は近江琵琶湖と美濃（現岐阜県）の間に聳える山で古来より知られた名山です。その昔、藤原実方と申す公家がおりまして、その方が、〈かくとだにえやは伊吹のさしも草さしも知らじな燃ゆる思ひを〉と詠っております」

与一の言に栄可がしらけた顔をした。栄可は自分の無学を知らされるような話をされるとたちまち不機嫌になる。

「伊吹山は薬草の宝庫でも知られておりまして、わたしは一度伊吹山まで薬草採りに行ったことがあります」

　宗恂が取りなすように言った。

「伊吹山はわかった。その伊吹山がどうしたのだ」

　栄可は蓑輔に無愛想な声で話の先を促した。

「関ヶ原はその伊吹山の南東麓に位置いたす。翌日早朝、すなわち九月十五日、関ヶ原は濃い霧で一寸先も見えなかった。吾等はその霧の中で腹ごしらえをし、槍を構えて、霧が晴れるのを待った。たしか辰刻(午前八時)を少しばかり過ぎた頃であったか。霧が消えた。その時、銃声が続けて聞こえ、僕の隣りで槍を構えていた者が前のめりに倒れた。五段構えの宇喜多軍の前方、わずか一町（百十メートル）ほどのところに赤い鎧を着込んだ一団が突っ込んできた。僕は一団を迎え討とうと頭を低くして槍を両の手で握りしめ赤鎧へと突き進んだ……」

　蓑輔はそこで言葉を切って、

「冬殿、起こしてくだされ」

と頼んだ。冬は言われるままに蓑輔を寝具の上に上半身だけ起こした。

「わからぬのだ。槍を構えて突き進んだまでは憶えているが、その日のことはそれ以外何ひとつ憶えておらぬのだ。いやそうではない。宇喜多軍の五段構えが崩れ去り、家臣等が散り散りになって逃げ出した。そのことは憶えている」

「関ヶ原からここまで二、三十里（八十〜百二十キロ）はあるだろう。その傷でよくここまで戻れましたな」

宗恂は蓑輔の強靱さと運の良さに驚きを隠せない。

「どこをどう歩いたのか、具足はどこで脱ぎ捨てたのかまるで憶えておらぬ。ただ僕はなぜだか知らぬが、冬殿のところに行き着けば命永らえることが叶うと思った。そう思ったのは冬殿が武家の娘でしかも敗戦の憂き目にあって苦労してきたことを知っていたからかもしれぬ」

「関ヶ原での勝敗はついたのか」

栄可の声は震えていた。

「徳川方が勝鬨（かちどき）をあげたのは確か」

「前田玄以様はどうなるのだ。わたしは宗家の大枚を玄以様に用立てたのだぞ」

顔面蒼白となった栄可が呻（うめ）いた。

第六章　新旧交代

（一）

慶長五年（一六〇〇）九月十五日、石田方の兵八万余と徳川方十万余が東西一里（四キロ）、南北半里（二キロ）の狭い原っぱ（関ヶ原）で激突した。

戦（いくさ）は赤い具足、赤い陣羽織を身に着け、赤い刀槍を携えた〈井伊の赤備（あかぞな）え〉と謳われた家康の重臣井伊直政率いる精兵三十騎が霧深い原っぱを密かに進み、霧が晴れる時を待って宇喜多秀家軍へ奇襲をかけたのを皮切りに繰り広げられた。

辰刻（午前八時）から始まった戦いは二刻（四時間）ほど乱戦となって両軍は一進一退をくり返し勝敗の行方は定めがたかった。将兵の誰もが、この戦いはひと月を超える長期戦になることを疑わなかった。

その予測は昼を過ぎる頃に外れた。

石田方に与していた小早川秀秋が寝返ったのである。

未刻（午後二時）、この寝返りで石田方は総崩れとなり、申刻（午後四時）石田方は散り散りとなって潰走した。たった半日の戦いであった。

しかし徳川方と石田方の戦はこの一戦で終わったわけではない。関ヶ原の戦いに前後して東北から九州の広い範囲で徳川方と石田方の熾烈な戦いが繰り広げられた。

東北……上杉景勝（会津城主）に対する最上義光（山形城主）
甲信……真田昌幸（上田城主）に対する徳川秀忠
東海伊勢…毛利秀元、吉川広家、長宗我部盛親の連合軍三万余に対する富田信高（伊勢安濃津城主）
北陸……丹羽長重（小松城主）に対する前田利長（金沢城主）
丹後……小野木重勝（福知山城主）に対する細川忠興（田辺城主）
近畿……立花宗茂（柳川城主）に対する京極高次（大津城主）
四国伊予…毛利配下の武将に対する加藤嘉明（正木城主）配下の武将

そして九州では、石田三成の檄文に呼応した島津義弘（栗野城主）、鍋島直茂（佐賀城主）、毛利秀包（久留米城主）、太田一吉（臼杵城主）、毛利勝信（小倉城主）、それに小西行長（肥後宇土城主）らが関ヶ原に馳せ参じて城を留守にしたのに乗じて加藤清正（熊本城主）、黒田如水（中津城主）、寺沢広高（唐津城主）らが連携して手薄になった城を攻めた。

これら会津、甲信、東海伊勢、北陸、丹後、近畿、伊予、九州での戦いが終息したのは十月二十五日だった。

七月十九日の伏見城攻撃から始まった徳川連合軍と石田連合軍の戦いは三ヶ月余を費やして徳川連合軍に軍配が上がったのである。

石田三成は逃亡先の伊吹山近傍の古橋村で、小西行長は京に潜伏しているところを探しだされ、大坂、京を引き回しされた後、十月十一日、六条河原で共に処刑された。また安国寺恵瓊も捕らえられ斬首された。

宇喜多秀家は消息不明。宇喜多家は断絶した。

豊臣秀頼は二百余万石の大名から摂津、河内、和泉の三国、六十余万石の一大名となり、かろうじて命脈を保った。

このほか石田連合軍の大名は処刑、領地替え、減封（領地縮小）、領地召し上げ、お家断絶など厳しい処罰を受けた。

その中で前田玄以は減封も処罰もなかった。玄以は家康が勝利することも考えて、関ヶ原に赴かず、自分が知り得た石田連合軍の動静を家康に通報していた。これが丹波亀山五万石の安堵に繋がったのである。

京、大坂では石田方の残党狩りが厳しさを増した。

そんな中、傷の癒えた蓑輔が養生所から姿を消した。
蓑輔が養生所で残党狩りにあえば、匿(かくま)った者に罪が及ぶであろうことを慮(おもんぱか)って失踪したのであろうと冬は思って胸が痛んだ。

戦が終わった一ヶ月後、家康は諸将を従えて禁裏（御所）に赴いた。きらびやかに着飾った家康ら一行が表御殿で侍しているところへ後陽成(ごようぜい)天皇が公家らに供奉(ぐぶ)されて姿を現した。

家康はひざまずいて戦の勝利を奏上し、それに対して天皇は家康の尽力によって安寧の世となったことへの謝意のお言葉を述べられた。

同じ日、嵯峨野、養生所では宗恂と冬が早朝から患者の治療に専念していた。例年であれば患者は近在の百姓や町人(まちびと)、筏師などが多いのだが、十月に入った頃から金創(きんそう)を負った武士が目立って多くなった。戦で負った傷であることは明らかだった。治療に先立って患者には姓名と連絡先を教えてもらうことになっていたが、武士らは〈徳川家康家臣〉と告げるのみで、外のことは一切話さなかった。今や天下人にもっとも近い位置に立つ徳川家康、その家臣となれば、治療を拒めるはずもなかった。ただ、なぜ京からはずれた嵯峨野までわざわざ治療を求めて養生所を訪れるのか、宗恂には今ひとつわからなかった。

「今日も金創の患者が多いですね」

冬が治療の手を休めて隣の宗恂に声をかけた時、養生所の門口の方から、馬の鳴き声が聞こえた。そして直ぐに、

「宗恂殿、吉田宗恂殿は居られるか」

大声で呼ぶ声が届いた。宗恂は門口へと走っていった。

壮年の武士が騎乗したままの姿で宗恂を見おろした。

「宗恂はわたしですが」

告げながら、もしや蓑輔が捕まって傷の治療と匿ったことが露見したのではないかと案じた。武士は下馬すると、

「拙者徳川家康麾下(きか)、板倉勝重(かつしげ)と申す。騎乗に覚えはござろうか」

唐突に訊ねた。馬の荒い息が宗恂の顔にかかった。よほど馬を急がせたのだろうと思いながら宗恂は、

「少々、心得ております」

と応じた。

「病人(やまいびと)を見立ててほしい。空馬を曳いてまいった。それに騎乗し同道願いたい」

「どこに同道せよと？」

「それは申せぬ。一刻を争う。騎乗なされ」

勝重の顔には並々ならぬ緊張が漂っていた。

宗恂は養生所に戻り、冬に手伝わせて医療具を一包みにして背にくくり付けると、

「どうやら蓑輔とは関わりがないようだ。板倉様と申す方の迎えだ。すぐに戻れるであろう。今日の治療は冬殿ひとりで続けてくれ」

頼んで門口まで行くと騎乗の人となった。

残された冬は宗恂のことが案じられてならない。その心配も患者の治療に専念するうちに遠のいて刻《とき》の経つのも忘れた。

桂川の対岸から法輪寺《ほうりんじ》の鐘の音が聞こえてきた。申刻《さるのこく》（午後四時）を報せる打数である。すでに養生所の室内は薄暗くなっている。宗恂は戻ってこない。冬は残っている患者の治療を済ますと光好の館に向かった。

「参られたか」

光好は冬の顔を見ると声を潜《ひそ》めて、

「なにやら養生所に立派な出で立ちのお武家が馬で駆けつけて弟（宗恂）を連れていったそうだがまだ戻らぬか」

「お戻りがないのでここに参ればわかるのではないかと思い、伺いました」

「わからぬ。それよりわたしの方から訊きたい。一体あのお武家は何者なのか」

「板倉様、と宗恂様は申しておりました。光好様にお心当たりはありましょうか」

「ないが、今、京は徳川様の武士《もののふ》であふれておるからな。板倉様と申すお武家はそのあふれている武士のひとりであろう。その板倉様の縁者が急な病でも発し、見立てを乞うて宗恂を迎えにきたに相違ない。案ずるな、弟は治療が終われば戻ってこよう」

光好の穏やかな物言いに冬の不安は遠のいていった。

宗恂は戻らなかった。次の日もまた次の日も戻ってこない。

五日目の夕刻、宗恂は数名の武士に付き添われて養生所に戻ってきた。

その夜、栄可の館に宗恂と光好、与一それに冬が顔を揃えた。

冬は忙しさにかまけて栄可と会うのは二ヶ月ぶりである。栄可の頬はやせこけて目ばかりが大きくみえた。栄可は前田玄以のほかにも石田方に与力していた武将らに無担保で多くの銭を貸し付けていた。その彼らが敗者となって逃亡あるいは捕縛、戦死してしまったが故に銭の回収は諦めるしかなかった。ために宗家は多大な損失を出していた。

「光好から聞いたのだが宗恂を迎えに参ったのは板倉様とか申す家康様の家臣だそうだな」

栄可は興味津々といった顔つきである。宗恂は無言で懐から袱紗（ふくさ）に包んだものを取りだして栄可が座している膝元に置いた。栄可は腫物でも触るように袱紗を手に取り開いた。小判だった。目を丸くして小判と宗恂を見比べた。

「この銭は治療代と口止め料です。五十両あります」

宗恂はさりげなく告げた。

「五日間の治療代では高すぎると思ったが、口止め料も含まれているとなれば、相当高い口止め料だな。一体、板倉様とは何者なのだ」

「板倉勝重様は徳川家康様の寵臣（ちょうしん）」

「その寵臣が口止めをしなければならぬほど高貴な御方を宗恂が治療した、そういうことか」

栄可の目がさらに丸く見開かれた。

「……」

宗恂は黙して腕を組んだ。

「まさかわしらにその者の名を明かさぬというのではなかろうな。ここに居る者は皆身内。おまえが名を明かしたとて外に漏れることはない」

栄可がひと膝、宗恂に寄った。宗恂は腕を組んだまま口を固く結んでいる。

「見立てた者は板倉様の御主君徳川家康様か」

栄可が恐る恐る訊いた。冬も家康ではないかと思った。国中を巻き込んだ戦いに勝利し、五日前に宮中に赴き戦勝報告をしたばかりの家康が病に陥ったとなれば、再び世は不穏に逆戻りする。となれば病に罹ったことを秘すのは必定、そう冬も考えた。

宗恂は腕を組んだまま、首を横に振った。

「家康様ではなかったのか、それは惜しいことをした」

栄可は鼻白んだ顔で肩を落とした。

「不謹慎ですぞ」

光好が潜めた声で諫(いさ)めた。

「家康様が勝たれたためにわが宗家は潰れかかっている」

栄可は分別のない子供のように言い返し、

「家康様でないとすればどなたなのだ。わしとおまえは従兄弟同士だぞ。名を明かさぬなどと水くさいことはよせ」

と口を尖らせた。

「わたしが見立(みた)てた御方(おんかた)は……今上帝(きんじょうてい)」

栄可の動きがとまった。冬は自分(おのれ)の耳を疑った。

「今上帝とは京の御所に御座(おわ)します後陽成天皇のことか」

やや経って栄可が驚愕の態(てい)で確かめた。

「帝は回復に向かわれておられる。もうわたしの施療がなくとも御気色(みけしき)が損なわれるような御事(おんこと)はないと思われます」

宗恂は押えた声で言った。

世を動かす中枢にある者たちが病に罹った節は、これを秘すことが多かった。天皇や将軍の病を契機に政変が起こるのは稀なことではなかった。

「なんとおまえは今上帝を御見立て申したのか」

栄可の顔が一変し、目が細められた。その変わり様に光好は内心で舌打ちした。

〈おそらく舅殿は帝に近づく機会が宗恂を通じてあるかもしれない、そうなれば再び潰れかけた吉田宗家を立て直せる〉そう思っていることが光好には手に取るようにわかった。

「此度の仕儀、わたくしにはわからないことばかりでございます。どうか事を分けてお話しくださいませ」

（二）

栄可の館を辞して養生所に戻ってきた冬が宗恂に頼んだ。

「二ヶ月前から養生所に金創を負った武士が訪れているが、その者たちは徳川家康様の家臣である以外、つまびらかなことはわからなかった。それが判明した」

「関ヶ原での戦で傷を負った方々ではないのですか」

「違う。伏見城の攻防で籠城した兵の生き残りだ。籠城兵は千八百人程。城は炎上し千八百人は皆殺しになったと思われていたが、生き残った者が居た。その方々は皆戦傷を負った。家康様は彼らを勇者として遇し、まずは戦傷を治すようお気を配られた。そこで家康様は板倉勝重様に、京内から名医を探し出し、傷兵の治療に当たらせるよう命じたのだ。板倉様はそれまで江戸奉行を任じられ、江戸には詳しいが京のことは全くと言ってよいほど無案内だった。窮した板倉様は今まで京都所司代であった前田玄以様を丹波亀山の城から呼び出し、京近在で評判の医者を聞き出した。玄以様はわたしの名を真っ先に伝えたとのことだ。わたしの名は家康様の知れるところとなり、伏見籠城で生き残った勇者がここ嵯峨野に来所するようになった。ただ来所に当たっては身分を隠して養生所に迷惑がかからぬよう配慮したとのことだ」

「養生所に迷惑？」

「そのような勇者が養生所で治療を受けていることを京人が知れば、彼らを見ようとここに押しかけるやもしれず、またここで施療を続けている患者らが関わりになるのを恐れて来所しなくなるのでは、と家康様が慮ってくだされたのだ」

「それで方々は皆無口だったのですね。ところで、宗恂様はいかなる経緯で帝をお見立てなさることになられましたのか、わたくしにはわからないのでございます。御所には帝をお見立てなさる侍医が居られるはずでございます。それをさし置いてなにゆえ宗恂様を招いて治療にあたらせましたのか」

「そのことだ。わたしもいきなり御所に連れていかれて驚いた。寝所に通されたわたしの前に帝が伏せっておられた」

「あの日は徳川家康様が御所に参上なさり帝に戦勝をご報じなされていたのではありませぬか」

「その戦勝報告の最中に帝がお倒れになられたのだ」

「ならば御所内にある典薬寮の侍医が治療にあたられるのではありませぬか」

「たしかに典薬寮には四名の侍医が居られるが、かの方々は帝が不例の折、御脈を診候なさり、御薬をたてまつるのが役目。平素は帝が殿上の間へ出御あらせられるときに、遠くより竜顔を拝して御気色のお見立てをなさるが、お近くに寄ることは許されておらぬのだ」

「帝が昏倒なされたのであれば、お近くに寄って見立てをなさること、許されるのではありませぬか」

「確かに見立てるには玉体の御胸や御腹を触らなければならない。しかしながら玉体に触れるような畏れ多いことを公家方は決してお許しにならぬのだ。これはあとで家康様から打ち明けられたことだが、家康様は玉体に触れることを禁じられた侍医らでは正しい見立てや治療を行えぬ、とお覚りになられたという。そこで家康様は板倉勝重様をその場に呼び寄せると、わたし（宗恂）をすみやかに連れてくるようお命じになられたのだ」

「板倉様が馬で養生所までお迎えに参ったのはそういうことだったのですね。それで宗恂様は玉体にお触れになりましたのか」

「公家の方々がお許しにならなかった。わたしは、『それでは見立ては能いませぬ』と申し立てた。そのやりとりを寝所の隅で侍しておられた家康様がお聞きになり、『この儀、帝にお決めいただきましょう』と仰せられたのだ」

　後陽成天皇は宗恂の触診を許したが、公家らはかたくなに認めようとしなかった。かつて天皇の身体に凡下（低い身分）の医者が素手で触れることなど皆無であったからだ。すると家康は、〈帝の御命を縮めるおつもりか〉と公家らをにらみ据えた。

「その一声で決まった。玉体は幼児のように頼りなかった。帝は蒲柳の質であらせられる」

〈蒲柳の質〉とは今で言う虚弱体質のことで、この頃は栄養失調がもとで虚弱体質になる者が多かった。この時、後陽成天皇は二十九歳であった。

「それに帝の胃の腑は相当お弱りになっておられた。わたしは帝にそのことをお伝え申し、胃の腑に卓効があるお薬を服用していただくことにした。それからわたしは食べもので好き嫌いがあるかどうかをお伺いした。帝は肉や魚の料理は膳に載るがお口になさらないということだった。そこでわたくしは帝に鹿肉(ししにく)や鴨肉、鮎や鯛などを食するようお勧め申しあげた。帝は露骨に嫌なお顔をなされた。しかしわたしはこのまま食の選り好みを続けておられると遠からず寝たきりにおなりになると進言(しんげん)した」

　天皇は宗恂の言葉に心あたることがあったのか、無言で首を縦に振った。

　診断が終わると宗恂は天皇の食事を料理する館に案内してくれるよう公家に頼んだ。公家は受けるつもりがないのか、目をそらせてあらぬ方を見た。そこで家康の目とぶつかった。公家はしぶしぶ承諾した。

「御所の一郭に内膳所(ないぜんどころ)と申す館(やかた)があって、そこで帝の御食(みけ)を作っておられる。内膳所を束ねている大夫(たいふ)に会って、御食にお出しする魚や鳥を料理しているところを見せていただいた。おそらく小浜から運ばれた鯛であったろう。わたしなら炭火でこんがり焼いて一塩かけて食するのだが、そこで見た鯛は皮を剥ぎ、頭(かしら)を切り落とし、全ての骨を取り除いたうえで、蒸籠(せいろ)で蒸して魚油を抜いた白い肉片で鯛とは似て非なるものだった。そのように料理した魚など食えたものではない。わたしはこの時、このような御食を帝が幼き頃からお口に為されておられたのかと思うと畏れ多いことだが、哀れに思った。もっとも帝はそうした魚や肉に長い間箸をおつけにならなかったそうだ。そこでわたしは大夫に料理に工夫をこらすようお願いした」

「そこまでなされたのですか」

「医食同源と申すではないか。肉や魚を食していただかねば帝は短命に終わる。肉、魚をお食べいただくには今までのような料理の仕方を改めてもらうしかない。ためにわたしは三日ほど内膳所に入り浸り、料理人らと共に魚、肉料理に工夫をこらした。出来上がった料理は何のことはない、いつも冬殿やわたしが食しているなんの手も加えてない魚を丸ごと焼いて、醤醢で味付けしたものと変わりないものとなった」

醤醢は大豆を発酵させた調味料で現在の味噌・醤油の原型のようなものである。後陽成天皇はこれを喜んで食した。

「今、申してきたような細々したことがあってここに戻ってくるまでに五日も要してしまったのだ。それにしてもわたしは家康様の慧眼に感服している。あのお方は帝の病が典薬寮の医者では手に負えぬことを見抜いておられたのだ。さて明日からは冬殿に任せきりだった養生所での治療を始めますぞ」

宗恂は冬に笑いかけた。

（三）

翌慶長六年（一六〇一）、三月、板倉勝重が京都所司代に任じられた。

勝重は、秀吉の影響をどこよりも強く受けた京人に徳川の世がきたこと知らしめようと、着任早々から前の京都所司代前田玄以の息がかかった諸々を排除することに重きをおいた。

その一環として勝重は栄可に京内での土倉を控えるよう命じた。

栄可はどうにかして新しい所司代に取り入ろうとしたが、会うことは許されなかった。とは言えしたたかな栄可は目立たぬように土倉の商いを続けて、一族を養い続けた。その一方で亀山城まで出向き、前田玄以に会い、貸した銭の回収に心がけた。

玄以は所司代の任にあった頃にみせていた気迫が嘘のように失せて、惚けたような日々を送るようになっていた。その玄以の姿を見るにつけ、栄可は豊臣の世が遠のいてしまったことの悲哀を味わっていた。

そんな中、吉田一族にとって明るい報せが飛び込んできた。

宗恂が後陽成天皇に召されたのである。

宮中に招聘された宗恂は天皇から健康になったことへの謝意を伝えられた後、宗恂の名を〈意安〉と改め、〈法印〉へ進むようにとのお言葉を賜った。

法印とは通常、僧の位を表す呼び名であるが、医者にも適用された。法印は位のなかで最高位に位置する。

吉田宗恂改め吉田意安の名はたちまち京中に広まった。

「どうもわたしが法印なる称号を戴いたがために患者が来なくなったようだ」

いつものように養生所で最後の患者を送り出した時、意安が冬に呟いた。

「人の心の動きは不可解なものだ。わたしは帝の病を治した医者として名が知れ渡った。それゆえ新たな患者が押しかけてくるだろうと思った。ところが逆だった」

「今日、治療に参った百姓が、『明日からもう治療は受けられない』と申すのでその理由を訊ねたところ、『今までは宗恂様の温情に甘えて治療代を待っていただいたり、畠で採れる野菜を治療費代わりとしていただいた。ところが宗恂様は法印というお偉いさんになってしまった。法印様に見立てていただくなど畏れ多いこと。治療代を今までのように待ってくれなどと、とても言えたものではない。明日からは占い師にでも頼んで病が軽くなる祈祷をしてもらう』そう申されて養生所を出ていかれました」

「祈祷などで病はよくならぬ」

宗恂は吐き捨てるように言った。

二月、雪に覆われた嵐山が鏡面のような桂川の水面に映っていた。

栄可はその水面を長い間眺めていた。栄可は六十七歳になっていた。

翌日、栄可は息子の休和に宗家を託して引退した。休和は四十六歳であった。

宗家栄可を軸にして廻っていた土倉は栄可の引退を機に光好分家に移りつつあった。

光好の弟が宗恂（意安）であることも光好土倉を勢いに乗せる一助となった。天皇から法印の位を賜った宗恂の兄ならば、銭を借りても返済に際して理不尽な取り立てはしないであろう、と借り手たちが思ったからである。これで光好分家に銭を借りに来る京人が一挙に増えたのである。

雪が消え、桜が咲き、そして散り、嵐山の新緑が濃緑に変わる四月、意安（宗恂）の許に、明日、京都所司代の館に参上せよ、との報らせが届けられた。意安は後陽成天皇の様態が再び悪化したのかもしれないと思ったが、お言葉を賜った時の天皇の様子から案ずるようなところはないように思えた。

翌朝、小首をかしげながら館に参上すると、一室に通された。しばらく待っていると勝重が現れて、

「火急の呼び出し、さぞや驚いたことであろう」

そう告げて意安が座している前に自らも坐した。

「実は江戸に帰還なされた家康公から一昨日、お文が届いた」

勝重は懐から封書を取りだし、意安の前に置いた。

「読んでみなされ」

「よろしいのですか」

「わし宛であるが意安殿にでもある」

意安は封書を両手で取り、押し戴いてから開けた。

そこには意安が後陽成天皇に的確な治療したことへの賛辞が述べられており、五百石をもって家康の侍医に任ずることが記されてあった。

「そう言うことでござる」

意安が読み終わるのを待って勝重が言った。

「……」

「断るなど畏れ多いことだぞ」

喜んで服すると思っていた勝重には意安の沈黙が不可解でならない。

「家康様の侍医となれば江戸に参らなくてはなりませぬな」

「家康公は江戸で政を行っておられる。なるべく早く江戸に発たれるがよい」

「もしや家康様はどこか御様態がすぐれないのではありませぬか。それでわたくしを呼び寄せるのでは」

「家康公はいたって壮健であらせられる。だがの家康公は今年、六十路の一歩前でござる。家康公はわしと酒を酌み交わした折に、『世に言う英傑が天下を取り損ねたのは心ならずも病に倒れたからだ。織田信長様の五十歳は病でないとしても武田信玄五十三歳、上杉謙信四十九歳、前田利家殿は六十二歳。かの英傑らが病を治して長生きしておれば、天下を取れたかもしれぬ。わしは今、五十九歳。天下はまだ先にある。人が年寄れば病に罹るのは仕方ないことだ。志ある者は病に打ち勝って志を成し遂げねばならぬ。だが老いてからの病は自分の気力だけでは治せぬ。医者に任せるしかない。すなわち自分の命を医者に託すのだ。託すからには、その医者に満幅の信をおかねばならぬ。あの男は満幅の信をおくに価する』そう仰せられたのだ。あの男とは誰のことだかわかるであろうな」

意安は平伏した。しかし拝命はしたが内心では困惑していた。養生所の行く末が気がかりだったのである。

その日、意安が養生所に戻ったのは陽が西の峰に落ちてからだった。冬は患者らの治療を終えていて、茂助・熊夫婦と共に養生所の掃除をしていた。

「冬殿」

床を拭いている冬の背へ意安が呼びかけた。冬の手が一瞬止まり、それから振り向いた。

「戻られましたか。呼び出しは何だったのでしょうか」

「心染まぬ呼び出しであった。これから兄じゃの許に参るので冬殿も一緒に来てくだされ」

冬は茂助に後の始末を任すと、意安と共に光好の館に赴いた。

館の一室に介したのは意安、冬、光好それに与一だった。

意安は板倉勝重とのやりとりを告げた後で、

「江戸に発つのは五日後と決まった。嵯峨野を後にするにあたって気がかりなことがあります。ひとつは養生所のこと。二つ目は妻子のこと。そして三つ目は兄じゃのこれからのこと。どうすればよいか話し合いたい」

と語りかけた。

「随分と急な江戸発ちだが、家康様の命とあれば従うしかあるまい。そこでひとつ目の養生所のことだが、冬殿はどうお考えかな」

光好が意安から冬へと顔を向けた。

「意安様の江戸行き、あまりに突然のこと。驚くだけで何をどうしてよいものやらわかりませぬ。わたくしひとりで続けていけるのか、はなはだ心細うございます」

「ひとりでやれぬ、と思うなら養生所を閉めて一緒に江戸に参り、わたしの手助けをしてほしい。わたしには称意館蔵書を副書するという大事な業が残っている」

「前より患者が減ったとは申せ、今、来所している患者は百人をくだりませぬ。その方々を放り出して江戸には参れませぬ。わたくしはここに残ります」

光好には冬の強い口調がかえって冬の心細さを現しているように聞こえた。

「わたしの許で医業に励んで七年になろうとしている。冬殿はどこに出ても医者として胸を張ってやっていける」

意安は心底そう思っているのか、大きく首肯して口許をゆるめた。

「わたしも与一も冬殿を陰から支えよう。案ずることはない。さて妻女の彩殿と三人の息子たちのことだが」

光好は意安をうかがった。

「長子宗達は十八歳。今は亡きわたしの師であった曲直瀬道三様が創設した啓迪院で医術を学んでいる。連れ戻して江戸に伴うつもり。次子の云宅と三男の傳庵は妻と共に化野に残す所存」

「一緒に江戸に行った方がよいのではないか」

光好が言った。

「云宅は十三歳、傳庵は十歳、まだまだ母親の助けが欠かせませぬ。それにふたりには啓迪院で医術を学ばせたい」

「彩殿らはわたしと与一で取り持とう。それで三つ目の、わたしのこれからが気がかりとはどういうことなのだ」

光好には弟に気がかりだと言われるような事柄に心当たりはない。

「兄じゃはわたしより四つ年上ですから今年四十七歳、そろそろこれからのことをお考えになってもおかしくない歳」

「吉田宗家が芳しくない今、わたしは宗家に代わって土倉を続けることになるだろう。それがわたしのこれからだ」

「そうでしょうか。聞くところによると兄じゃは保津川の流れに頭を出している岩を筆写しているとか」

「そのような話、誰から聞いたのだ」

「与一殿から聞きました」

「与一、おまえは絵空事といったあのことを弟に話したのか」

「別に隠すようなことではありませぬ。あの折、わたしは絵空事を笑いましたが家に戻って考えてみると、果たして一笑に付してしまっていいのだろうかと思い直したのです。そこで宗恂叔父に話してみたのです」

「それを聞いたわたしは」

「待て、おまえが江戸に赴こうとしている時に、そのような益体もないわたしの絵空事を持ち出してなんとするのだ」

「兄じゃと冬殿が丹波亀山に向かわれた折のことを冬殿から聞きました。兄じゃは大堰川、保津川の移り変わりを冬殿に話して聞かせたそうですね。その折の兄じゃの目には生気が宿り、長い間思い描いていた夢が叶ったかのような喜色が顔に表れていた、と冬殿が教えてくれました」

「それと土倉は関わりがない」

「土倉はいずれ与一殿に譲られるのでしょう。その日も遠くはないはず。兄じゃのこれからの道筋を確かなものにしておかなければ心おきなく江戸には参れませぬ」

「偉そうにわたしの老後の道筋を確かなものにする、だと？　で、何を確かなものにしておきたいのだ」

「兄じゃの幼き頃からの夢、つまり岩を砕きたい夢。それを現（うつつ）のものにするための道筋です」

「どのような道筋があると申すのだ」

「保津川の岩を砕くには入川（にゅうせん）許可を得なければなりませぬ。それに筏問屋や鵜匠らと折り合いもつけねばならないでしょう。入川許可は京都所司代が発布します。また筏問屋や鵜匠と折り合いをつけるにはやはり京都所司代の力を借りねばなりませぬ。実は明後日、板倉様の許へ兄じゃとわたしで伺うことに話をつけてきました」

「板倉様に会って何とするのだ。おまえも知っているようにわたしは政に携わる方々と誼（よしみ）を通じるようなことはしたくないのだ。舅（栄可）殿の今を見ればわたしが言っていること、わかるであろう」

「兄じゃもわたしも今あるのは栄可殿がなりふり構わず政に携わる方の懐に飛び込んで、土倉を大きくしてくだされたからこそ。毛嫌いすることもありますまい」

「そう言われると返す言葉もないが、明後日の板倉様との件はお断りしてくれ」

「これはわたしが無理を申して板倉様にお願いし、決まったことなのです。断れるわけがありませぬ」

「わたしは参らぬぞ」

「与一、なんとか兄じゃを説得してくれ」

意安は首をすくめて助けを求めた。

「わたくしも一緒に板倉様の許にお連れくださりませ。さすれば、たとえ父が黙（だんま）りを決め込んでもわたしが傍にいれば何とかなりましょう」

「板倉様に取り入れなどと申しているのではありませぬ。板倉様の面識を得るだけでも兄じゃに損はないと申しているのです。兄じゃ、どうかわたしの顔を立てて板倉様に会ってくだされ」

「わかった。だがわたしは舅（栄可）殿のように賂（まいない）（賄賂（わいろ））など持っては参らぬぞ」

言葉と裏腹に光好の顔は柔和だった。自分（おのれ）の絵空事の実現に意安がそこまで考えてくれていることを光好はありがたいと思った。

（四）

「吉田土倉のこと、かねがね聞き及んでいる」

光好、意安、与一が控える一室に入ってきた板倉勝重は挨拶もせず切り出した。

光好は意安から勝重は五十七歳と聞かされていたので、好々爺であろうと思っていたが恰幅のよい、精悍な面構えで若々しかった。額には幾多の戦で修羅場を切り抜けてきたと思わせる深い皺が刻まれていて、双眸は栄可や意安ら吉田一族が決して持ち得ない人を射るような光を宿していた。

「板倉様のお耳に入る吉田土倉は悪い世評ばかりなのでございましょうな」

光好は厳しく言われることを覚悟で訊いた。

「銭を貸して銭を増やす土倉、世評などを気にしておったらやっていけぬであろう。土倉に悪評は付きもの。貸し手と借り手、双方が納得ずくの商い。だがそこに余計な力が介入するのは商いとしては邪道だ。余計な力とは何であるか言わずとも光好殿にはわかるな。吉田土倉はその余計な力に頼りすぎた」

勝重はにこりともしないで言った。むろん余計な力とは前の京都所司代、前田玄以であることは明白だった。

「まことに」

光好はそう首肯するしかなかった。

「吉田宗家の土倉を手控えてもらったのにはもうひとつ理由がある。所司代で詳しく調べたのだが、殿（徳川家康）と治部（石田三成）殿が戦った折に、吉田宗家は治部殿に与力した武士に限って銭を貸し出している。宗家に限らず分家も宗家に見習った。今、京都所司代に出仕する者の間では吉田土倉の聞（評判）はすこぶる悪い。このまま吉田を名乗って土倉を続けていくのは難しい。幸い光好殿の土倉だけは百姓町人に限っての貸し出しで、治部殿に与力した方々へ貸し出していないことが判明している。もし光好殿が京内で土倉を手広く商うのであれば、吉田の名を変えることをお勧めする」

ふたりを射すくめるような勝重の眼光である。

「御教示、ありがたく拝聴いたしました。持ち帰り一党の者と話し合い、改名が決まりましたら、参上しお伝え申します。その折はよしなにお願いいいたします」

「断っておくが、わしに賂（賄賂）をもって取り入ろうとしても受けつけぬ。賂などと申すものは、正しい政とももっとも遠いところにあるものだ」

その言葉に光好はなにゆえに意安が板倉勝重に会わせたがっていたかを理解した。

「ところで意安殿から聞いたのだが、光好殿は岩や道普請、川除きに通じているそうだな」

〈川除き〉とは今で言う小規模の河川改修のことである。

「吉田家は明から持ち帰った書物を収蔵しております。その中に岩石の硬軟、石質を判別する術や河川に関する治水術などを記した書物が収めてあります。それをたまたま読んだだけでございます」

「ほう、そのような書物があるとは驚きだ。実はわしも道普請や川除きについていささか知見がある。家康公につき従って戦に明け暮れたのはわしが四十路を超えた頃であった」

「その筋骨逞しい体つき。さぞや多くの手柄を立てられたのでしょうな」

意安が緊張し、圧倒されている光好父子の気持ちを少しでも和らげようと口を入れた。

「意安殿もそう思うか」

「誰が見てもそう思うのではありませぬか」

「ところがわしは大将首など取ったこともない。刀や槍を握ると身体が震えてくるのだ。敵を見ると戦う前に逃げ出したくなる。気が弱いのじゃ」

与一がくすりと笑った。言っていることと相貌があまりに違うからである。

その笑いで場が和（やわ）らいだ。

「わしが臆病であることを家康公は見抜いておられた。そこで家康公はわしを戦の前線に出すことを諦めて、裏方にまわしてくだされた。前線への食い物や武器の補給、補給に欠かせぬ道の普請、渡河するための仮橋の構築とその折の河中の岩の破砕や取り除きを敵に気づかれずに為し終える、それが裏方」

今で言う兵站（へいたん）部隊のことである。

「こうしたことは闇雲にできるものではない。それ相応の知恵がなくては為し得ない。補給路普請で障害となる石を砕くとしても、その石の質によって石の砕き方が異なる。裏方を担う者の中には岩に詳しい者、川の流れに通じている者、さらに橋の作り方に長じている者らがたくさん居った。だがそれらの者はそうした術を学んだわけではない。身体を張って覚え込んだものだ。もし光好殿が読破した書物がわしの手許にあったなら徳川軍はもっと楽に戦えたかもしれぬ。どうじゃ、わしにその書物を一度見せてくれぬか」

与一は勝重の口許を見ていた。淀みなく話す勝重に与一は父光好を重ねていた。

意安が江戸に発った数日後、光好は称意館に収めてある蔵書の中から空合術（そらあい）（天候予測）、間積術（けんづもり）（測量術）、治水術などを記載した蔵書五冊を持って板倉勝重の許を訪れた。重勝は蔵書にいたく興を持った。それからふたりは石や道普請などの話で半刻（一時間）ほどを費やした。光好が退出する間際に懐から半紙を取りだし、

「過日、お伺いした際に御忠言いただいた吉田家改名についてでございます」

頭をさげて勝重に手渡した。

その半紙には〈角蔵了以光好（すみのくらりょうい）〉の六文字が墨書されていた。

「みごとな筆跡。誰の筆だ」

板倉勝重は家康に仕える前は僧侶であった。筆には自信があり、誰にもひけをとらぬ達筆と自負していた。しかし半紙に書かれた文字は雄大でけれん味がなく、勝重の筆など遠く及ばぬ風趣が匂い立っていた。

「先日わたくしと共に板倉様にお目通り願った息子与一でございます」

「その与一殿は誰から書を習ったのだ」

「本阿弥光悦様です。口幅ったいことですが与一は京で三筆と呼ばれております」

「そういうことであったのか」

勝重はしばらく半紙を見ていた。

「角蔵の謂（い）われは」

勝重は半紙から目を離して訊ねた。

「角蔵は京の隅の意でございます。嵯峨野は京の西の外れ。それをもって角蔵といたしました」

「了以とは」

「幼き頃、二尊院の寺主より授けられたわたくしの法名にございます」

「了とはわかること、さとること。了を以てよしと為す、よい名だ」

「そこでお願いがございます。角蔵の蔵と板倉様の倉は同音同意。どうでしょう、その一字を戴いて角倉といたしたのでございますが」

このようなへつらいを光好が思いつくはずはない。これは与一ばかりか幻也、栄可らが一晩かけて光好を説き伏せた賜だった。

吉田光好改め角倉了以光好は吉田宗家を取り込んで身代を大きくすると息子の与一にその舵取りを任せるようになった。とは言っても商いの際に取り交わす証書に記す名は角倉了以で、当主の座を譲ったわけではなかった。

第七章　御朱印船

（一）

慶長七年（一六〇二）三月。

桂川に花筏(はないかだ)が見られるようになった。細い帯となって下流へと移っていくが、上流には新たな花筏が現れて水面(みなも)は桜色になる。花筏とは桜が散って川面(かわづら)に浮かび流れるのを筏に見立てて言う語である。

冬は落日寸前の斜光を受けた花筏を養生所から眺めていた。

意安が江戸に発って三ヶ月余、養生所は冬の手ひとつで続けられていた。意安の名望によって遠ざかっていた元患者らが再び養生所に通うようになった。

「花筏が終わると桂川の水面に映るのは嵐山の緑」

冬がそう言ちた時、

「今日の治療は終わりましたか」

すずやかな声が背後からした。冬は振り向いて、

「これは与一様、気がつかず失礼しました」

と恥じるように言った。

「昼頃でしたか、江戸から意安叔父の荷駄が届きました」

「意安様から。して意安様はお変わりないのでしょうか」

「そのことで少しばかり話をしたいと父が申しております。よろしかったらこれから館の方にお越し願いたいのですが」

「今し方、治療は終わりました」

冬は与一をせき立てるようにして養生所を出た。

館には了以の他に栄可、幻也も顔を揃えていた。栄可、幻也、了以いずれも土倉の商いを息子に譲った三名である。

「意安は羽振りがよくなったものだ。駄馬を仕立てるのだから」

栄可が皮肉とも本音ともつかぬ言い方をした。

「江戸から京、荷駄を運ぶ手間賃は大枚となろう」

幻也が応じる。銭を扱っていただけあって栄可と幻也は荷駄のことより、送料の方に興をそそられているようだった。

「冬殿も参られた。話を始めましょう」

了以がふたりの雑談をさえぎるように言った。

「弟から与一とわたしに江戸に来ないかとの誘いがありました」

「誘われたのはふたりだけか」

栄可が訊いた。

「残念なことに舅殿は誘われておりませぬ」

「わしのことではない。意安の妻女と息子のことを申しているのだ」

「誘いは物見遊山ではなく、わたしらを家康様に会わせるためのようです」

「なんと家康様！」

栄可は絶句し、

「家康様の知遇を得られれば吉田いや角倉土倉はさらに商いを大きくできる。明日にでも江戸に発て」

一線を退いた栄可であるが商いに対する執念は衰えていないようだった。

「弟の文には御朱印船のことが書かれてました。家康様は途絶えていた御朱印船での交易を再開させるお考えのようです」

「おまえの父である宗桂叔父が二度ばかり御朱印船で明（みん）に渡っている。もし家康様から渡航の朱印状を戴ける望みがあるなら、吾等一族うち揃って江戸に下向し、直訴してもよい」

栄可の目が大きく見開かれた。

御朱印船による海外貿易は巨万の富を得ることができた。宗桂が明に渡ったのは天竜寺が仕立てた御朱印船に乗ってのことだが、医学書や学術書のほかに商いとなる品々を持ち帰り、巨利を得た。そのことが栄可の頭の隅にこびりついていた。

〈御朱印船〉とは朱印状を携えて海外貿易を行う船のことである。

〈朱印状〉は大名が文章の末尾に朱の印を押した公文書のことである。ちなみに〈黒印状〉は黒い印を押した公文書である。

朱印状には、渡航先の国王宛に、この状を携えた船を日本国の船として遇するよう記述されていた。

「弟がなぜ御朱印船のことを報せてきたのかわたしにはわかりませぬ。いずれにしても角倉が再び御朱印船を仕立てることなど夢のまた夢。ところで意安の文の中に冬殿への頼み事が認（したた）めてありました」

了以は冬に話を振った。

「冬殿は称意館蔵書の副書を弟から頼まれていましたな」

「副書のお手伝いをしてかれこれ七年になります」

「その副書を江戸に送ってほしいそうだ」

「七年も続けた副書、かなりの量になりますが」

「文の中に送ってほしい副書が列記してある。それを選び出してわたしの許に持ってきてほしいのだ」

了以は脇に置いた包みの中から文を取りだし、冬に渡した。そこに二十冊を超える副書の題名が記されていた。

「これを意安様はどうなさるおつもりなのでしょうか」

その副書のどれもが意安にとってそれほど重要なものとは思えなかった。

「副書は家康様に献上なさるとのことだ。なんでも家康様はご自身の御身体(おからだ)に気をお遣いになられ、医術にも詳しく、自ら薬研(やげん)を用いて薬種を砕いている、とのことだ」

「意安は家康様に気にいられているようだ。それでよい。これからは徳川様の世。その世に吉田宗家ははじかれたが、吉田姓を角倉姓に替えて了以が吉田一党の身代をさらに大きくしてくれるであろう」

栄可の話を了以は複雑な気持ちで聞いた。


嵐山が葉桜の緑に覆われる頃、了以と与一は栄可らの見送りを受けて江戸に向かった。

角倉土倉の留守を預かったのは六十七歳になった栄可だった。関ヶ原の戦以後、めっきり老け込んだ栄可だったが、それが嘘のように生気を取り戻した。

一方、冬は繁多だった養生所での治療にいくらかの余裕が生まれた。筏流しの季節が終わったからである。今年にはいって三人の若者が保津川に投げ出され、そのうち二名が凍死と溺死だった。

冬は久しぶりに順慶の草庵を訊ねた。

「あいかわらず塚に詣でる京人は居ないのですね」

「徳川様の威光が京に及ぶようになって少しは京人の考えも変わるのかと思いましたが、なかなかそのようにはなりませぬな」

塚は冬が思ったより整備されていたが人影はなかった。

「殿（最上義光（もがみよしあき））はあれから後、塚に詣でられたのでしょうか」

「昨年、出羽山形から大殿（義光）の名代（みょうだい）と申す武士が参りました。その者はわたくしに駒姫様の供養について礼を述べた後、こう申されました」

武士は、〈駒姫様の遺骨を山形に持ち帰りたい、ついては塚を掘り起こしたいので、その手助けをお願いしたい〉と順慶に頼んだ。順慶は、〈それは大殿が命じたのか〉と質した。すると武士は、〈殿は命じておられぬが、家臣一同が望んでいることだ。なぜなら上杉様との戦いに勝利したのは駒姫様のお導きによるものだからである。徳川様と石田様の戦いに際し、多くの大名がどちらに与力しようかと迷っておられる最中（さなか）、最上家は迷うことなく徳川様に与力し、上杉景勝様との戦いに勝利した。義光様が迷わなかったのは駒姫様が石田三成様の差し金により惨めな最後を遂げられたからで、石田方に与力することなど論外だったからだ。この戦いに家中一同は義光様の意を汲んで駒姫様の弔い合戦として戦場に赴いた。でなければ軍神上杉謙信の血をひく景勝様の軍に勝てるわけがない。最上家を勝利に導いたのは駒姫様の無惨な死があったからこそ。最上家はこの勝利で山形二十四万石から山形庄内五十七万石の大大名になった〉と告げた。

「まさか塚を掘り起こすようなことはしなかったでしょうね」

「むろんお断りしました。掘ったとて、どの骨が駒姫様のものか今となってはわかりませぬ。それにたとえ駒姫様の骨とわかって山形に持ち帰ったとしても、それで駒姫様が浮かばれるとは思えなかったからでございます。塚に葬られて六年余、おそらく駒姫様は黄泉の国で共に命を絶たれた関白秀次様の妻妾や御子らと談笑なされているでしょう。それを駒姫様だけ抜け駆けして故郷の山形に葬る。残された三十八名は駒姫様をどのようなお気持ちで見送るのか。それを思うと駒姫様も山形に葬られることをお望みなさらぬでしょう」

深く刻まれた順慶の顔の皺を冬は見ていた。駒姫だけの供養でなく塚に葬られた三十九名の塚守としての悲しさと矜持（きょうじ）がその顔から見てとれた。

「なにか不如意なことはありませぬか」

冬はつとめてさりげなく言った。

「二坪の草庵。僧衣二揃え、なんの不足がありましょう」

「養（やしない）（食事）は足りていますか」

「近在の人々が毎日届けてくださります。塚に詣でることはしませぬが、かの方々は養のほかに草鞋、下衣さらには喜捨もしてくださります。わたしのことに気をまわすより冬様こそ御自愛なされませ」

「爺父（じいや）（順慶）はわたくしの顔色（がんしょく）をみれば健やかか否かわかると、かねがね申していたではありませぬか」

「見受けたところ冬様は壮健。だが爺父はひとつ冬様に気を揉んでいることがあります。冬様は今年二十七歳におなりです。今日、ここにお越しくだされたのはこの爺父（じい）に吉報を持ってきてくだされたのかと思ったのですが」

「吉報とは縁談のことですか」

「その通りでございます。この爺父だけでなく、亡き宇月一之進様も草場の陰からどんなに気を揉んでおられるか」

「それを言われるとなんと答えてよいやら」

「了以様、与一様また栄可様らから然るべきお方を勧められたことはありませぬのか」

「嵯峨野に参って以来、何もかも忘れて意安様のお手伝いをしてきました。周りからみれば髪を振り乱した修羅のようにいきり立つかわいげのない女子に見えたでしょう。意安様が江戸に発たれてしまった今、かわいげのある女になるのはさらに遠のきました。ですが爺父、案じることはありませぬ。わたくしは人に頼らずにやってゆける強さを意安様、了以様それに与一様から学びました」

「とは申せ方々は皆男。冬様は女性」

「女性がひとりでも生きられる世がいつかはきます」

「いつか、など当てにしていたらたちまち三十路になりますぞ」

「爺父の小言を聞いていると幼い頃のことが思い起こされます。爺父の苦言はわたくしの子守歌。これから先もその子守歌を聞きたいもの。だから爺父、長生きしてしてくだされ。どこかおかしいところがあったら養生所に来るなり、報せてくれれば、なにはさておいても爺父を見立てて進ぜましょう。爺父はただひとりの大事な身内」

順慶の目が潤み、涙が頬を伝わった。冬は懐から手ぬぐいを取り出すと順慶に渡した。

（二）

四月末、桂川の水面に十六夜の月が映っている。

冬はいつものように秋水山房で称意館蔵書の写筆を続けていた。川面を渡る涼風が昼間の蒸し暑さを和らげて、冬はうとうととする。

「冬殿～」

呼ぶ声に冬の眠気が消えた。

冬は誰が呼んだのかと思い、その場を立って戸口に向かい、外をうかがった。黒い影がこちらに近づいてくる。月光では顔の見分けがつかない。黒い影は迷わずに了以の館と冬の秋水山房を隔てる庭をこちらに向かって歩いてくる。冬は目をこらして黒い影を見定めようとした。やや右肩上がり、がに股で歩く姿に見覚えがあった。

「意安様」

冬は秋水山房を出ると黒い影に向かって駈け出した。

「おう、冬殿、達者であったか」

意安との間は月光でも判別できるほどの近さになった。

「今し方、兄じゃ、与一共々、江戸から戻ってきた。夜分ゆえ冬殿に会うのは明日に、と思ったが少しでも早く戻ったこと報せたくての。迷惑ではなかったかな」

「まさか意安様が戻られるとは考えてもみませんでした」

「家康公から三ヶ月ほどお暇をいただいたのだ。どうです今宵は十六夜。この月明かりなら桂川まで歩けます。行ってみませんか」

意安は冬の先に立って岸辺へと歩き始めた。冬はその後に従った。

「わたしが去った後の養生所はいかがですか」

意安は大きな河原石をみつけるとそこに腰掛けた。

「なんとか続けております」

冬は立ったままで答えた。

「そこに手頃な石があります。患者らの治療代金の支払いはあいかわらず悪いのですか」

「強い取り立ても能(あた)わず、養生所維持に四苦八苦しております」

冬は意安が勧めた石に腰掛けながら答えた。

「ここに三十両あります」

意安は懐から袱紗(ふくさ)に包んだものを取りだし、それを冬の前に差し出した。

「随分と大枚な額」

「受け取ってくだされ。これは冬殿が貰うべき銭」

意安は冬の手を取ると包みをその手に乗せた。

「はて、どういうことでしょうか」

「家康様に献上した副書。あれを家康様はえらく喜ばれ、『筆写せし者に礼を与えよ』そう仰せられて、三十両を下げ渡されたのです。ですから遠慮せず受け取ってくだされ」

「わたくしは蔵書を書き写すことで、そこに記されている事柄から医術の諸々を学ばせていただきました。それは金銭には換えがたいものでございます。そうした場を作ってくだされたのは意安様。受け取るべきは意安様」

「養生所維持のやりくりに四苦八苦していると申されたではありませぬか。それに補填すれば少しはやりくりも楽になりましょう。それにこれはわたしの罪滅ぼしの意もあるのです」

「意安様が罪滅ぼしをなさるような悪事を働いたなど聞いたこともありませぬ」

「悪事といえるかどうかわかりませぬが、わたしは冬殿をはじめ養生所の患者らを見捨てて江戸へ下向した」

「見捨てたのでなく、家康様の命に従うしかなかったからでございましょう。服さずにここにお残りになっていれば、おそらく意安様は養生所を続けていくわけにはまいらなかったのでは」

「そうであってもわたしは百五十人あまりの患者の治療を冬殿ひとりに押しつけて、家康様ただひとりの侍医となったのです。しかも家康様は今、壮健であらせられる。つまり今は治療を要としない御方。わたしは百五十余人の命とひとりの御方の命を天秤で測っているような心苦しさと居心地の悪さを感じているのです」

「そのようにお考えになることはありませぬ。吉田、いえ角倉家が今あるのは意安様が家康様の侍医になられたからです。それにしても了以光好様が板倉様と懇意になられたその変わりぶりには驚きました。京都所司代の前田様と栄可様の誼をあれほど嫌っておられた光好様なのに」
「兄じゃが変わったのでなく、板倉様が変わっているのです。あの方は銭や贈り物で誼を通ずるような方ではありませぬ。ふたりの仲は欲得抜きでの付き合い、わたしはそう思っています。今宵、冬殿に会っておかなければと思ったのは家康様から預かった謝礼を渡す外にもうひとつあります。実は、家康公の近臣本多正純様に兄じゃを会わせたのですが、その際、正純様から、『角倉家で明などと交易する考えはあるか、あるなら御朱印船を用意したうえで、本年末までに書面をもって請願せよ』とのお言葉をいただいた。御朱印船を用意してからの請願となれば、今からその準備をしても間に合うかどうか。明日から吉田いや角倉一族は蜂の巣を突っついたように騒がしくなるに違いない。ですからその前にこうして冬殿と話をしたかったのです」
秘密でも打ち明けるように潜めた声だった。

翌日から意安が告げたように角倉一族は大忙しとなった。了以、意安、与一の帰郷祝いもそこそこに、栄可、幻也をはじめ二十数人が毎日入れ替わり立ち替わり角倉の館に出入りする。冬は養生所で治療を続けながら角倉の館を見守った。そして五月の初め、角倉の商いを栄可に任せて了以と与一が長崎に発った。御朱印船の調達をするためである。

五月七日、栄可の許に丹波亀山城から使者が来て前田玄以の死を報せた。使者は、葬儀は内々で行うので参列は無用、と述べたうえで返済し切れていない借用金については借り手の死をもって打ち切ると告げた。栄可はこれを玄以への餞別として了承した。享年六十四歳であった。豊臣の世は薄れつつあった。

六月十日、了以と与一が長崎から戻ってきた。御朱印船の借り上げに目途をつけてきたとのことであった。

暑気に涼風が混じる八月、意安は一塩で焼いた鮎を携えて冬の許を訪れた。

「桂女の美声に誘われてつい買い求めてしまった。味は六月の頃と比べれば劣るがさび鮎にくらべれば数段上。江戸ではさび鮎のことを落鮎と申している。どうでしょう一緒に味わってみませぬか」

産卵のために川を下る鮎をさび鮎（落鮎）と呼んだ。冬と意安が会うのは意安の帰郷以来であるから三ヶ月ぶりである。

「さび鮎を売る桂女の声を聞くと、また保津川の筏流しが始まる季節になったことに気づかされます」

「明後日、わたしは江戸に発ちます」

「繁多な皆様の邪魔にならぬように角倉の館には参らなかったのですが、御朱印船の段取りがついたのですね」

「つきました。それでわたしは江戸に発てることになったのです。今まで角倉の騒ぎを冬殿にお伝えしなかったのは、果たして角倉家が御朱印船を仕立てられるか否かが定かではなかったからでした。これで本多様から朱印状を戴ける要件が整いました」

大名は海外との交易を認める朱印状をこれはと思える豪商や寺社を選んで与えた。つまり朱印状は今でいう海外貿易許可証のようなもので、これを受け取ったからといって大名から豪商らに補助金が出るわけではなかった。

船、乗組員、港の手配、商う品物、それらはすべて朱印状の拝受者が手当てしなければならない。そのため莫大な資金を要した。

「父宗桂が御朱印船で二度明に渡っています。その折の記録が称意館に保管されていましたので、それを紐解いて渡航までの段取りを学びました。それでわかったのですが、先立つものは銭でした。そこで角倉、吉田一族の全ての財を洗い直しました。御朱印船一隻を買い入れる額はありました。しかし船を操る男たち、船に乗せる商いの品物、それらを得るための銭は残されていませんでした」

了以や与一、栄可らは堺と大坂の豪商と言われる商人に出資してくれるよう頼みまわった。その結果幾人かが出資してくれることになった。

「彼らが貸し渋ったのは御朱印船が航海を終えて無事に戻ってくるとは限らないからです。古に荒海の藻くずとなった御朱印船は一隻や二隻ではありませぬ。そこで貸附け主は高利なら貸し出すと申したのです。三割から五割と目を剥くような高い金利です。兄じゃはそれを承諾した。今や角倉は銭を貸し出す側から銭を借りる側になったのです。だが兄じゃもしたたか、もし船が難破したら、借りた銭は返さなくともよい、という一札を貸附け主に入れさせました」

こうした貸附け金を商人らの間では〈投銀〉と呼んだ。

「兄じゃと与一殿は大枚の銭を持って長崎に出向き、ジャンク船を借り入れました」

ジャンク船とは日本と海外（東南アジア、台湾、中国等）を航海する中国様式の大型帆船のことである。

「長さは二十間（約三十七メートル）、幅九間（約十七メートル）。四百人は乗れましょう。その御朱印船にわたしは乗ることに決めました。与一殿も乗ります」

「……」

「驚かれたようですね」

意安は目を丸くし黙している冬をのぞき込んだ。

「幾隻もの御朱印船が荒海の藻くずとなった、そう申したではありませぬか。与一様はいざ知らず、意安様は商人でなく家康様の侍医。何ゆえ乗り込まれますのか」

「商いは与一殿に任せます。わたしは父宗桂に見習って日の本で手に入らぬ薬草と医術書を持ち帰りたいのです。とは申せ、まだ家康様からお許しもいただいていないのです。それより前に海外との貿易を望んでいる商人は角倉だけではありませぬ。まず一刻も早く請願の手続きをしなければなりませぬ。そのうえで本多様が果たして角倉を選んでくれるのか。それは来年の夏になるまでわかりませぬ」

意安は前に置いた鮎の塩焼きを手に取ると、

「冬殿も味わいなされ」

と勧めた。

（三）

翌、慶長八年（一六〇三）二月十二日。

後陽成天皇は徳川家康を京に召して、〈征夷大将軍〉に任じた。

この家康上洛に意安が随行していた。

その意安から了以に京、二条城に滞在する徳川家康にお目通りが許されることになったので参上するように、との連絡があった。

二条城は大坂城に籠もる豊臣秀頼を見張るのと同時に威圧するのを目的として造られた。関ヶ原の戦いが終わった翌年に家康が大名たちに命じて京二条に築城させたもので、普請奉行は板倉勝重が担い、今年の二月ほぼ完成をみた。そこに家康一行は逗留したのである。

家康目通りの報せを聞いて喜んだのは了以でなく栄可だった。栄可は了以に代わって、献上品をあれこれと選び出し、それを携え了以の尻を叩くようにして二条城まで付き添っていった。城内に消える了以を門前で見送った栄可はその場を動こうとしなかった。

栄可は気が気でない。了以が仏頂面をして家康と対峙している姿がありありと思い浮かぶのである。できれば自分が代わりたい、自分なら家康を上機嫌にさせ、朱印状を確実に発布してもらう術を心得ている、そう思うのだが謁見を許されたのは了以なのだ。栄可はじりじりしながら門前に了以が姿を現すのを待った。栄可は七十歳。表向きは吉田から角倉に代わったが一族の屋台骨を支えているのは自分であると自負していた。

一刻（二時間）後、意安に付き添われて了以が門前に戻ってきた。栄可はふたりに駆け寄る。

「気の利いた献上品。一目で栄可殿の見立てとわかりました」

意安が穏やかに破顔した。

「家康様への謁見に粗相はなかったか。御朱印船の話はなかったのか」

栄可が了以の頭から足元までを舐めるように見る。

「家康公の御尊顔を拝したのはこれで二度目。さて何を申し上げたのか」

了以は口を濁して意安を見遣った。

「兄じゃはそつなく謁見を終えました。御朱印船の話はありませんでした。何よりも栄誉なことは、家康公が征夷大将軍になられた最初の謁見者が兄じゃであるということ。それだけで此度のお目通りは十分に意義のあることでした」

「で、家康公の御機嫌を損じるようなことはなかったのだな」

「兄じゃはえらい方に媚びるのが下手ですな」

意安が声をたてて笑った。

六月、御朱印船の借り入れと乗組員の用意が調った。
与一は朱印状発給請願書を携えて、単身江戸に向かった。
栄可をはじめ了以らは息を潜めて与一の帰りを待った。
御朱印船を借りるについては手付け金として賃料の半分ほどを支払っている。また乗組員にも幾らかの前金を渡していた。もし請願書を受理してくれなかったら、それらの前金は無駄となる。

七月、与一が戻ってきた。請願書は受理され、九月に許可するか否かを報せる、とのことだった。了以らはひとまず安堵したが、九月の正式決定を待つしかなかった。ただ与一の感触としては朱印状が角倉家に発給されるのはほぼ間違いないとのことで、出航への準備は続けることにした。

了以と与一は借入金を軽減するため御朱印船に商人を同船させることにして心ある商人に参加を募った。百人ほどの商人から応募があった。その中から四十名ほどを選んで彼らが船に乗せる交易用の物品に持ち込み料を、また彼ら本人からは乗船賃を徴収した。その徴収金を角倉が輸出品として積み込む銀、銅、鉄、和傘、扇子、お椀、薬缶(やかん)、刀剣類、陶器類などの購買代金の一部に充当することにした。

特に京には高い技をもった職人が作り上げた甲冑(かっちゅう)、絹織物、屏風(びょうぶ)、漆塗りの箱物など輸出品として利幅の大きいものがたくさんあった。

九月、京都所司代、板倉勝重を通じて本多正純から御朱印船の朱印状が届けられた。

貿易相手国は安南であった。
この頃、ベトナムを安南と呼んだ。安南の名は唐がベトナムの地にもうけた統治機関〈安南都護府〉に由来する。今のベトナムでは安南の語は使わない。

十月十五日、意安と与一を乗せた御朱印船は長崎の港を離れた。総員三百九十四名。内訳は与一ら角倉の者が五十二名、商人四十名、船乗り三百二名である。船長は明国人、船員の国籍は日本、台湾、明、西班牙、葡萄牙、阿蘭陀と多彩だった。
この御朱印船で特筆すべきは、乗客乗員全てを対象に〈舟中規約〉を定めたことである。規約は五ヶ条からなり、主な条項は以下のようなものであった。

☆交易は自国だけでなく相手国も等しく利を得ることが本道である。
☆相手国が禁じていることや忌み嫌っていることを理解し、それに従うこと。
☆同船者に上下の隔てはない。お互いに助け合い、自分だけ労から逃れようとしてはならない。

この規約は与一が師である藤原惺窩に頼んで作成してもらったもので、対外貿易で自国の利だけを追求する当世の風潮にあって異質、画期的な規約であった。

船は長崎の湾から外海に出ると折からの季節風（北東風）を帆に受けて真西に航路をとった。

それから明国沿岸を右舷に遠望して航行を続け、途中、寧波（浙江省北東部）、香港に寄港し、三十八日間をかけて安南の港（現ベトナム、ピン市）に入った。港の近傍には日本人町が形成されていて、一行はここに逗留して商いをした。

翌慶長九年（一六〇四）三月十五日、輸入品を満載した御朱印船は現地を出航し、今度は春の季節風に乗って往航路の逆をたどり、四月十五日に長崎の港に無事戻ってきた。

この交易で角倉家は莫大な利を得た。

一例を挙げれば、安南で買い込んだ絹糸が二十倍の高値で売買された。むろん日本から持ち込んだ品々も驚くほどの高値で買い取られたのである。

第八章　宿望

（一）

慶長九年（一六〇四）、五月。

梅雨とは思えない激しい雨で桂川の河水は濁っている。

治療を終え養生所から秋水山房に戻ってきた冬は一息ついて対岸の嵐山に目を遣った。いつもならくっきりとした山容なのだが、雨脚で煙っている。

〈了以様とは随分お会いしていないが相も変わらずお忙しいのであろうか〉冬はひとり言（ご）ちた。多忙は角倉家の繁栄の証（あかし）、喜ばしいことだが了以や与一と顔を合わせる機会が減ったことに冬は一抹の寂しさと居心地の悪さを感じていた。

〈この秋水山房に店賃（たなちん）なしで住まわせてもらっているがいつまでも了以様の温情に甘えてはいられな

い〉冬は板葺きの屋根に当たる雨音を聞きながら思った。

「冬殿は居られるか」

戸口から声が届いた。冬は嵐山から目をそらせて戸口へ行った。

傘をさした了以が立っている。冬は了以を秋水山房に招き入れると、

「今、了以様のことを考えていたところでした。その了以様がお越しになるとは一体どうした風の吹き回しでしょうか」

うち解けた口調で了以に笑いかけた。

「めったに手に入らぬ菓子を持参した」

板の間に座した了以は携えてきた包みを冬の前に出した。冬は包みを開いた。

「めずらしい、金平糖（こんぺいとう）ですね」

嬉しそうに目を細める。金平糖は南蛮菓子の一種で三十年ほど前の室町末期に葡萄牙（ぽるとがる）からもたらされた。語源はポルトガル語の丸い粒〈コンフェイト〉からきている。

「このところ繁多もあって冬殿とは随分と会っておらなかった。今日参ったのは岩のことだ。ずいぶんと前になるが冬殿と保津川沿いを遡って亀山に参った折のこと憶えておりますかな」

「憶えておりますとも。あれは文禄五年（一五九六）のことでした」

「ではわたしが保津川の川中にある岩を指さして、岩を砕くのが夢だ、と申したことも憶えておりますかな」

了以は金平糖をひとつ摘（つま）むと口に放り込んだ。

「それを聞いたわたくしは、岩を砕くには砕くなりの理がなくてはならない。そしてその理は吉田家に益をもたらすような理でなければ、栄可様や与一様などを得心させることは能わぬ、と申し上げた記憶があります。あれから八年も経ちます。了以様はすっかり岩を砕くという夢をお捨てになってしまわれたのではありませぬか」

冬も了以に見習って一粒口に入れる。

「諦めていない。家業が忙しくて放っておくしかなかったのだ。御朱印船が無事に戻り一段落ついた。そこでわたしは御朱印船で得た財、全てを擲って保津川の川中にある大岩を砕くことにした」

了以の目が子供のようにくりくりと動いた。

「では栄可様らを得心させるに価する理をみつけ出せたのですね。それを話していただけませぬか」

「いや、まだ話せぬ。乗り越えねばならぬ事柄がひとつだけ残っているのだ。それさえなんとかなれば冬殿をはじめ舅殿や与一、さらには幻也殿らを得心させるに充分な理となろう」

「その事柄は了以様おひとりでなんとかなりますのか」

「いや、わたしひとりでは手に負えぬ」

「わたくしがお役に立てればよいのですが」

「冬殿には無理だ。だがそのお心はありがたく受け取っておく」

「ならば日禛様にお知恵をお借りなさればよろしいのでは。日禛様ならば了以様の岩砕きを親身になって考えてくださるでしょう。実は日禛様から常寂光寺の創建がなったので了以様をお誘いして一度寺を訪れてほしい、と言われておりました」

「それはよいところに気づかれた。常寂光寺を見たいものだ」

了以は金平糖を二粒摘んで口に入れた。

（二）

冬が思っていたより常寂光寺はこじんまりしていた。本堂から少し離れた所に庫裏（住職の居宅）が建っていた。

了以と冬は庫裏の戸口に立って訪いを入れる。

待つまでもなく日禛が出てきた。

「参られましたか」

日禛は相好を崩してふたりを庫裏に迎え入れた。

「これから僧坊と食堂を建てます。二つが揃えば二十名ほどの僧がここで修行に入ります。それもこれもお二方の温かい差し伸べがあったればこそ」

日禛はきれいにそり上げた頭を深々とさげた。

「無沙汰をしておりました」

了以はそう切り出して、日禛の許を訪れたのは相談したことがあるからだと告げた。

すると日禛は、

「それは保津川に関することではありませぬか」

と心得顔で訊いた。

「冬殿からお聞きになったのでしょうか」

「冬殿ではありませぬ。前回同じ顔ぶれで一堂に会したのは関ヶ原での戦があった年。かれこれ四年も前のことになりますな。その折、筏師が棹さばきを誤り、河中に投げ出されて渡月橋近くに流れ着いたとのことで冬殿が渡月橋に向かいましたな」

「筏師は若者でした。すでに息絶えておりました」

冬はその時のことを思い出したのか顔をわずかにゆがめた。

「その筏師のことで了以殿と思うところを述べ合い、拙僧が、『筏師の命を守るには保津川を改修してくれる奇特な者が現れるのを待つしかない。どうですその奇特な方に了以様がなっては。もしその気がおありなら拙僧が相談（ひとかたらい）にのりますぞ』と申したことお忘れになりましたか」

「そういうことでしたか。ならば話ははやい。わたしは保津川の河中にある大岩を砕くことにしました」

そう告げる了以の顔を冬は見た。了以の顔にはかつて保津川を一緒に遡った時に見せたと同じ、生き生きとした輝きが宿っていた。

「そうですか、筏師のために岩を砕いてくださるのですか。しかし岩はひとつやふたつではありませぬぞ」

「筏下りに支障となる岩は全て砕きます」

「それには大枚の銭を要するのでは」

「角倉の財全てを擲って砕きます」

「なんとも話が大きくなりましたな。この話、角倉の方々は承知なされましたのか」

「そこです。日禛様のお知恵を借りたいのは」

「むろん拙僧にできることがあればどんな知恵でもお貸しします」

「保津川の激流に耐えられる舟がほしいのです。その舟が手に入れば岩砕きに角倉の財を用いることを吾等一族の者は許してくれるはず。そのような舟を造れる船大工をご存じありませぬか」

「許しを得るために何故舟がほしいのかわかりかねますが、そのことは敢えて問いますまい。拙僧は修行中に諸国を巡った折、美作（現岡山）の和計川（現吉井川）、備前（現岡山）の加古川、さらにはさまざまな川で上り下りする舟を目にしている。だがいずれの川も保津川に比べれば流れは穏やか……」

　日禛は目を閉じて腕を組んだ。了以は日禛が答えてくれるのをじっと待った。日禛が目を開けた。

「備前に片上という集落がある。そこに妙国寺という日蓮宗の寺がある。寺主は拙僧と旧知。その者を訪ねてみなされ。きっと力を貸してくださるであろう」

「直ぐにでも片上に行ってまいります」

「片上に行かれる前にもう一度角倉の財全てを擲ってまで岩を砕くことが正しいのか否か熟慮なされた方がよいのでは」

「熟慮は重ねました。わたしは岩を砕くことに決めたのです。そこでこの気持ちを貫き通すため頭を丸めることにしました。どうでしょう日禛様の手で髪を剃っていただけませぬか」

了以は頭に手をやって撫でた。

（三）

日禛の許を訪れた三日後、夕。冬が治療を終えて養生所から秋水山房に戻るとそこに与一が立っていた。

「お疲れのところ申しわけないが、父のことで少しばかり話をしたい」

与一は困ったと言うような顔をして冬をうかがった。初夏の斜光が桂川の川面に当たってまぶしい。冬は秋水山房の縁側に与一を誘った。

「驚きました。頭を丸めて父が戻ってきたのですから」

縁に腰掛けた与一は眉間にしわを寄せる。冬は了以の坊主頭を思い出して思わず口の端をゆるめる。

「驚かれたでしょう。髪をそり落とした了以様の頭の形は瓢箪を逆さにしたような」

「なるほど言い得てますな」

それで与一の気持ちがほぐれたのか、困惑した表情が消えた。

「あの日、父は戻ってくると、『しばらく称意館に籠もる。誰も入ってはならぬ。朝夕の膳は館の前に置いてくれ』と申してから今日で三日経ちます。日稹様と冬殿それに父の間で何が話し合われたのですか」

「どうか了以様を好きなようにさせておいてくださいませ」

「そのわけを聞かせてほしいのです」

「お籠もりになられたのは誰にも邪魔されずに与一様らを得心させる話の筋道を作り上げるためだと思われます」

「父は何をわたしたちに得心させようとしているのですか」

「それは了以様が称意館からお出になられた折にわかりましょう。わたくしが軽々に申すべきことではありませぬ」

「父は称意館にいつまで籠もるつもりなのか」

「それはわかりませぬが数日後には出てこられましょう」

眉をひそめてしばらく口を閉じていた与一が、

「頭を丸めて数日も称意館に籠もって考えなくてならぬ事柄を日稹様と冬殿が知っていて息子であるわたしが知らない、そのことが口惜しい」

不満げに唇を噛んだ。

「ひとつお願いがあります。了以様のお力になってあげてくださりませ。与一様のお力添えなくしてこれからの了以様はないのでございます」

「これからの父、とは？　まさか仏門に入って僧侶にでもなるのでは」

冬は笑いながら首を横に振った。


十日後の昼、頭に毛髪がかすかに伸び、口周りに白い髭が目立つ姿で了以は称意館から出てきた。

「すまぬ。心配をかけたが何も変わったことはない。案ずるには及ばぬ。この封書を手代に渡し、江戸に住む宗恂の許に送るよう手配してくれ」

了以は晴れ晴れとした顔で妻の佳乃に頭をさげた。

「案じてなどおりませぬ。髪を剃った頭の形がクワイにそっくりなのに驚いているだけです。風呂を用意しておきました」

佳乃は封書を受けとるとひとつ大きなため息をついた。風呂は夕方に用意するのが角倉家の習しである。今は昼、それが佳乃は用意しておいたと言う。してみるとこの十日の間、佳乃は毎日、風呂を用意して了以が称意館から出てくるのを待っていたのであろう。

「クワイ頭か」

佳乃の顔を見ると、うっすらと涙を浮かべている。それに気づいた了以は、佳乃がどれほど心配していたかを知った。

翌日、了以は一族の主だった者と冬を角倉の館の一室に集めた。

どの顔も緊張している。了以が頭を剃って称意館に籠もっていたことは集まった者たちに知れ渡っていたのである。

「お集まりいただいたのは角倉の今後の有り様についてわたしの考えを聞いてもらいたいからだ」

了以の声に乱れはなかった。

「人を遠ざけ十日間も考えなくてはならぬほど角倉の末が難しいとは思えぬが」

栄可が苦々しげに応じた。

「角倉の今後は土倉と御朱印船。考えることもあるまい」

幻也が兄栄可に同調する。

「御朱印船での交易は毎年幕府に願い出て朱印状を発給してもらわねばならない。朱印状を戴けるか否かは幕府の胸三寸」

了以がきっぱりと言った。

「宗恂が家康様の侍医として仕えている限り、朱印状は戴ける」

栄可が言い返す。

「家康公は御歳六十二。遠からず隠居なさるであろう。そうなれば朱印状を戴けるかどうか」

「それはそうなった時に考えればよいのでは。先の定まらぬことをあれこれ案じて話し合っても益はありませぬ」

栄可の息、休和が口を挟む。それを機に一族の者が次々に今後の角倉の有り様について思うところを述べた。そのどれもが、土倉と朱印船貿易を両輪にして角倉の繁栄を図っていくというものだった。そんな中で与一だけが口を閉じていた。

「与一はどう思うのだ」

　栄可が訊いた。

「父が称意館に籠もって何を考えていたのかをわたしたちはまだ聞いておりませぬ。まずは父の言を聴こうではありませぬか」

　そう言って了以に話すよう促した。

「わたしは保津川を改修し、そこに舟を通じさせることにした。改修には莫大な銭を要する。そこで此度の御朱印船で蓄えた銭(ぜに)全てを改修に充てるので了承してもらいたい」

　一同はあっけにとられて声も出なかった。そのなかで与一だけは驚きもせず、冬が〈了以様のお力になってあげてくださりませ。与一様のお力添えなくしてこれからの了以様はないのでございます〉と告げたのを思い出していた。

「保津川の改修だと？　土倉しか商(あきな)ったことのない了以が何ゆえの改修なのだ。また舟を通すと申すが、あの早い流れを乗り切れる舟がどこにあるのだ」

　栄可はばかげているといった口調だ。

「川は公(おおやけ)のもの。ゆえに川の改修は古来より政(まつりごと)を司(つかさど)る領主などが行っている。いまだかつて一商人(いちあきんど)が為したなど、聞いたこともない」

　周三は手厳しい。

「角倉がそれを為す最初の商人となる」

　了以にひるむ様子はない。

「御朱印船で儲けた銭をつぎ込むのはいいとして、その銭を回収できるのか」

友佐が首をかしげる。こうなると栄可四兄弟の舌鋒に容赦はない。

「保津川に舟を通せれば、丹波と京の往来は格段によくなる」

「よくなったからと申して、つぎ込んだ銭を回収したことにはなるまい」

友佐が声を高める。

「大堰川から保津川と名が変わる保津集落に大きな倉を設け、そこに丹波や若狭小浜から集積した米、味噌、酒、魚、織物、鉄、薪炭などを収納する。また倉に近接して舟着き場を作り、そこに舟を係留させておく。倉に収納した品々を舟へ積み込んで渡月橋の袂まで下る。渡月橋の袂にも保津と同じような倉と舟着き場を作る。舟で運ばれた荷はその倉に収納する。荷を下ろした空舟は人の手によって保津川の急流を引っ張りあげ、保津の舟着き場に戻す。渡月橋袂の倉に収納した品々は荷車、馬などによって京内に運ぶ。さらに淀や大坂に運ぶ品は舟着き場でより大きな舟に荷を移し替えて桂川を下る」

了以はよどみなく平明な口調で告げた。

「舟荷の動きはわかった。だが、そのようなことはどうでもよい。吾等が知りたいのは、川の改修につぎ込んだ銭をどのように取り戻すのかだ」

従兄弟であり岳父でもある栄可だからこそ了以への口調もきつくなる。

「倉に米や魚などの品々を持ち込んできた商人らから倉敷料（保管料）をとります。倉は保津と渡月橋の二ヶ所、両方から頂戴します。舟は角倉が造り、舟荷を運ぶにあたって舟功賃（通舟料）も荷主から徴収します。また渡月橋に設けた倉に預けた荷を京内に陸路で運ぶのも角倉一族が一手に引き受け、その運送賃もとります。丹波と京の往来は通舟によってますます盛んになりましょう。盛んになればなるほど倉敷料、舟功賃は増えます。それがこれから後、何十年、何百年先まで続くのです」

一族が了以の話を理解するまでには少しばかりの時が必要だった。寂（せき）として声をたてる者はなく、了以の話のどこかに胡散臭（うさんくさ）い点がないかに頭を巡らせた。やや経って周三が、

「話がうますぎる。川は公のものと先ほどわしは申したが、その公の川をあたかも角倉一族所有の川であるが如くに勝手に改修することが許されるのか」

「保津川に突き出る岩を砕き、浅瀬の川底を浚（さら）って深くし、川幅が狭い箇所は両岸の岩を砕いて広げる。なにも川を付け替えたり消してしまうわけではない。わたしは幕府に願い出て保津川改修の御許可をいただく。この話に皆が賛同してくれれば明日にでも江戸に下向し、しかるべき幕閣に会うつもりだ」

「しかるべき幕閣と申すが、その幕閣に心当たりでもあるのか」

「ありませぬが、宗恂に文を送り、しかるべき幕閣を教えてくれるよう頼んであります」

「手筈がうまくいったとしても、その幕閣にお会いして頼み申せば、『そんなうまい話があったのか、ならば幕府が亀山の領主に命じて保津川改修をいたす』と言い出すのではないか」

「丹波亀山は前田玄以様が一昨年亡くなって嫡男の茂勝様が嗣がれたが、丹波八上（やがみ）（現篠山市八上町）に国替えとなった。今、亀山の城主は岡部長盛様。長盛様は着任してまだ日が浅く、百姓らを手なずけるだけで手一杯。長盛様が百姓らを使役して保津川を改修するなど及びもつかない。それゆえ

幕府が長盛様に保津川の改修を命ずることはまずない」

ちなみに前田茂勝は翌年の六月に発狂し、除封されて前田家は断絶した。

「果たしてそうであろうか。幕府は了以が思うほど甘くはない」

幻也が首をひねった。

「お聞き届けしていただくために倉敷料、舟功賃、運送賃の一部を毎年幕府に上納する」

了以はいささかむっとする。

「そうでもしなければ了以の願いを幕閣は聞き届けてくれまい。して上納金はどれほどを考えている」

栄可は気乗りしない様子だ。

「倉敷料などで得た利の六割」

「なんと六割、だと。と申すことは年間千両の利があったとすれば六百両を上納し、角倉は四百両を懐にする勘定になる」

利に聡い栄可は頭の中でぬかりなく計算する。千両を現在に換算すれば二億円程度と推定される。つまり幕府が一億二千万円、角倉家が八千万円ということになろう。

「幕府の取り分が多すぎると舅（栄可）殿は思われますか」

「保津川改修は角倉が自前、そのうえ舟着き場、舟、倉までも角倉家が用意する。幕府はびた一文出さずに毎年六百両も手に入れる。六割は高すぎる。逆でよいのではないか」

「逆とは角倉が六割、幕府が四割。それでは遠からず角倉の評判は悪くなりましょう。幕府と利を分けあう折は、決して幕府より多くの利を懐に入れてはならないのです。それを舅殿はよくご存じのはず」

「兄じゃ（栄可）も了以もまるで保津川改修がうまくいったような話をしているが、激流には大岩がゴロゴロしている。舟を通すには岩が障害となろう。あの流れの中でどうやって岩を取り除くのだ」

幻也が厳しい顔で割って入った。

「称意館には間積術（測量術）、岩石の硬軟や石質を判別する術、さらには河川に関する治水術などを記した書が収められている。わたしは称意館に籠もっていた間、それらの蔵書を改めて読み返してみた。そして舟を通すのに障害となる川中の岩や大石を取り除く算段を蔵書の中から見つけ出した。わたしはそれらの蔵書とかねてより保津川に出向き川中の大岩を半紙に写し取った画、百数十枚とを見比べてみた。そして保津川に舟を通せると思った」

了以は脇に置いてあらかじめ用意していた半紙の束を皆の前に押しやった。

半紙は栄可の手から順繰りに集まった一族の者に渡っていった。どの半紙にも岩や大石が画かれていて、岸辺からの離れと水面から突き出た高さや形状が記されていた。

「なんとも用意のいいことだ」

栄可があきれたように呟いた。集まった者は今さらながら了以の保津川改修にかける並々ならぬ思いを知らされた。

「舟はどうする。わしは保津川のような激流を下れる舟を未だかつて見たことがない。そんな舟がどこにある」

半紙が一巡りし終わった時、友佐が訊いた。

「日禛和尚を訪ね、舟について助言していただいた。幕府から保津川改修のお許しが出れば、わたしは備前の片上(かたがみ)に向かう」

「片上は瀬戸内(せとうち)。そこに行けば望みの舟が手にはいると申すのか」

友佐が執拗に食いさがる。

「行ってみなければわからぬ」

了以の目に強い光が宿っている。与一は父のそのような目に今まで出会ったことがなかった。髪をそり落とし瓢箪頭となった父がそれ以前の父と全く別人であることをその目の光から与一は覚った。

「父が為そうとしていることは利他行(りたぎょう)。利他行とは仏が教え諭(さと)す修行のひとつ。自分(おのれ)を空(むな)しゅうして他者に利を与えること。古(いにしえ)に川浚(ざら)い、架橋、道普請、用水池作りなどを仏の説く利他行に導かれて多くの僧侶が成し遂げてきました。髪をそり落とした父の心境はおそらくそうした僧に近いのでしょう。ただ僧と違うのは吾等一族がこの利他行によってさらに繁栄する道が用意されていることです。どうでしょう、父に一族の力を貸してくださらないでしょうか。むろん今以上に御朱印船での交易と土倉に一族が邁進することに変わりはありませぬ」

与一は栄可らにゆっくりと頭をさげた。

「われら一族は浄土宗信徒。利他行のこと、胸に染み入る。なるほど頭を丸めた了以は僧侶そのもの。一族のこれからを了以に託してみようではないか」

周三が押さえた声で言った。

（四）

慶長九年（一六〇四）六月。

了以が佳乃に頼んで宗恂へ送らせた文の返書が江戸から届いた。

了以は一読すると与一を呼んだ。

「保津川改修の建白書をお渡しする幕閣がどなたかわかった」

了以は返書を与一に渡して読むように勧めた。

そこには河川改修などの許認可を決める幕閣の名とその経略が記されていた。

「石見守（いわみのかみ）大久保長安（ながやす）様。石見銀山、佐渡金山のお奉行をなされているのですな。そんなお偉い方に保津川改修の許可を願い出るのですか」

与一はやれやれといった顔した。

「お会いする手はずは宗恂が整えてくれるだろう。石見銀山、佐渡金山の奉行であるならば、おそらく岩や石に関心があるはずだ」

「岩や石に関心があるとすれば父上に似てますな」

「わたしは金（こがね）や銀（しろがね）などを含む岩石などには心が動かぬ。与一に頼みたいことがある。称意館に岩や石に関して記述した蔵書がある。その中から金鉱や銀鉱さらには銅鉱などを記した蔵書を見つけ出し、それを漢語から和語に置き換えて一冊の本に仕立ててくれ」

「わたしが？　そうした岩や石に関することは父上の方が得手。わたしには向きませぬ」

「不服は本が仕上がってから聞こう。なに和語に置き換えているうちに岩や石に興をそそられ、楽しくなること受け合いだ。期限はひと月、頼んだぞ。ひと月後にその本を携えて江戸に向かう」

了以はあっけにとられた与一を残してその場を去った。

七月。

了以、与一父子は保津川改修とそれに伴う通舟の諸々を記した建白書と御朱印船の許可願いを携えて江戸に向かった。

ふたりは十五日をかけて江戸日本橋付近の意安の屋敷に入った。日本橋は一年前、慶長八年に架けられ東海道の起点となったばかりで新しく、まだ木の香りが残っていた。

その三日後、意安の手引きで本多正純（まさずみ）に会い、御朱印船での交易を許可してくれるよう頼んだ。正純は了以が驚くほど上機嫌で快諾の約束をしてくれた。おそらく了以の知らないところで、栄可が意安を通じて正純に巨額の賄賂を送っていたのであろうと了以は思ったが、それを意安に確かめることはしなかった。保津川の改修を許可してもらうために上納金を幕府に差し出すことと栄可の賄賂とどれほど違うのか、と了以が思ったからである。

その二日後、了以と与一は称意館の蔵書から筆写した副書を携えて大久保長安（ながやす）を訪ねた。

長安は江戸に幕府が開かれると同時に石見守に任ぜられた。石見、佐渡、甲斐、関東、越後などに領地を持ち、その石高は百万石とも百二十万石ともいわれていた。長安は領内の鉱山探索に熱心だったこともあって昨年、石見銀山兼佐渡金山の奉行に任じられ、幕府の要人として政の裁量権を家康から任されていた。

案内された部屋で座して待っていると恰幅のよい初老の男が現れて父子の前に座した。

「おことらのこと本多殿、意安殿から聞き及んでおる」

名乗ることもせず長安は二人を睥睨した。

父子は平身して名を告げる。

「お願いの議あって参上仕りました」

了以が恐る恐る顔をあげた。

「意安殿から聞いたが、保津川とか申す川を改修したいそうだの」

長安は無愛想に応じた。

「お話いたします前にお渡しいたしたき書物を持参いたしました」

了以は袱紗に包んで脇に置いた包みを開いて長安の膝元に押し出した。長安は無造作に手に取るとぱらぱらとめくり、

「これは鉱山探索に関する副書ではないか」

不機嫌な顔が驚きの顔に一変した。

「これを何処で手に入れたのじゃ」

長安が身体を了以の方に傾ける。

「明より伝来した漢書をここに控える息子与一が和語に置き換えたものでございます」

「漢書の持ち主は？」

「わたしの祖父が明より持ち帰った書物のひとつでございます」

「おぬしは鉱山術に詳しいのか」

副書から与一へ目を移す。

「詳しくはありませぬ。しかしながら漢語から和語に置き換えているうちにどのような岩山に金気が宿っているのかを察する知恵が備わったように思えます」

「わしの意に適った贈り物じゃ。後でじっくり読ませてもらう。さて保津川改修の話を聞かせてもらおうか」

すっかりうち解けた口調の長安に了以は保津川改修建白書を差し出した。

了以は建白書の中身について詳しく説明し、最後に、許可をしてもらいたいと懇願した。

何もせずに永年にわたって莫大な上納金が幕府に転がり込んでくるのだ。長安に断る理由はなかった。

了以父子が長安の許を辞する時、

「利の六割を上納すること、角倉をおろそかに思うまいぞ」

と長安は満足げに呟いた。

江戸から戻ってきた了以父子は栄可らに江戸での首尾を告げた。

ここに角倉一族は保津川の改修を手掛けることが決まった。

了以のやるべきことは山ほどあった。大堰川、保津川、桂川を利用している人々は多い。田畑の用水、黒木の筏流し、鵜飼いなどである。これらで生計を立てている人々を説得し、改修期間を調整してできる限り迷惑がかからぬように工事をしなければならない。

その第一歩が筏流しを組織する問屋(筏問屋)に協力をしてもらうことだった。

筏問屋は大堰川沿いに二つある。山本、保津地区と田原地区である。

大堰川、保津川の筏流しの歴史は古く〈延喜式〉の中に散見される。延喜式は

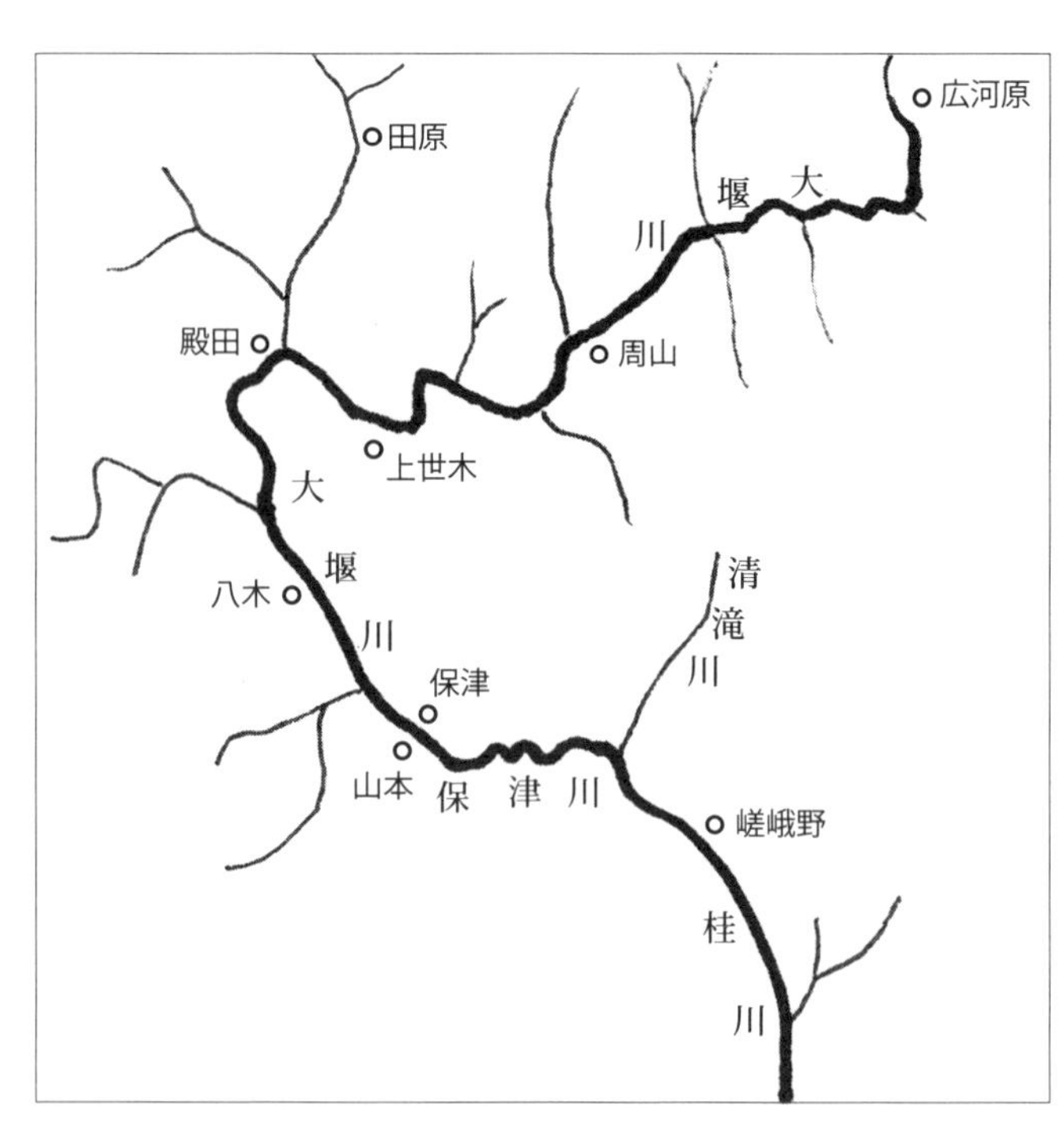

平安初期の禁中の年中行事などを記述した法典である。

九月六日、了以は与一を伴って保津集落の川岸に建つ筏問屋を訪ねた。むろん前もって訪問日を筏問屋の主だった者に報せてあった。集まった者はおよそ二十人ほどである。

一通り了以から話を聞いた筏問屋長である吉右衛門は、

「わが問屋は歴代の領主様に何度も保津川の岩や石を取り除いてくださるよう直訴したが取り上げてもらえなかった。そこで吾等が施主となって岩を取り除こうと試みたがうまくいかず、死者も出て頓挫した。それを領主様に代わって角倉様が無償で取り除いてくださる。吾等は角倉様の保津川改修普請に両手をあげて与力いたそう」

と満面に笑みをたたえた。

「ありがたい。では準備が整い次第、普請に入らせていただく」

「普請はいつ頃から始まりますかな」

「おそらく年明けの一月」

「一月からの普請は遠慮していただけませぬかな」

吉右衛門は首を横に振った。

「では二月」

「筏流しは八月十五日から翌年の四月八日の間と決められておりましてな、この間の普請となりますと筏流しに支障となります。普請始めは四月の九日以降にお願いできますかな」

「改修普請は一年ほど。四月に始めるとなれば終わるのは翌年の三月近く」

「いや、それも困りますな。普請は八月十四日までに終わらせていただきませんとな」

「四月九日から八月十四日……」

先ほど〈両手を上げて与力する〉と吉右衛門が言ったばかり、了以は困惑した。工期がたったの四ヶ月半では終わるはずもなかった。

「筏師と呼ばれる者は百十人ほど居りますが、この家業は筏師だけで成り立っているのではありませぬ。木を切り出す者、切り出した木を筏に組み替える者、さらには筏をばらして貯木する者、貯木した木材を京内に運ぶ者、木材を売り払う者らが居て初めて筏流しが成り立つのでございます。こうした者たちとその家族を合わせますと二千人を超えます。もし筏流しを止めて普請をなさりたいなら、わたしらに休業した分の見返りをお支払い願えないでしょうか」

言葉付きは丁寧だが了以にはとても受け入れられる条件ではなかった。保津川改修普請は筏問屋にとって益になることに間違いない。ならば筏問屋が少しは譲歩してもよいのではないか。

「……」

了以は答えずに腕を組んで瞑目した。大堰川の瀬音が了以の耳に急にはっきりと聞こえだす。すると大久保長安の顔が思い浮かんだ。幕府から保津川改修のお墨付きを戴いている。筏問屋が譲歩しないのであれば、お墨付きを示してこちらからの条件を承諾してもらうしかない。しかし為政者の力を借りるのは了以が最もきらう解決法であった。

了以は腕を組んだまま大堰川の瀬音を聞き続けた。

「ご無理を申したようですな。ではこういたしましょう。わたしらは二月末で筏流しを休止し、再び筏流しを始めるのを九月初日としましょう。つまり角倉様の普請期間は三月一日から八月いっぱい。これでどうでしょう」

了以は六ケ月間で保津川の改修を竣工させられるか否かを考えようとした。だが考えることはやめにした。六ケ月で竣工させるしかないと思い直したからである。

「それでやってみましょう」

了以が吉右衛門に頭をさげようとした時、

「それにはひとつしてもらいたいことがありますが」

吉右衛門が了以を窺い、かすかな笑みを浮かべ、

「どうでしょう保津川だけでなく大堰川の殿田までの改修普請もお願いしたいのですが」

ささやくほどに低い声で続けた。大堰川の改修など考えてもいなかった了以は、

「保津の集落から殿田までは保津川の全長より長いはず。その改修となれば普請の費用を角倉だけでは持ちきれぬ」

いささかむっとして応じた。

「ここより殿田まではおよそ四里（十六キロ）。たしかに保津川の全長より一里ばかり長ごうございますが、この河川区間はわたしども筏問屋が何度も改修を行っていましてな、大きな岩があるわけではありませぬ。川中の大石十数個を取り除くだけ。保津川の改修から比べればその普請費用は微々たるもの。角倉様の財が目減りするほどではありませぬ。筏流しの期間を譲ったのです。双方痛み分け

ということでお引き受け願えませぬか」

筏問屋が何百年も続いているのは吉右衛門のようなしたたかな交渉上手が問屋長（とんやちおさ）として差配を続けてきたからであろう、そのしたたかさはどこか栄可に似ていると了以は思った。そう思うと急に吉右衛門に親しみが湧いた。

「引き受けましょう」

了以は思わず首を縦に振ってしまった。

「ありがたい。よろしくたのみます。ところでひとつお願いがあります。筏問屋としては三月から角倉様の普請を承諾しましたが、百姓たちにもこのこと了解を得ていただきませんとな。なにそれほど難しいことではありませぬ。なんせ筏師をしておる者の多くは小百姓の者。筏流しを休止している間は田畑で汗水を流しておる連中。ここに集まった筏問屋の者も百姓。ただわたしどもは皆名主（みょうしゅ）百姓ですがの」

名主百姓とは名田（みょうでん）を保有している百姓のことである。名田とは領主が百姓に所有を認めた田畑のことである。領主は認めた代償として田畑からの収穫物の一部を年貢として名主百姓から収めさせた。小百姓とは名主百姓の下で働く百姓のことで小規模の田畑しか有さず、足りぬ分は名田を借りて生計を立てている百姓のことである。

その夜、了以は栄可、幻也ら角倉の主だった者を集めて筏問屋の交渉内容を報告した。

「いっそのこと尻をまくって保津川改修は止めると申してくれればよかったではないか」

栄可が筏問屋の横暴に腹を立てた。

「やはりこの普請は領主が行うべきもの。領主なら、ひと言、筏流しを一年間休止せよ、と命ずれば済むこと。一介の商人(あきんど)には手に余る普請。筏問屋からきつい注文をつけられても断ることも能(あた)わぬ。これでは角倉の蓄えが幾らあっても足りぬぞ」

幻也もそれ見たことか、とばかりの言い様だ。休和と休也は下を向いたまま口を開かない。

「いいえ、父が筏問屋の求めに応じたのはよかったのです」

与一が声を張り上げた。

「いいはずはなかろう」

栄可が口を尖らせる。

「今までは保津川だけに舟を通ずることに目を向けておりましたが、大堰川も改修するとなればそこに舟も通せるはずです。嵯峨野や保津集落と同じように殿田にも舟着き場と倉を設け、そこから米や薪炭を舟で京に送れば、黙っていても舟功賃と倉敷料が角倉の懐に入ることになります。これは角倉にとって願ってもないこと。おそらく父はそのことを考えていたからこそ筏問屋の言い分を飲んだのでしょう」

了以は息子にこの時ほど感謝したことはなかった。了以に大堰川に舟を通すという発想はなかった。大堰川改修は筏問屋から押しつけられた厄介物としか考えていなかった。それを与一は卓抜した機転でみごとに角倉の収入源に変えてくれたのだった。

栄可も幻也も頷くしかなかった。

それから五日後、了以は大堰川流域の百姓らの代表十一名と会合をもった。

「大堰川、保津川に舟を通じてくだされば吾等百姓は米を運ぶ手がどれほど省けるか。ありがたいことだ。三月から八月末までの川の改修は認めることにする。だがひとつ承知してもらわねばならぬことがある」

了以から大堰川、保津川の改修の説明を聞いた三五郎が言った。三五郎は世木(せぎ)集落の代表者としてこの会合に出席している四十過ぎの小百姓である。

「どのようなことを承諾せよと」

了以は三五郎をうかがった。

「大堰川、保津川の水は百姓にとって命の水。春になれば保津川の上流部と大堰川に堰を設けて田畑に河水を引き込む。大堰川の名もこの堰を設けることからついたといわれるほど、この堰は百姓にとって大事なもの。それゆえ筏流しは吾等百姓が大堰川、保津川に堰を設けている間は止めてもらっている。その期間は過日の筏問屋との会合で角倉様はご存じであろう。川の改修が終わり、舟を通せるようになった暁(あかつき)には、この間の舟の上り下りは休んでもらう。これは川沿いに住み暮らす百姓の総意だ」

了以は仰天した。この間とは四月六日から八月十五日の間。すると舟を通せる期間は八月十六日から翌年の四月八日までということになる。一年のうち四ヶ月余も運航不可となれば倉敷料、舟功賃がその分だけ減ることになる。

「どうか通年の運航を許していただきたい」

「お気持ちはわかる。さきほど申したように舟が通れば吾等百姓は助かる。だがこれを譲れば米の収穫は覚束なくなる」

米は主食である。米で人の命は保たれているといっても過言ではない。その米を作ることが何よりも優先されなければならない。それがこの時代の当たり前の考えである。武将が戦をしていても田植えの時期と稲刈りの時期は休戦することがめずらしくなかった。兵のなかに多くの百姓が駆り出されていたからである。

了以は譲歩せざるを得なかった。


百姓との会合から意気消沈して戻ってきた翌日、了以はこの結果を栄可に報じた。

「今度は百姓か」

栄可は次から次へと吹き出す難題に誹る言葉もみつからないようだった。了以は今さらながら自分の詰めの甘さを思い知らされたが、そうかと言って改修を投げ出す気など全くなかった。

「で、どうするのだ」

栄可が渋い顔で訊いた時、手代があわただしく駆け込んできた。

「江戸から了以様宛に文が届きました」

手代は手にした封書を了以に差し出した。了以は受け取って封書を開く。

「どなたからの文だ」

栄可が落ち着きのない顔で訊く。

「本多正純様からです」

本多と聞いて栄可の顔が一瞬で緊張した。

「なんと認めてある」

栄可の急く声に了以は文を栄可に渡した。栄可が文を読む。

「決まったか。これで今年も御朱印船を出せるぞ。重畳、重畳」

読み終わった栄可の顔は輝いている。

「それに本多様から保津川改修はその後進んでいるか、との御下問も記されている。さっそく何事もなく進んでいるとお返事を差し上げねばなるまい」

先ほどまでの渋い顔が嘘のように明るくなったその豹変ぶりに了以は拍子抜けした。

「舅殿には御朱印船の準備の差配をお願いします」

「言われなくともわし以外にこれをこなせる者は居らぬであろう。百姓の言い分には一理ある。承諾するしかあるまい。おまえは心を安らかに大堰川、保津川の改修に専念してくれ」

栄可は封書を押し頂くようにしてその場を後にした。


御朱印船の出航準備は昨年の経験があるので順調に進んでいた。今回、与一と意安は乗船せず角倉の大番頭ら二十名が乗り込んで交易に当たることになった。とは言っても積荷の差配や外国人船員らの交渉に角倉の者が長崎に出向かざるを得なかった。

九月二十日、早朝、栄可、幻也、与一ら角倉の主だった者が長崎に向けて嵯峨野を後にした。了以は一行を見送ると、妻女の佳乃に、

「近江（おうみ）、坂本に行く」

いくらか気のひける思いで伝えた。

「坂本に何しに」

「坂本の近くに穴太（あのう）と申す郷（さと）があっての、そこに優れた石工が居るそうな。その石工に保津川を上り下りさせる舟に支障となる川中の石や岩を砕いてもらうことにしたのだ」

「ならば中食を作りましょう」

佳乃は心得顔で言った。長崎から比べれば坂本は目と鼻の先。夫が出向く先は保津川改修のこと以外にない、出向く先に口をはさむべきではないと佳乃は割り切っていた。

比叡山の東麓、琵琶湖に面した坂本は延暦寺の門前町である。そこから少しばかり離れた地に穴太（あのう）の郷（さと）がある。延暦寺の石灯籠や石段（参道）を作る石工が住まう郷である。

この石工集団が世に知れ渡ったのは織田信長の安土城築造に際して今までにない堅固で高い石垣を積んだからである。安土城を機に武将たちは競って穴太の石工を雇い、堅固な城を作るようになった。

信長から秀吉の世になると、穴太の石工は大坂城の石垣を手掛けてさらに名望を高めた。今や城作

りに穴太の石工は欠かせない存在となった。その石工を束ねる男が戸波鷹之助である。

了以が坂本に着いたのは夕暮れだった。その日は坂本にある僧坊に泊まらせてもらい、翌日、穴太の郷に戸波鷹之助を訪ねた。

郷はひっそりとしている。腕のよい石工たちで活気に満ちているとばかり思っていた了以には意外な静かさだった。出会った老爺に鷹之助の館を訊くと、館まで案内してくれた。訪いを入れると四十半ばの男が出てきた。穏和な眼差しで清楚な形をしている。了以が身分を明かすと、

「わたくしが戸波鷹之助でございます。話は家内でお聴きしましょう」

了以を館内に誘った。案内された部屋から琵琶湖が一望できる。深まる秋の陽が湖面に銀粉をまいたように光っている。

「土倉を営む角倉様が石を扱うわたしにどのような用がおありなのでしょうか」

対座した鷹之助の口調はいたって穏やかだ。

おそらく信長や秀吉と親交を持ったであろう男が一介の商人である自分に姿勢を正し見下した態度など微塵も見せない、そのことに了以は好もしさを感じた。

了以は訪ねてきた意図を事細かに話した。鷹之助は聴き終わると、

「なんともうらやましい川普請。わたしも角倉様の下で石を砕いてみたくなりました。石工というものは、人々の日々の営みを楽にするためにあるもの。石臼を作ったり、急な坂を石段に作り替えたり、田の畦に石を積んで土がこぼれないようにしたり、墓石や石灯籠を作って先祖の霊を慰める。石工というものはそうした業が本旨。ところがどうしたことか、穴太の石工は城の石垣作りで名をあげ

てしまった。名望を聞きつけて多くの領主から城の石垣を積め、との命が穴太の郷に届き、これを断ることも能わず、郷の石工たちは、東は江戸、南は肥後まで津々浦々に下向して城作りに精を出しております。それゆえ、ご覧のように郷に残る者は女子供と石を積めなくなった老人ばかり。そのようなわけで角倉様のご要望にお応えすること能いませぬ」

「保津川改修が始まりましたら一日でも二日でも構いませぬ、戸波様ご自身が嵯峨野に来ていただけないでしょうか」

「わたくしは太閤秀吉様の城（大坂城）を最後として石工をやめました。嵯峨野には参れませぬ」

鷹之助が首を横に振った。了以は再度頼もうと思ったが諦めた。それほど鷹之助の口調はきっぱりとして強かった。

「どうでしょう。わたしに石を扱うにあたっての心得のようなものを教えていただければありがたいのですが」

「わたくしが初めて城の石垣を積んだのは明智光秀様の築いた坂本城、それから秀吉様の長浜城、信長様の安土城、最後に大坂城。石を割り、石を運び、石を積む。何十万何百万もの石を来る日も来る日も積みました。積んでいる最中、大きな地震に襲われ、何名もの石工が崩れた石垣の下敷きになり命をおとしました。また疫病に罹って死んでいった石工も居りました。それから積み終わった石垣の上から落ちて命を落とした者も。さらに城石に押しつぶされて命を落とした石工たち、死んでいった石工や人足の数を合わせれば五百人を超えましょう。それらの死は石工たちを束ね使い廻すわたしがもう少し気を配れば避けられたかもしれませぬ。石を扱うということはいつも死と隣り合わせなのです。角倉様は保津、大堰川改修でその死を何度も目にすることになるやもしれませぬ。心が折れ、その場から逃げ出したくなりましょう。逃げてはいけませぬ。なぜ石工が死なねばならなかったのか、それを考えてくだされ。考え抜いて死の因を突き止め、改修にその事を生かしてくだされ。それが死んでいった者への唯一の供養です。それにもうひとつ、角倉様がわたくしの許を訪れたのは、穴太の石工なら川中の石や岩をいとも容易く砕けるのではないか、そう思われたからではありませぬか」

「いかにも申されるとおりでございます。世上では穴太の石工を穴太者と呼んで、石を扱わせたら日の本一だと褒めそやしております。そのように石を扱うに長けた穴太者であれば保津川の激流に散在する石や岩をどこの石工よりも速やかにしかも楽々と砕けると思ったからございます」

「それは心得違い。穴太の石工も他の石工も石を扱う技にさしたる違いはありませぬ。石工はその土地〳〵の特質に合わせた技を身に付けているものです。おそらく大堰川沿いには多くの石工が居られるはず。それらの石工を頼って改修をなされ。大堰川、保津川を知り尽くしているのは穴太者ではありませぬ。彼の者たちなのです。その者たちに信をおいて改修に邁進なされ。角倉様がわたくしを窺う目には信長様や秀吉様が眼の奥に宿していた光と同じものがみてとれます。その光が消えぬ限り、大堰川、保津川に舟を通せるでしょう」

鷹之助の言葉は切々として了以の胸にしみた。自分よりも若い戸波鷹之助の双肩には五百を超える失われた命の重さがかかっている、保津、大堰川改修で何人が命を落とすか定かではないが、落とした命の重さを自分は双肩で支えることができるのか、と了以は思った。

（五）

九月二十五日、了以は日禛和尚の紹介状を懐にして備前片上に向かった。墨衣を身に纏った了以の姿はさながら雲水のようだった。了以の心中に土倉と御朱印船での交易を束ねる角倉一族の長、という思いはなかった。了以の見つめる先は大堰川、保津川を楽々と上り下りする舟の光景だった。

日禛和尚からは備前片上の妙国寺を訪ねよ、と言われていた。

二日を費やして着いた寺は瀬戸内を見下ろせる山腹にあった。

了以は境内を掃き清める寺男をみつけると近寄って紹介状を渡し、寺主に届けるよう頼んだ。

待つ間、庭石に腰掛け、急坂を登って乱れた息を整える。日禛から古刹と聞いていたので古い建物を想像していたが伽藍などは昨日建てたかと思えるほど新しかった。

寺男に導かれて武家装束の男が現れ、了以の前に立った。了以は庭石から腰を上げて男に頭をさげる。

「御坊のことは日禛様から聞いております。いざ、こちらへ」

男は了以を本堂に誘った。

本堂からは瀬戸内に浮かぶ島々が見渡せる。三方を山で囲まれた嵯峨野に比べると雄大すぎて了以にはなんとなく居心地が悪い。

「わたしはこの寺を預かる木住法悦。二年前の慶長七年（一六〇二）、わたしの招きで日禛様がここに参られた折、そこ許のことを話された。常寂光寺創建で土地を融通してくだされたそうな。日禛様とわたしは旧知の仲」

　法悦は恰幅がよく、精悍な顔つきが武家装束と似合っている。

「法悦殿は妙国寺の御住職でしょうか」

「見ての通りわたしは僧侶ではありませぬ。吾等木住一族は何代にもわたって船に頼り瀬戸内一帯に力を伸ばしてきました。秀吉様が高松城を攻めた折には、海上からお味方したこともありましたが、秀吉様逝去後は再び船で生計を立てております。一族は日蓮宗信徒。戦乱で妙国寺が荒廃しているのを見かねて、わが一族が数年かけて寺を修復しました。二年前、伽藍を建立したのを機に日禛様を嵯峨野から招いて落慶法要を催したのです。法悦という法名は日禛様が本圀寺で勤行なされている折、つけてくだされたもの。日禛様に妙国寺の住職をお決めいただくようお願いしておりますが、まだ決まっておりませぬ。そのようなわけで新たな住職が決まるまで、わたしがこの寺を預かっております。さて戴いた書状には、〈角倉了以殿は異宗の者であるが、仏を信ずる心は日蓮宗信徒と変わらぬ、話にのってあげてくれ〉と認めてありますが、聴かせていただきましょう」

　了以はその言葉に甘えて、激流を乗り切れる舟を探していることを告げ、

「そのような舟がありましょうか」

　すがる思いで訊いた。法悦はしばらく考えていた。了以は法悦から瀬戸内に目を移した。豆粒ほどに見える帆掛け船が何隻も俯瞰できる。おそらく木住一族はこの高台から往還する船を監視、管理し

ていたのであろうと思った。

「牛窓（うしまど）という地をご存じかな。そこに法蔵寺という小さな寺があります。この妙国寺の末寺です。その寺の檀越（だんおつ）（檀家の代表者）で木住小太郎と申す者がおります。木住一族でわたしの遠縁にあたる者。小太郎は舟を造る腕っこき。また法蔵寺の檀家衆は舟を操らせたら誰にもひけをとりませぬ。きっとお望みの舟と水手（かこ）（舟を操る者）が手に入るでしょう」

法悦はそう告げて、

「今宵はこの寺に旅装を解いて旅の疲れを癒し、明日牛窓に発たれるがよかろう」

と温和な目を向けた。


牛窓の法蔵寺は直ぐにみつかった。小さな寺である。檀家はそれほど多くないのでは、そう思いながら木住小太郎に会った。年の頃は三十路の半ばであろうか、潮焼けで浅黒い肌をした精悍な男だった。

了以は法悦に話したことと同じことを小太郎に告げた。

「高瀬舟（たかせぶね）をご存じか」

話を聴いた小太郎が訊いた。高瀬舟とは川を運航する舟のことで、その名は奈良時代までさかのぼれる。

高瀬とは高い瀬（川底）、すなわち人が歩いて渡れるほど浅い瀬のことである。従って高瀬舟とは浅瀬でも運航できる川舟、という意である。形は各河川の状態に合わせるので異なるが、海船と比べて舟体が小さく舟底が平らで喫水が浅いのを基本とした。

「淀川をはじめ畿内の様々な河川で見掛けております」

「保津川の流れがどれほどのものか知りませぬが、高瀬舟を用いればよろしいのでは」

「生なかの高瀬舟では保津の激流を下れませぬ。とは申せ、この川は古くから筏流しが行われていまする」

「筏が下れるなら、高瀬舟が下れぬわけがない。まして支障となる岩を砕いた後の通舟となればなおさらのこと」

「小太郎殿が申す通りなら、わたしが京よりこうしてお願いにあがるようなことはいたしませぬ」

小太郎は腕を組んでしばらく難しそうな顔していたが、

「保津川がどれほど急なのか一度見てみましょう」

腕を解いて応じた。

第九章　普請支度

（一）

慶長十年（一六〇五）一月十日。

吉田一族恒例の年始の顔合わせは今年も天竜寺境内に接する栄可の館で行われた。総勢五十三名で最高齢は栄可の七十二歳、最年少は与一の娘一歳である。

吉田宗家は角倉家に統合されたが一族の長は栄可であることに変わりなかった。

年頭の辞も栄可が当たり前のように行った。了以は栄可の話を聞きながら、冬が臨席してないことに気づいた。冬は一族ではないが昨年まで欠かさずこの会に顔を出していた。

「少し、酒が過ぎたようじゃ。外の風にあたってくる」

宴が盛り上がってきた頃、隣に座す与一に告げると了以は目立たぬように席を外し、館を抜け出して冬の居宅、秋水山房を訪ねた。

「宴にお顔を見せないが何か不都合なことでもありましたか」

新年の挨拶を交わした後、了以は親しげに話しかけた。

「今、養生所から戻ってきたばかり。病に休みはありませぬゆえ此度の宴は遠慮いたしました。宴はたけなわでは。どうぞ気になさらずお戻りくだされ」

「宴席は御朱印船の話で盛り上がっていて、保津川のことなど話題にもならぬ。わたしが入り込める余地はないのだ」

「それでお寂しくなって、ここに参られた、そういうことでしょうか」

冬の顔が柔和になる。了以は冬のいつに変わらぬ隔てのない対応に心が和む気がする。

「墨衣を纏った了以様は保津川改修のことに話が及ぶと鬼神の如く目に光が宿る、と角倉の皆様が申しております。宴席で皆様が保津川の話をなさらないのは、鬼神を避けたいからでございましょう」

冬は冗談らしく言って笑いかけた。

「日禎様から譲り受けた墨衣を身に着けてわたしはやっと角倉、いや吉田一族のしがらみから抜けられた。大堰川、保津川改修は鬼神のような強い心魂を持たねばやり遂げられない」

「わたくしも法衣を纏えば確たる心魂を持てるでしょうか」

「冬殿に法衣は似合わぬ。それに冬殿に法衣は不要」

「まるでわたくしが強い心を持っているような口ぶり」

「そうでなければ日々訪れる患者たちの治療に当たれないのでは」

「治療を続ければ続けるほど医術の足りなさが身にしみます。それで心がくじけそうになるのです。わたくしは意安様の導きで今日まで養生所を続けてまいりました。江戸にあっても意安様は、薬の足しに、と幾らかの銭を送ってきてくださいます。これから先も養生所を続けていけるのか心許ないばかり」

「続けてもらわねば困ります。わたしが大堰川、保津川改修の段取りに邁進できるのも冬殿が医者とし居てくれるからです」

「わたくしが了以様の手助けなどできるわけがありませぬ」

「激流に入って石を取り除き、岩を砕く。おそらく大勢の怪我人が出るでしょう。それらの方々の手当てを冬殿にお願いすることになります。また死者もひとりやふたりでは済みますまい。その始末も冬殿にお願いしたい」

「わたくしは日々訪れる患者を診るので精一杯。ですが手助けしてくださる方も居ります。その者に任せれば何とか了以様の意に添えましょう」

「ほう冬殿に弟子ができましたのか」

「憶えておいででしょうか。わたくしが医者になった謂れを」

「確か弟（意安）が溺死寸前の若い筏師を助けたのがきっかけではなかったか」

「その方が昨年ひょっこりと養生所に参って手伝ってくれるようになりました。それに蓑輔様も暇をみつけて手伝ってくださります」

「蓑輔とは姿をくらましたあの蓑輔殿か」

「関ヶ原の戦で負った金創（きんそう）をこの養生所で治して後、行方知れずとなって早三年。残党狩りも下火になりました。今から半月ほど前、暮れも押し詰まった十二月三十日、蓑輔様は密かにわたくしの許に参り、それ以後養生所に寝泊まりして、わたくしに手を貸してくれています」

「蓑輔殿のこと舅殿はじめ皆が案じておりましたが、そうですか冬殿の許に」

そう了以が言った時、

「冬殿、そこに父上が参っておりませぬか」

秋水山房の外から与一の声が届いた。

「お越しになっておられますよ。お入りになってくださりませ」

冬が大声で返した。与一は房内に入ってくると、

「やはりここでしたか。直ぐにお戻りください」

せき立てるように両手を前に出した。

「わたしはもう少し冬殿と話がある」

了以は幼児が駄々をこねるように首を横に振った。

「宴席に手代が参って父上を探しています。皆、父上は席に居るものとばかり思っていましたので、どこへ行ったのかと大騒ぎ」

「手代がわたしに何の用だ」

「備前牛窓から真っ黒に日焼けした男が父上を訪ねてきた、とのことです」

「真っ黒な？　それは小太郎殿のことだ。冬殿、失礼いたす。わたしは角倉の館に戻る。与一、おま

えは冬殿を宴にお連れ申せ」

柔和だった了以の目に光が宿った。


翌朝、了以は佳乃に中食用の握り飯を作らせ、それを携えて小太郎と保津川の探索に入った。

「なるほど了以殿が申されたように急な流れですな。これでは生なかの高瀬舟では下れませぬな」

小太郎の口をついて出た最初の言葉だった。

「あの岩は砕き、その大石は取り除く」

了以は川中の石や岩を指さし、いかにもうれしそうに相好をくずした。小太郎はこれに応じて、

「あの石を取り除いただけでは舟を廻しきれない。隣の小振りな石も取り除く方がよい」

注文をつける。それとは別に小太郎は〈綱道(つなみち)〉をどのように敷設するかに注意をはらい、了以に細かく指示した。

荷を積んで川を下った舟を再度上流に戻すには、空舟となった舟首に綱を付け、それを人足が曳いて元の舟着き場まで曳いてゆく。その折、人足が通る道を〈綱道〉と呼んだ。川中の舟を曳くのだから綱道は常に岸辺近くに作らねばならず、峡谷を流れ下る保津川では綱道の位置取りが難しいのである。

こうした作業を七日間ほど続けた後に、保津集落から殿田までのおよそ四里（十二キロ）の大堰川探索に入った。

こちらはさしたる難所もなく三日で終えることができた。

その夜、了以は小太郎の労に報いるため宴を持った。

「大堰川について、わたしが特段に申すべきことはありませぬ。しかしながら保津川に関しては少しばかり申し上げたきことがあります」

佳乃が用意した膳を前に小太郎はいくらか気がひける感じである。

「何なりと申してくだされ」

了以は小太郎に酒杯を差し出しながら応じた。

「舟は大堰川用と保津川用、別々に造ることになるでしょう。すなわち殿田から保津の集落までの大堰川に通す舟がひとつ。あとひとつは保津集落から渡月橋までの保津川に通す舟」

小太郎は酒杯を手に取る。

「わたしはひとつの舟で大堰川、保津川の区別なく通せると思ったのだが」

了以は小太郎が持つ杯に酒を注ぐ。

「大堰川に浮かべる舟は加古川や和計(わけ)川で用いている高瀬舟と変わらぬ形で事足ります。しかしながら保津川用の舟は一筋縄ではいきませぬ。ついては了以殿に是非守っていただきたい事柄がありま す。舟を通すのは九月から翌年の三月まで、そうでしたな」

言って小太郎は杯の酒を一気に呑み干した。

「左様、九月から年をまたいで三月まで」

「つまり舟が保津川を下るのは渇水期。ところが保津川の改修は夏場の増水期。そこでお聞きしますが冬場と夏場の保津川の水位を了以殿はしっかりとつかんでおりましょうか」

「わたしは何年もの間、保津川に通って川面に突き出る岩を写しとってきた。それらの絵を見るとわかるのだが、夏場の水位と冬場の水位の開きは川幅や流れの速さで異なるが、およそ一尺三寸（約四十センチ）ほど。例えて申せば夏場に四尺あった水深が冬場では二尺七寸になるということです。逆にお聞きするが舟はどれほどの水深があれば無事に保津川を下れますのか」

「二尺（約六十センチ）はほしいところです」

小太郎が了以の杯に酒を注ぐ。

「いや、それは能わぬ。保津川の改修は冬場の水深が一尺半を目途に川底を浚うことに決めてその段取りで進めている」

「大堰川のように流れがゆるやかなればその深さで事足りますが、保津川の激流となれば二尺の水深が無難」

「今さら変えることは能わぬ。どうか一尺半の水深で下れる舟を造っていただきたい」

了以は小太郎が注いでくれた酒を一口だけ呑む。

「そのような浅瀬を下るとなれば舟底が川床にしばしば当たりましょう」

「一尺半。そのような舟を作れますかな」

了以は杯に残った酒を呑み干した。

「造るしかありませぬな。ならばひとつ了以殿に知恵をお借りしたい」

小太郎は了以の杯に酒を注ぎ、次のような話をした。

保津川専用の舟（保津川舟）を造るにあたって難しいのは舟底に用いる木材。通常舟底の材は松か樟(くす)。保津川舟は急流なるが故に上下に大きく浮き沈みする。水深を一尺半しかとれないとなれば、しばしば舟底が川底の岩や石に激しく当たる。従来通りの松や樟で舟底を造れば破損するのは目に見えている、と話して、

「舟底の材として松や樟が古来より用いられてきたのは強固であるから。ですが強固であるが故に、しなやかさに欠けます。岩や石に強くぶつかれば割れるという脆(もろ)さがあります。そこで知恵を借りたいのですが、強固としなやかさの両方を持ち合わせた木を存じませぬか」

「強固にしてしなやか……」

了以は呟いてしばらく考えていた。

「嵯峨(さが)野(の)の奥、化野(あだしの)念仏寺脇を通り抜け、清滝川を遡(さかのぼ)った山奥に中川という集落があります。そこは〈北山杉〉という銘木を産する地。そこの集落に参られてはいかがか」

「中川北山ですな。憶えておきましょう。ところで口幅ったいのですがひとつだけ保津川改修についての心がけをお伝えしたいのですが」

「どのようなことと?」

「水にだまされてはならない、ということです」

「だまされる?」

「保津川の川底を浚うのは増水期。了以殿とわたしが検分してまわった保津川は冬枯れの渇水期。梅雨時を迎えれば浅瀬は深い淵となります。そうなると河床をどれほど浚えば渇水期の水深一尺半を保てるのか、わからなくなります。これは川底だけでなく岩を砕くに際しても申せること。どうか水に

だまされずに川浚いを慎重に進めてくだされ」

「小太郎殿の言、胸に畳んで保津川改修に当たろう」

了以は膳に載った料理に箸をつけるよう促した。

「保津の改修が始まったら、わたしは牛窓から法蔵寺の檀家の者三十名ほどを連れて再びここに参ります。皆、木住一族の者で舟作りに長けた者ばかり。楽しみにしていてくだされ」

小太郎は料理をつまんで口に運んだ。


翌日、了以はさわやかに目覚めた。懸案の舟に目途がついたからであろうか、久しぶりに熟睡できたのだ。

朝食を食べ終えた時、館の外で怒鳴り合う声が伝わってきた。いぶかしく思っていると手代が血相を変えて了以の許に来た。

「む、筵旗(むしろばた)」

手代の声は震えている。

了以は声のする方に番頭、手代らと共に急いだ。数十人の男らが館の出入り口に屯(たむろ)し、数名が竹を心棒にした筵旗を押し立てていた。後方には十数頭の馬も見える。

「うぬが角倉の当主か」

中のひとりが了以を認めると歩み寄ってきた。熊皮を腰に巻き、半纏(はんてん)から出した両腕は丸太のように太い。背は了以と変わらぬが厚い胸元と骨太の体躯は了以を威嚇するに十分な風貌だった。

「この館の主、角倉了以にございます」

腰を折って答えた。

「われは老いの坂越えの足子と馬借を束ねる権造。保津川に舟を通すそうだが、吾等にひと言の声がけもないのは何事か」

声高に告げた。足子とは荷主から頼まれた荷を人力で運ぶ人足、馬借とは荷を馬で運ぶ馬子のことで、その運送賃で生活している者のことである。ちなみに信州では足子のことを歩荷と呼ぶ。

了以は権造の怒声を聞きながら、肝心なことを見落としていたことに気づいた。丹波と京が舟で通ずれば足子や馬借は不要となる。そうなればここに集まった者たちの生計を奪うことに今の今まで了以は思い至らなかったのである。

「まことに申しわけない」

了以は深々と頭をさげた。喧嘩問答になると思っていた権造は了以の謝意に拍子抜けした。

「謝って済むとは思ってはおらぬだろうな」

権造の声は少しばかり穏やかになる。

「舟が通じましたら、皆様の生計が立つようにいたします」

「どのように立ててくれるのだ」

「それはこれから考えます」

「この場しのぎ、口から出まかせではないのか」

「ここで起請文を作り、権造殿にお渡しいたします」

そう言って手代に筆記用具一式を持ってくるように頼んだ。起請文とは神仏に誓いを立て自分の言動に偽りのない旨を記した書面のことである。

「足子、馬借の方々は幾人ほどでしょうか」

手代が戻ってくるまでの気まずさを埋めるように了以が訊いた。

「五十人ほどだ。まことそれだけの者の生計が立つようにしてくれるのか。わしらは読み書きが不得手。土倉の業など押しつけられても役には立てぬぞ」

「角倉で必ずや皆の生計が立つようにいたします」

そう応じた時、手代が戻ってきた。了以は筆を執り半紙に文を認める。権造らは息を飲んで筆先に目をこらす。

「これでいかがか」

了以は筆を手代に渡すと、起請文を両手で掲げて声高に読んだ。文意は〈大堰川、保津川に舟が通じた折は角倉が責任をもって足子、馬借の生活が成り立つように約束する〉というものであった。

「起請を破るようなことがあれば近江、山城、大和などの足子と馬借に呼びかけ一揆して京都所司代に直訴する」

権造が息巻いた。

「わたしを信じていただくほかありませぬ。ただ舟は沿岸の百姓たちとの要望で八月十五日から翌年の四月八日までしか動かせませぬ。舟が使えぬ間、すなわち四月九日から八月十四までの間、丹波の品々は陸路老いの坂越えとなります。その間の生計についてはご容赦願います」

了以は起請文を権造に差し出しながら誠意を込めて告げた。

権造はそれを受け取りながら了以の目を見た。金壺眼に強い光が宿っていた。権造は、〈この男の眼光、人を欺くような目ではない〉と内心で呟いた。


川中にある取り除くべき石や砕くべき岩の特定は終わった。綱道の敷設位置も定まった。次に了以がやるべきことは特定した石や岩を除く石工を探しだすことであった。

了以は与一を連れて大堰川流域へ足繁く通った。戸波鷹之助が助言してくれたように流域には隠れた石工が住んでいた。しかしその石工の数では、三月から八月という短い期間で改修を成し遂げるには少なすぎた。

了以父子は近江、大和、山城、丹波に石工を求めて何度も足を運んだ。ふたりが石工と会った人数は五百人を超えた。その中に保津川と聞いただけで辞退する石工も大勢いた。

三月末、角倉が仕立てた御朱印船が安南との交易を終えて長崎の港に戻った。長崎から陸路と海路で角倉の倉庫に交易品が続々と届いた。

栄可が指揮をとって一族総出で交易品を売りさばく作業に入った。買い手はいくらでもいた。それを売り手の角倉がいかに高く売るかである。こういう時の栄可はじつに生き生きとしていた。与一はそんな栄可を見て、祖父（おじ）は根っからの商人（あきんど）、わたしの遠く及ぶところではない、と思った。

了以はそれを尻目に保津川改修の準備に日夜明け暮れていた。

（二）

四月十六日、徳川家康が征夷大将軍の座を息子（三男）の秀忠に譲った。

この報に接した角倉家の者たちの思いはそれぞれ違っていた。

了以は、秀忠が将軍になったことで家康が重用している大久保長安や本多正純、さらには板倉勝重らが職から下ろされるのではないか、そうなれば大堰川、保津川改修にも何らかの支障をきたすかもしれない、と不安になった。

栄可には家康が将軍職を秀吉の遺児秀頼に譲るのではないかという思いがあった。豊臣の世が再来すれば、吉田姓を公に名乗り、宗家として土倉をさらに盛んにさせる、それが老いた栄可の最後の夢でもあった。その思いは脆くも崩れたのである。

蓑輔も栄可と同様、秀頼が征夷大将軍に就くことに一縷の望みをかけていた。秀頼が将軍になれば、落人という汚名を返上できるうえに、豊臣幕府の忠臣として仕官が叶うと思っていた。栄可と違うところは、〈このますんなりと世は治まらない、かならずや豊臣恩顧の武将たちが秀頼を将軍職に就けようと決起するであろう。その折、われも豊臣側について追放された宇喜多秀家の恨みを晴らそう〉と意を堅くしたことだった。

与一はこれで征夷大将軍の職は世襲となった、徳川の世が間違いなく続く。世の流れをみれば豊臣の世に戻るに無理がある。願わくば秀頼が秀忠に恭順し、戦を起こすようなことだけは避けてほしいと願った。

秀忠が二代目の征夷大将軍に就いたからといって世に変わりはなかった。大久保長安も本多正純も板倉勝重も現職を退くことはなかった。ただ意安は江戸を去って家康が隠居する駿府に居を移すことになった。意安に付き従った長子宗達は江戸に残ることになった。

了以は政(まつりごと)が角倉の商いに差し障りがないことを見届けると二度目の御朱印船交易で得た巨利の全てを保津川改修に注(つ)ぎ込むことにした。

これに栄可らは異を唱えた。

前回、今回の渡海に用いた船は明国人から借りたもので、その賃料は莫大なものだった。そこで栄可らは次回の交易は角倉自前の船で渡海するつもりであった。その建造費用に今回の交易で得た利をあてがうつもりだったのである。

「建造を一年待ってくれ」

了以は栄可、幻也、周三らに頭をさげてまわった。

僧形で瓢箪頭、金壺眼に異様な光を潜ませて、日夜保津川改修の段取りで走り回る了以に圧倒された栄可をはじめ一族の者は、御朱印船建造を一年先延ばしするしかなかった。

五月、六月と了以は保津川改修の普請支度に忙殺された。了以以外の一族は御朱印船の積荷の選定や梱包に精を出し、了以に目が向かない。

夏が過ぎ、三度目の交易許可の朱印状が角倉了以光好宛に届き、そして秋に長崎から御朱印船が安南に向けて出航した。

船が出てしまえば角倉一族の目は了以に注がれることになる。再び与一が了以の補佐をし、栄可四兄弟は了以の金銭の遣い道に目を光らせる。

栄可らは了以が購入を予定している保津川改修用の工具を記した一覧表を見て、その数と出費の多さに驚いた。工作具の一部をあげれば、鏨（たがね）、玄翁（げんのう）（鉄鎚）、鋤（すき）、鍬（くわ）、稲縄、モッコ、仮設用木材、轆轤（ろくろ）、釘、滑車、木車などである。

栄可らは了以を呼びつけ記された工作具のひとつ一つについて説明を求めた。

「舅（栄可）殿をはじめ幻也殿などは保津川をつぶさに検分なされたこと、ありましょうか」

集まった一族の者十数名を前にして了以は栄可らの問い掛けを無視して反問した。

「土倉と保津川の関わりは薄い。幼き頃行ったことはあるが、土倉に精を出すようになってからはない」

栄可は行かなかったのは当たり前、といった顔をした。

「ならば、これから保津川を見て廻ろうではありませぬか。そこで鏨や玄翁、轆轤などをどのように使い廻すかお話しします」

「そこまでしなくともこの場にて話してくれればそれでよい」

幻也に保津川を見る気などない。それは周三らも同じ思いのようだった。

「幻也殿は、『銭を貸す折は借り手の素性をよく調べよ』と常々申しているではありませぬか。一族の家運を懸けた川普請。大堰川、保津川の素性を知っておくことは一族にとって大事だと思えますが」

了以の言に幻也は返す言葉がない。

「ではこれから参ろう」

了以は墨衣の袖をひるがえして保津川の方向を指さした。

「これからだと。昼も近い。明日にしたらどうか」

友佐(ともよし)も気乗りしていない様子である。

「明日もむろん陽が昇る前から参ります。さあ参りますぞ」

了以の目が輝きはじめた。その目を見た栄可らは、諦めたように了以の後に従った。

（三）

了以が栄可らを伴って保津川を検分した日を境に、一族の了以を見る目は明らかに変わった。保津川沿岸を歩き、川中に突き出た岩を鑿や玄翁を使ってどのように砕くのかを微に入り細に亙って話す了以に一族の者は、その困難さを知り、それに挑む了以の熱情に驚嘆し、そして、〈利他行〉という言葉をそれぞれの胸に思い起こさせた。

慶長十一年（一六〇六）、一月。

石工や人足の宿舎、工作具収納庫、人足らの三食を賄う厨房、風呂、便所など、保津川改修を行う前に用意しておかなければならない施設を作り始めた。

手始めは桂川と天竜寺の間の空地に二十五棟の人足小屋を建てることであった。

それと同時に殿田、保津集落、嵯峨野の三ヶ所に設ける舟荷保管の倉、舟着き場、それに舟功賃、倉敷料などを徴収する屋舎などの築造も始まった。

了以のそばには与一が寄り添い、了以の手足となって動いた。

栄可の息子休和や幻也の息子休也も筒袖、裁着袴に着替えて朝早くから普請場に赴いて了以の指示に従った。

周三と友佐は改修に用いる工作具、建築資材（木材、釘、瓦等）の購入で京中を走り回った。

栄可は金銭の出し入れを一手に引き受けた。

二月の半ばになると、建て終わった人足小屋に了以が雇い入れの約束をしていた石工、およそ三百五十人が寝泊まりするようになった。その石工の賄いをする女たち十人も近隣の農家から集められた。

同じ頃、備前牛窓から木住小太郎が三十余人の船大工、水主を引き連れて嵯峨野角蔵の地に新たに設けられた仮屋に入った。

二月末、了以は大堰川沿岸の集落、田原、殿田、八木、世木などの百姓四百人ほどを人足として雇った。鋤鍬持参の百姓に了以は日雇賃のほかに賃借料を払うことに決めた。

川浚いや道作りなどの公の普請（土木工事）は徴用という名の下に無償で働くものと思っていた百姓たちにとって日雇賃ばかりか鋤鍬の賃料も払ってくれる、こんなうまい話はなかった。百姓たちは了以に感謝の言葉を惜しまなかった。それは了以にとって予想外の嬉しい事であった。

ただ彼らは三月から八月まで通しで働いてくれるということではなかった。なぜなら四月に田植え、八月に稲刈り、という百姓にとって最も大事な本業が控えていたからである。

了以が川の改修に雇い入れた者たちは、石工三百五十余人、人足（百姓）五百余人、大工百余人、鍛冶工三十余人、それに牛窓から加わった小太郎ら三十余人。さらに瓦工、泥工（壁塗り工）、賄いの女などで総勢千百人を超えた。

これらの人々に日雇賃を払う役は栄可が受け持った。日々出ていく銭は膨大な額で、栄可にとっては無駄銭を使っているようで身の細る思いがしたのだろう、これ以後めったに笑顔をみせなくなった。

了以が最も頭を痛めたのは寄せ集めの石工三百五十人を束ねる者をどのように選びだすかであった。

石工を雇うにあたって了以はひとり一人と面接している。大堰川流域の石工は筏流しと密接に関わっていて、しばしば筏問屋から大堰川、保津川の改修を請け負っていた。しかし保津川では岩や石を取り除くのに難渋し、死者を出して撤退している。そうした苦い経験から保津川改修については気乗りしない石工も多かった。

そうは言っても保津川の地形と急流の怖さを知っているのはこの川筋に住む石工である、此度の改修に彼らは欠かせない人材だった。

考えた末、了以は大堰川流域の石工で最長老の、重右衛門（じゅうえもん）に頼むことにした。長老といっても了以よりひとつ年下の五十二歳である。重右衛門は石工仲間から〈石曳きの重右（じゅうえ）〉と呼ばれ、安土（あづち）城築城に際して巨石を安土山頂に引き上げた男のひとりとして名を馳せていた。


保津川改修の起工式を二日後に控えた二月二十六日、休和が困り果てた様子で了以の許を訪れた。

「筏問屋の者から強い申し入れがあって、どうしてよいのかわからぬ」

休和は嵯峨野の舟着き場築造の責任者になっている。

休和によれば、渡月橋の上流に舟着き場を作る同じ場所に筏問屋が木材揚陸場を新設すると言ってきたとのことだった。

「木材揚陸場は渡月橋の下流側に以前からあるではないか。それをなにゆえ渡月橋の上流、しかも舟着き場予定地に新設しなければならないのだ。まるで嫌がらせとしか思えぬ。休和殿はその理由（わけ）を訊いたのか」

「むろん訊きました。その者が申すには『保津川改修が終われば筏流しは今より筏の長さと幅が大きくなり、流す回数も格段に多くなる。そうなると渡月橋の橋脚と橋脚の間を通り抜けるのが難しくなる、だから渡月橋の上流に移すことにした』とのこと」

「ならば舟着き場のさらに上流に移せば事足りるのではないか」

「舟着き場の上流に木材揚陸場を移せる余地などありませぬ。どちらかを下流側に作るしかないのです」

「筏問屋の者には断ったのであろうな」

「首を横に振りましたら、『そちらが譲れぬのであれば渡月橋を何とかしろ、さもなくば筏師は此度の保津川改修に折り合うこと能わぬ』とえらい剣幕。そうまで言われれば仕方ありませぬ、舟着き場は渡月橋の下流側に作ろうと思うのですが」

「舟着き場を渡月橋の下流側に持ってくれば渡月橋の橋桁が舟の支障となるぞ。舟に積む荷は背の高いものもある。渡月橋の下は通り抜けられぬ」

「ではどうすればよいのでしょうか」

「休和殿が考えてくれ。考えて考えて、よい案が浮かんだらわたしに教えてくれ。わたしも考える」

了以は休和と別れるとその足で秋水山房に向かった。昼時、冬は養生所から戻って中食をとっているはずだ。

思ったとおり、冬は秋水山房に戻っていた。了以は冬に休和との話を告げて、

「冬殿ならばどのように解決なさる」

と訊ねた。

「保津川改修に関わりのないわたくしになにゆえお訊ねになりますのか」

「筏問屋も休和殿も抜き差しならぬところで角突き合わせている。舟着き場築造の段取りは調っていてこれから位置替えするとなれば一からやり直しとなり、費え（銭）も余分にかかる。銭は角倉一族が心血を注いで稼ぎ出したもの。だからわたしを含めて角倉の者は損得を頭に入れて難事を片づけようとする。それではよい案など浮かばぬのだ」

「桂川の岸辺に立って眺める渡月橋は四季折々風趣があります。それを壊すように舟着き場と揚陸場が作られる。揚陸場と舟着き場の位置替えをしたところで渡月橋の風趣は損なわれたまま。春の桜、夏の鵜飼い、秋の紅葉を求めて渡月橋を渡る京人は幾万人。この方々を失望させぬためには渡月橋を今の地よりずっと下流に移すしかないのでは。とは申せ橋の移し替えには大枚の費えがかかりましょう。そのことを考えればわたくしの申したことは絵空事にすぎませぬ」

「絵空事、なるほど絵空事。そう言えば三年前まで保津川の岩を砕くことはわたしの宿望であり絵空事であった。それが冬殿の助言で現のものとなった。此度もよい話を聞かせてもらった」

了以は冬に笑みを送って秋水山房を後にした。


「渡月橋を架け替えて橋の高さを今よりずっと高くする。しかし橋の架け替えにはたくさんの銭が要ります。父（栄可）や叔父上（幻也）などは反対するでしょうな」

翌日、了以を訪れた休和は浮かぬ顔で自分が考え抜いた案を披露した。

「舅殿（栄可）を説得する自信はあるのか」

「ありませぬな」

なかば自棄（やけ）気味な口振りである。

「ではどうするつもりだ。投げ出すわけにはいかぬぞ」

「了以殿も一晩考えに考えたのでしょう。それを教えてくだされ」

「冬殿とこの件について話してみた」

「冬殿はこの改修に関わりはないでしょう」

「だからこそ話したのだ。冬殿は嵯峨野の人となって十年。嵯峨野に馴染んだひとりとして渡月橋をどう思っているか訊いてみたのだ。すると冬殿は『渡月橋は京内の人々から嵐山、小倉山、桂川と相まって四季折々憩いの場となっている。その渡月橋の上下流に木材揚陸場と舟着き場を設ければ憩いの場は無粋の場に変わるであろう』とそのようなことを申された。同じ所に橋を造り替えるだけでは無粋な場に変わりない。一層のこと今の地よりずっと下流に新しく架け替えればどうじゃ」

「下流のどの辺りに」

「桂川が広くなった所に中州があるだろう。その中州の地の利を生かして造ってみては」

「今の所より五、六町（約五百五十から六百六十メートル）ほど下流の地ですな。そうなると取りつける道も新たに作らねばなりませぬぞ」

「むろん丹波道の付け替えもする。橋には欄干も付け、橋桁も高くして野分の出水にも耐えられるものとする」

「口でいうのは容易（たやす）いでしょうが、造るための銭はどうするのですか」

「わたしは此度の御朱印船の利を保津川改修では使わぬよう考えていたが、その考えをやめることにして、渡月橋の新設築造に使うことに決めた」

「そうなれば自前の御朱印船を持つことはさらに一年延びます。果たして父（栄可）が認めてくれましょうか。父は毎日石工らに払う銭のことを思ってため息をついてばかり」

「舅（栄可）殿は休和殿が説得してくれ。舅殿を得心させられるのは実の子の休和殿以外に居らぬ。親子なら喧嘩も話し合うことも仲直りも能（あた）わぬことはない。わたしと舅殿では遠慮もある。また双方に譲れぬところは譲れぬという矜持（きょうじ）もある。わたしでは無理だ。どうか休和殿が舅殿と膝を突き合わせて話し合ってくれ」

　了以は深く頭をさげた。

第十章　通舟

（一）

三月一日、保津川改修が始まった。

改修は大きく三つの工区に分けることにした。

一工区は、大堰川の殿田から保津川の始点となる保津集落まで五里（二十キロ）の河川内改修とその沿岸に敷設する綱道の築造

二工区は、保津川の始点保津集落より終点の渡月橋まで三里（十二キロ）の河川内改修

三工区は、保津川沿いに設ける綱道三里（十二キロ）の築造

一工区は、改修距離は長いが平素より筏問屋が川浚いを繰り返していた区間なので除くべき大石は

二十数個である。また綱道も距離は長いが敷設に困難を伴うような所は少ない。ここの改修と綱道敷設工事には石工百人、人足（百姓）百人を充てた。

組頭は大堰川の中流に位置する八木集落で里長（さとおさ）をしている市助に頼んだ。市助は里長であるが筏問屋の一員でもあって大堰川を知り尽くしている。

二工区は、保津峡谷を急流で下る難所で、流れの方向が北から南、あるいは南から北に一気に変わる曲所が五ヶ所ある。

保津川の起点（保津集落）と終点（渡月橋）の中間あたりに〈朝日ヶ瀬〉と呼ばれる急流がある。そこに巨岩が突き出ている。何人もの筏師がこの大岩を避けきれずに筏を激突させ川中に投げ出され命を失っている名代の難所である。

川中に突き出た岩は朝日ヶ瀬だけではない。朝日ヶ瀬より上流の〈子鮎の瀬〉や〈金岐の瀬〉近辺、さらに清滝川が合流する〈落合〉の近くなど全部で四ヶ所ある。岩だけでなく取り除くべき大石も九ヶ所ある。

ここに従事する者は石工二百五十余人、人足は二百余人。束ねるのは重右衛門である。

三工区は、渡月橋東詰めの船着き場から保津集落の舟着き場までの綱道敷設である。

綱道を岸辺のどこに敷設するかはすでに木住小太郎と綿密に打ち合わせして決めてあった。この工事には人足（百姓）四百余人を当てた。

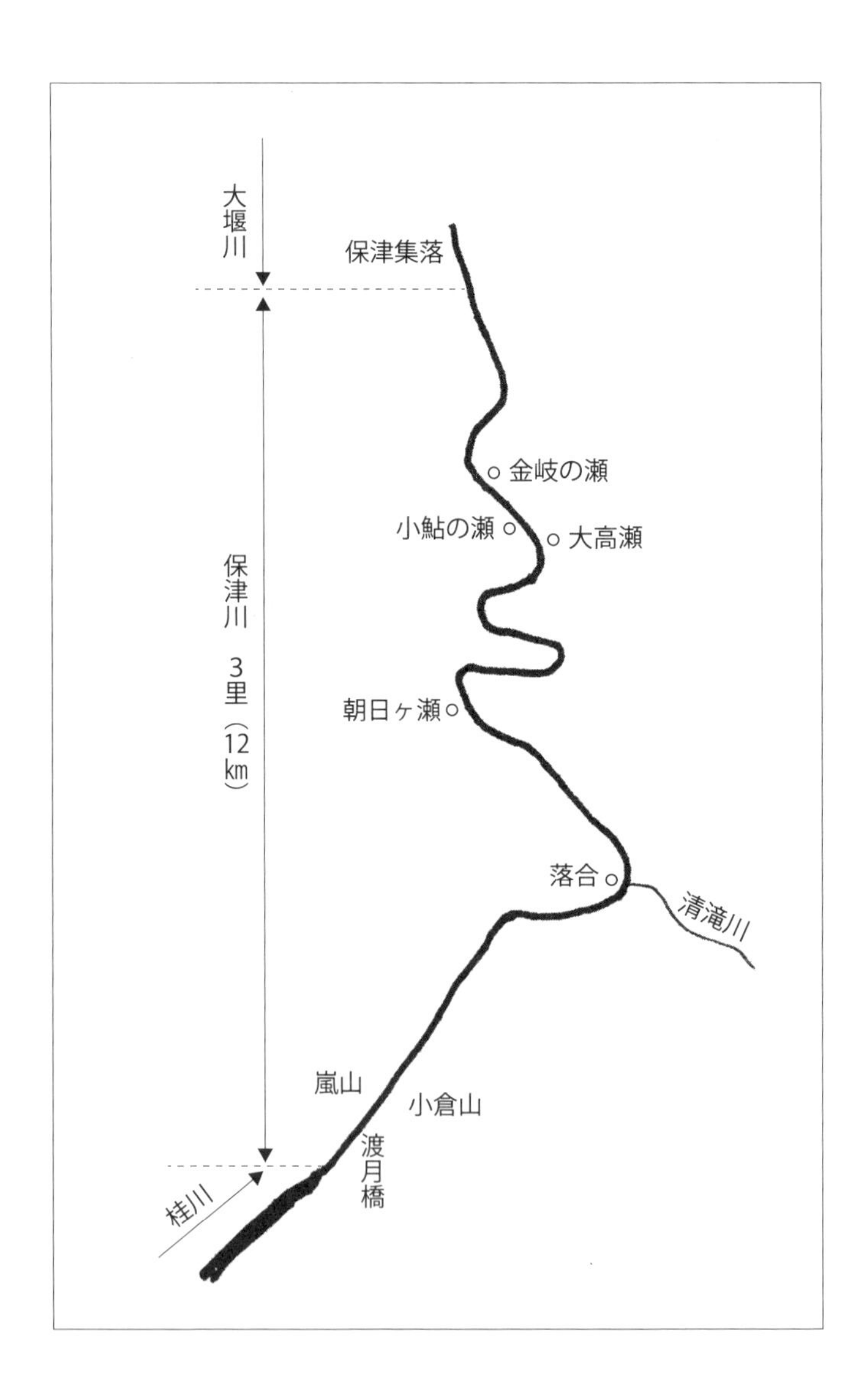
大堰川
保津集落
金岐の瀬
小鮎の瀬
大高瀬
保津川 3里（12㎞）
朝日ヶ瀬
落合
清滝川
嵐山
小倉山
渡月橋
桂川

組頭は三五郎に頼んだ。三五郎は先の百姓らの会合で了以と顔見知り、その誠実さと意志の強さを見込んで了以が口説き落とした。四十過ぎの男である。

この三つの工区以外では舟荷を一時収納する倉、倉敷料と舟功賃を徴収する屋舎（おくしゃ）、それに舟着き場（殿田、保津集落、嵯峨野）の築造などがある。

それとは別に新しい渡月橋を今の地より下流の地に造ることも休和の努力によって見通しがついた。これは丹波路を付け替えることから京都所司代の板倉勝重の了解を得たうえでの工事となった。

なお木材揚陸場の位置変えは渡月橋移設によって中止となった。

（二）

二工区は川中の大石を取り除くことから始められた。

まず大石の近辺の岸辺に轆轤（ろくろ）を据えた。人足が流れに入り大石に太綱を何本も掛け、轆轤で巻き上げて岸辺まで引き寄せた。そこで大石を石工が小割りにする。

石には石目というものがあって、その石目に鏨（たがね）を打ち込み割り裂いていく。しかし差し渡しが六尺（一メートル八十センチ）を超える石となると鏨と玄翁だけでは砕けない。石目に沿って鏨で穴を穿（うが）

ち、その穴のひとつ一つに矢（鉄の楔）を打ち込む。打ち込み終わったら、大鎚（ハンマー）で矢を一本一本、力一杯たたき込んでいく。すると石はきれいに二つに割れる。それを繰り返して小割りした砕石を人足が背負い籠に入れて運び出す。

その一方で了以と重右衛門は川中に突き出ている岩をいかにして砕くかに頭を絞っていた。

了以と重右衛門は石工を集めて岩を取り除く術についての意見を求めた。

水面から突き出た部分については多くの石工から提言があった。それは皆同じもので、〈岩の頂に柴を高く積み上げ、それに火を点け燃やす〉というものだった。これは古来より大岩を砕くのに用いた工法のひとつとして知られていた。

「川面に突き出た箇所を砕く術はわかった。では水面下に残った岩をどのようにして砕けばよい」

了以が思案顔で質した。

「岩の周りを堤でぐるりと囲み、堤内の河水を汲み出して空っぽにして岩を砕けばよかろう」

ひとりが心得げに告げた。

「保津川の川幅は狭い。堤でぐるりと囲めば河道そのものを塞いでしまうぞ」

「保津川は急流をもってその名が知れ渡っている。その川に堤など築けるはずもない」

「冬になれば河水は減る。そうなれば堤を設けられる。冬まで待てばよかろう」

「冬場になれば筏流しが始まる。堤を作れば筏は通れぬ。そんなことを筏問屋が認めるわけがない」

「ならば水中に没した岩をどのようにして砕くと申すのだ。ほかの手立てがあるなら聞きたいものだ」

そこで石工らの遣り取りは途切れた。

「皆の話はわかった。わたしは三日の間、普請場を留守にする」

了以は告げて石工たちを持ち場に返した。

「三日間も普請場を留守にして何をなさるおつもりか」

石工らが去って了以とふたりになった重右衛門が不審な顔を向けた。

「石工たちの考えでは水面下の岩を砕けぬことがわかった。そこでわたしが岩を砕く算段を見つけようと思う」

「見つけ出せますのか」

「角倉家には多くの蔵書がある。その蔵書の中に石や岩に関して記したものも何冊かある。幼き頃、それらの幾冊かを何度も何度も読んだ。その中に水中の岩を砕く術(すべ)が記されていたような気がする。しかしあまりに前のことだから今となってはどのような術をもって砕いたのかは思い出せぬ。そこで幼き頃読んだその本を探し出して読み返してみようと思うのだ」

「はたしてその蔵書はみつけられますのか」

「ともかく探してみる。三日後、重右衛門殿に再びここで会おう。それまで石工らをよろしく使い回してくれ」

重右衛門と別れた了以はその足で称意館に赴き、二日の間、籠もった。

三日目、了以は再び重右衛門と会った。

「蔵書はありましたか」

「あった」

「では岩を砕く算段に目途がついたのですな」

重右衛門は早く話してくれと頼むように了以に一歩近づいた。

「目途はついたが今ひとつ合点がいかぬ」

了以は首をひねって応じた。

「岩を砕けなければ保津川改修は不首尾に終わりますぞ。ここはなんとか了以様によい案を出していただかねばなりませぬ」

「案ずるな。岩を砕くのが幼い頃からの宿望、すなわち夢だったのだ。今、わたしの心底はその宿望を果たそうとする思いで滾(たぎ)っているのだ。必ずや岩を砕ける算段を確かなものにしてみせる」

「合点がいかぬところはどのように手立てなさるのでしょうか」

「明日、近江、穴太の郷に参る」

「穴太の郷をご存じなのですか」

「実は保津川改修に当たって戸波鷹之助殿と申す里長に石工の指導を頼もうと穴太の郷を訪れたことがあった」

「戸波様の許へ参られたのですか。して鷹之助様はなんと」

重右衛門の目が見開かれた。

「断られた。もし受けてくだされていたら、戸波鷹之助殿がここの石工を束ねていたことになる」

「わたしは鷹之助様の下で岩を砕きたかった」

「戸波殿を存じているのか」

「存じているもなにも、あの方の導きでわたしは安土城の石垣を積んだのです。わたしが〈石曳きの重右〉と人々から持てはやされるようになったのは鷹之助様の下で大石を曳いたから。戸波鷹之助様は吾等石工にとっては神様のようなお方」

「その戸波殿にわたしの合点がいかぬところを解いていただこうと思うのだ」

「是非、そうなされませ。鷹之助様なれば必ずや解き明かしてくださりましょう。それにしても鷹之助様にお会いできるとは。わたしも一緒に参りたい」

重右衛門はさもうらやましそうに口をすぼめた。


翌早朝、了以は穴太の郷へ向かった。

近江、穴太への道を辿るのは昨年九月以来二度目である。

戸波鷹之助の館は前と同じようにひっそりとしていた。通された部屋も同じで琵琶湖が望める。

了以は保津川改修を始めたことを告げた後、

「これは当家が明から持ち帰った蔵書〈治水術余談〉の中から見つけ出した岩を砕く術に関する一文を写しとったもの。しかしながらわたしはこれを読み解けないのです」

そう告げて懐から半紙を取りだして鷹之助に渡した。

半紙には〈鉄柱を天より突きおろし河水に没した岩を砕く〉と認めてあった。

一文を何度も読み返した鷹之助はしばらく腕を組んで考えていた。了以は比叡下ろしの風を帆に受けた荷船が西から東へ湖面を滑っていくのを見ながら待った。

「あれから何年経つのか。今はもう取り壊されてしまいましたが、琵琶湖、坂本の地に明智光秀様が城を築きました」

やや経って鷹之助が昔を思い出すように呟いた。

「前回訪れた折、その坂本城が戸波様の最初の城作りだったと聞き及んでおります」

「坂本城には湖(うみ)の一部を取り入れた港がありました。その港の中に大きな岩が湖底から湖面近くまでそびえておりました。この岩を砕かなければ港に船は入れませぬ。光秀様の命でその大岩を砕くことになりました。その折、用いたのは長さがおよそ三尺（約九十センチ）、太さ（直径）一尺（約三十センチ）ほどの鉄棒(くろがねぼう)でした。この鉄棒の一端を尖らせ、もう一方の端には一間四尺（約三メートル）ほどの木製の柄(え)をつけました。この一文が述べるような鉄柱です。わかりやすく申せば巨大な刃先を備えた槍のような形」

鷹之助はそう告げて座を立つと別室に行って半紙と矢立の硯(携帯筆記用具)を持って戻ってきた。元の所に座すと半紙に鉄棒の図を描き、そこに寸法を書き加え、了以に渡した。

「一体、どれほどの重さがあるのでしょうか」

半紙に目を通した了以が訊いた。

「使用した鉄の量からすればおよそ百三十貫（約五百キロ）」

「すごい重さですな。で、どのようにして水面下の岩を砕くのでしょうか」

「柄尻より一間ほど下方に何本もの綱を結びつけ、その綱の端を各々の人足が持って上方に高く引き上げ、一気に落下させて岩を砕きました。柄に結び付ける綱は十五、六本になりましょうか。ですから綱を引き上げる人足も十五、六人になります」

「鉄棒を高く引きあげる術をお教えくだされ」

「浮き櫓を組んで、その天辺に径が二尺（約六十センチ）ほどの鉄の輪を水平にしっかり取り付けます。この輪の中に木製の柄を差し込み、同じように柄に付けた綱もその輪の内から通し下に垂らします」

「お待ちください。浮き櫓とはいかなる櫓でしょうか」

「岩を取り囲むようにして丸太で組んだ高い櫓のことです。櫓の周囲には足場を設けます。あたかも水面に浮いているかのように見えることから名付けられました。その浮き櫓の足場に並び立った人足が綱の端を握って気を合わせて下方にたぐり寄せると鉄棒は鉄の輪に差し入れられた柄と共に櫓の天端まで上ってゆきます。天端に達したら一気に綱を離します。鉄棒は天から降ってきたかの如く水中の岩に当たります。これを何回も繰り返すうちに岩は砕けます」

「〈鉄柱を天より突きおろし河水に没した岩を砕く〉とはまさにこのこと」

了以は鷹之助を伏し拝むようにして感嘆の声をあげた。

「ただ心得ておかなくてはならぬことがあります。鉄と石、角倉様はどちらが硬いと思われますか」

「石工は鑿を持って石を砕きます。さすれば鉄ではありませぬのか」

「一概に言えないのです。石には鉄より硬いのも柔らかいのもあります。保津川の岩がどちらであるかご存じか」

「そのようなことと思ってみたこともありませぬが実に興深い話ですな」

了以の目が光り出した。

「石工が手にしている鏨。それを毎日研いでいるようであれば砕いている石は硬いのです」

「確かに業が終わると石工たちは競って鏨を研いでおります」

「そうなると少々厄介なことですな」

「鉄棒では硬い石が砕けないと」

「鉄棒の先は尖っています。岩が硬ければ先が曲がってしまい、うまく砕けないのです」

「坂本城では？」

「硬い岩でした。棒先が曲がり、役に立ちませんでした」

「なんと砕けなかったのですか。すると港に船は入れなかったのですな」

「いえ、鉄棒に仕掛けを施して砕きました」

「どのような仕掛けを」

了以は鷹之助の方へ上体を傾ける。

「鉄を石より硬くする仕掛けです。ご存じのように刀は刃となるところを鋼で造ります。鉄棒の先も鋼で造ればよいのです。だが刀鍛冶は刀を造ることには長けていますが、太さが一尺もある鉄棒の先端に鋼を埋め込むことには不慣れです。しかしなんとかなりましょう。お渡しした図をもとに角倉様がお造りなされ。前回ここに参られた折、角倉様が眼の奥に宿していた光は前にも増して強くなっております。必ずや岩を砕けましょう」

鷹之助は穏和な顔で諭すように言った。

嵯峨野に戻った了以は雇い入れた鍛冶工らを集め、鷹之助が描いた図を見せて、鉄棒を造るよう頼んだ。

鍛冶工は鋤や鍬など小物を造るのを専らにする者ばかりで、径が一尺、長さが三尺もある大物を造ったことがない。また百三十貫もの鉄を一度に溶かす炉もなかった。了以は鍛冶工五人と泥工三人を選んで大きい炉を造らせ、鉄棒の制作にあたらせた。

鉄の手当ては経理担当である栄可に頼むことにし、栄可の許を訪れた。

「鉄、百三十貫だと」

このところ出費が重なるので栄可の顔はすこぶる渋い。

「鉄を買い入れてくれ、と頼んでいるわけではありませぬ。四月から八月末まで借りてくだされればよいのです。改修が終わりましたら鉄棒を炉で溶かして借りた折の形に戻してお返しします。つまり百三十貫の鉄を五ヶ月の間、賃料を払って借りてくれればよいのです。賃料であれば買うよりはるかに安い」

「まて、よい案が浮かんだ。今年も秋に御朱印船を安南に出航させることになろう。そうなれば安南へ運ぶ品として鉄もある。その鉄を明日にでも買い込んで、それを使うことにする。さすれば賃料も要らぬ」

才覚に長けた栄可であればこその妙案だった。

鉄棒が仕上がるまでの間、水面から飛び出た岩を砕くことにした。

そこで了以は重右衛門と諮って二百五十人の石工を四組に分けた。ひと組六十人余である。砕くべき岩は四ヶ所、ひとつの組がひとつの岩に挑むことにしたのである。

岩と岸辺を繋ぐ足場を作り、それを利用して柴を運び岩の上部に積み上げた。それから柴に火を点ける。柴は勢いよく燃え上がった。一刻ほどで柴は燃え尽きた。岩が冷めるのを持って石工が鑿と玄翁で岩の上部を砕く。焼くことによって岩の頂部から一尺（三十センチ）ほどの下部まで労せずして砕けるのである。そこでまた柴を積み上げ火を放ち、燃え尽きるのを待って破砕に入る。このくり返しで水面すれすれまで岩を砕いた。

四つの岩が水面上から姿を消すと、次は岩を囲むようにして丸太で高い櫓を組んだ。戸波鷹之助が教えてくれた〈浮き櫓〉である。

四月十日、鉄棒が仕上がった。

百三十貫の鉄棒を轆轤と修羅（頑丈な木製の橇）を用いて浮き櫓まで運び、据え付けた。

一段落ついた了以の許に三工区を担当する三五郎から緊急の呼び出しがかかった。

綱道の敷設現場で了以と落ち合った三五郎は、

「ここに参るはずの者の半数ほどが今日は顔をみせておりませぬ」

渋い顔で告げた。

「この普請場で従事する百姓は二百余人、すると百人ほどが来てないということか」

「ご存じのようにこれから五月にかけて田植えが始まります。おそらく今日顔を見せている方々も遠からず休むことになりましょう。わしも田植えをしなくてはなりませぬが、綱道普請を休むわけにもいかず、やきもきしているのです」

「田植えが終わるのはいつ頃になりますか」

「十日ほどで終わりましょう」

「ともかく普請は続ける。遅れても致し方ない。皆が戻ってくればその遅れも取り戻せよう」

「幸いなことに綱道普請はこれから峡谷の岩を削ったり、岸辺に砂利を敷いて平に均したりの業に入ります。また二ヶ所、切れ込んだ斜面と斜面の間に橋を架けなくてはなりませぬ。これらは石工や大工が為すもの。人足（百姓）の代わりに石工と大工をこの普請場に寄こしてくだされ」

「ちょうど大堰川の普請が終わったところだ。明日からでもその手をここに回そう。石工は百人ほどだがそれで何とかなりそうか」

「それでとりあえずやってみましょう。で大工は」

「それも暫時手当てする。気づかずに申し訳なかった」

了以は恥じるように頭をさげた。

「この綱道の普請をわしが引き受けたのは大堰川、保津川に舟が通ればわしの郷（世木集落）の百姓らが米を京に運ぶ手間が格段に楽になるから。しかしそれよりもわしを強く動かしたのは了以殿の聖のような損得抜きの心意気にほだされたから。ここに参集した百姓らはわしと同じ思いの者ばかりでございます」

三五郎の声は秘密でも打ち明けるかのように低かった。

（三）

五月上旬、保津川の上空はよく晴れて、そそり立つ峡谷の岩肌が白く浮き上がって見えた。河水が笹濁りなのは前日に降った雨の所為(せい)である。

二工区は二つ目の岩を砕くため人足らが岩の周囲に丸太を組んで櫓を建てている最中だった。作業に没頭しているためか誰ひとり川の流れに異変を感じた者はいなかった。笹濁りの色がわずかに濃くなって泥色に変わるまでにさした時はかからなかった。そして水嵩(みずかさ)が見る間に増え、浮き櫓を組んでいる大工と人足（百姓）らを流し去った。一瞬のことであった。

二名が溺死、十五人が骨折や打撲などの怪我、ほかの者は自力で岸に泳ぎ着き事なきを得た。

怪我人は直ぐに養生所に送られた。その中に重右衛門も含まれていた。

冬は蓑輔に手伝わせて怪我の治療に当たった。骨折は腕、脚、胸など多岐にわたっていて増水が並みのものでなかったことを物語っていた。重右衛門は脚部に傷を負ったが、十日ほど休めば普請現場に戻れる、との冬の見立てであった。

二名の溺死者が発見されたのは渡月橋の東詰、流れがゆるやかになる木材揚陸場付近だった。遺体は茂助に預けられ、衣服を正したうえで親族に引き取ってもらった。

了以は遺族に弔慰金を、怪我人には怪我が治るまでの間、日雇賃と治療費を払うことにした。

なぜこのような惨事が保津川で起きたのか、了以は再発を防ぐためもあって、与一に調べさせた。

それでわかったのは、あの日、保津川流域の上空は晴れていたが、そこから四里（十六キロ）上流の殿田から広河原までの大堰川流域に、昼直後、大量の雨が降っていたということだった。上流で豪雨、下流で晴天、古来よりこうした現象で河川工事に従事する者の多くの命が失われた。このことを了以らは見落としていたのだ。

了以は深く悔いたが失った命は戻らない。この時、了以は戸波鷹之助の、〈なぜ石工が死なねばならなかったのか、それを考えてくだされ。考え抜いて死の因を突き止め、改修にその考えを生かしてくだされ。それが死んでいった者への唯一の供養です〉と述べたのを思い出した。

了以は考えた末〈普請目付（めつけ）〉という安全管理の役を設けて与一に一任した。

役目は作業場の危険箇所をみつけて注意を喚起し、改善を組頭や人足に要請することである。組み立てた足場の安全、高所作業での身の確保、飲酒での作業、体調不良など、目を光らせるところは山ほどある。人というものは自分に落ち度があっても注意されれば腹が立つものである。まさにそうした損な役が普請目付であったが与一は快く引き受けた。しかし普請目付がどんなに目を光らせても事故は起こるものである。起こった時、その責を了以父子が負うことによって人足らは了以父子を信用し、改修に邁進してくれる、そう了以は考えたのだ。

惨事が起こった数日後、梅雨に入った。激しい降り方ではないが保津川の水量は増して流れが速くなっていく。川を相手の工事で一番厄介な季節となったが休止は望外のこと、それに農繁期で一時普請を抜けた百姓らが戻ってきていて、その手を遊ばすわけにはいかなかった。

二工区は重右衛門の代わりに了以が指揮を執って続けられていた。

墨衣に身を包み、荒縄を帯代わりに巻いて首に数珠をさげた了以が浮き櫓の一段高い所に立ち、

「エンヤー」

と十五人の人足に声をかける。人足らはその声に鼓舞されて鉄棒(くろがねぼう)の柄に付けられた綱を握り、力を合わせて曳く。鉄棒は浮き櫓の天端へとすこしずつ引き上げられる。了以が鉄棒をにらみ据える。天端に達したその時、

「放て」

了以が叫ぶ。人足らが綱を手から離す。百三十貫(五百キロ)の鉄棒が垂直に落下し、水面下の岩に激突した。一瞬、浮き櫓が揺れる。それを十数回くり返して後、腰に命綱をつけた人足が砕かれた岩片を水中から岸へ運び出す。運び終わると再び了以の音頭で人足らが綱を曳く。こうして尺取り虫のように岩の表層を粉砕し、水面から三尺(約九十センチ)下まで砕いた。水深を一尺半(約四十五センチ)以上を確保するように、小太郎からきつく申しわたされている。それを三尺の深さまで岩を砕いたのは今が保津川の増水期であるからだ。冬場の渇水期になれば水深が今より一尺三寸(四十セ

ンチ）ほど低くなる。そのことを予測しての岩砕きなのだ。

同じ頃、小太郎率いる木住衆が考え抜いて練り上げた保津川舟の仕様が決まった。その主なものは、

・長さ　六間四尺（約十二メートル）
・幅　舟中央部　四尺九寸（約一メートル五十センチ）
・舷高（舟の側面高）二尺（約六十センチ）
・舳先を高くする
・強固でしなやかな舟底材を用いる
・舳先部の側面（舷）に小穴を設ける

というものだった。

舳先を高くするのは激流に大きく上下する舟内に河水が入らぬためである。

小穴を設けたのは次の理由からである。

一度下った舟は舳先に取り付けた綱を人足（舟子）が曳いて綱道に沿って引き上げるのだが保津川には綱を曳くだけでは引き上げられないほど流れが急な箇所がある。そうした急流箇所では船曳人足（舟子）に与力する必要がある、そこでこの穴に横棒を通し、人足がこの棒を抱えて舟を上流に押し

上げ、舟子に力を貸すのである。小穴を〈メアナ〉、そこに差し込む棒を〈ハナボウ〉と呼んだ。

一方、大堰川舟はどこにでも見られる高瀬舟と変わらぬ仕様となった。

殿田でこの舟に積んだ荷は大堰川を下り、保津集落の舟着き場に着くと保津川舟に積み替えて保津川を下り、嵯峨野の舟着き場まで運ばれる。そこで下ろされた荷は、陸路で京に運ばれるか、再び桂川専用の高瀬舟に積み替えて淀、伏見、大坂へと運ばれることになる。


六月中旬、梅雨が明けると晴天と暑さが続いた。

二工区の岩砕きは三ヶ所目に入っていた。重右衛門も普請場に戻り、浮き櫓の上に立って人足らを鼓舞して廻っている。

三工区の綱道敷設工事では一里半超（七キロ）が完成し、残すところ一里半弱（五キロ）となった。
二、三工区は工期の半分ほどを過ぎて佳境に入ったのである。
盛夏、照りつける陽光の下で千百余人の人足、石工、大工などがそれぞれの持ち場で汗を流す。京の外れであっても嵯峨野は盆地に属する。四方の山から吹き下ろす風は熱風となって普請場に吹きつけた。

（四）

冬は〈この夏は例年に比べるとずっと暑い。病人が衰弱しなければよいが〉と案じながら診療にあたっていた。そこへ茂助が顔を出した。

「昨日、人足が普請場で四人も亡くなりました。そして今日もひとり」

茂助は待っている患者を憚るように小さな声で告げた。大堰川、保津川改修工事での事故死者は茂助が扱うことになっている。

「死因は？」

石に押し潰されたか、保津川で溺れたか、あるいは保管倉庫などの築造現場での高所からの墜落か、と思いながら訊いた。

「暑気中り、だとか。冬様、暑気中りで人はそのようにころころと死ぬものなのでしょうか」

茂助は首をかしげる。

「このこと了以様はご存じか」

「昨日、お報せしました。了以様は、普請中、体調がおかしいと思ったら迷わず、ここに来るよう全ての者に申し伝えました。ですから今日からは冬様の許に多くの人足らが押しかけるやもしれませぬ」

そう言い終わらぬうちに、蓑輔が初老の男を抱えて養生所に入ってきた。一見して保津川改修工事に携わる百姓だとわかった。蓑輔は茂助に手伝わせて男を診察台に寝かせた。

冬が男の身体を触ってみると熱い。脈をとった。異常に速くしかも微弱で暑気中りに似た症状である。ならば涼しいところで安静にしていればやがて呼吸が調い、気力も戻ってくる。薬を服用させることもない、そう見立てた冬は、養生所の風通しのよい一郭で水を飲ませて安静にさせるよう蓑輔に頼んで、診察台を空けてもらい、次の患者の診療を続けた。

それから半刻（一時間）後、男は息を引き取った。冬が手当てをする間もなかった。冬にとってこれは衝撃的なことだった。見立てを誤ったとは思えなかった。普請場で冬の知らない流行病が蔓延しはじめたのか、と思って死んだ男を仔細に調べてみたが、腹部にも胸部にも異常は見られなかった。

翌日から茂助が伝えたように、暑気中りに似た症状の人足らが何人も養生所を来診するようになった。

四日、五日と経つうちに養生所に連れてこられた人足の中から三名が死去した。冬にはどう見ても暑気中りで死んだとしか思えなかった。それはここ十日ほど続いている猛烈な暑さのためかもしれないと、気づいた時、猛暑は終わって例年の夏の暑さに戻った。しかし養生所には相変わらず暑気中り、だと称して人足らが押しかけてくる。冬はその対応に追われた。ただ幸いなことに猛暑が去った日から暑気中りでの死者は出なくなった。

診療を終えて秋水山房に戻った冬の許に栄可と了以、それに与一が顔をみせた。

「冬殿にひとつお訊ねしたい。これは冬殿が保津川の普請で怪我を負った者や病になった者の診療代を支払うようわし宛てに届けてくれた明細書。これを見ると随分と患者の数が多い。冬殿はそれをどう思われる」

栄可の厳しい顔が冬に近づいた。

「今日も普請に携わる方々三十人近くが養生所に参りました。怪我よりも暑気中りで訪れる方々の方が多いのです。なるほど、と思える暑気中りの方も居りますが、真（まこと）、暑気中りなのかと疑われるような方もおられます」

「そこだ」

栄可が手を打って、

「暑気中りと称して養生所を訪れた人足らの中に、施療を終えたにもかかわらず普請場に戻らず桂川のほとりでぶらぶらし、夕刻になって素知らぬ顔で普請場に戻る。それがひとりやふたりではない。そのこと冬殿はご存じか」

「患者が養生所を出たあとのことはわかりませぬ。ただ暑気中りだと見立てた方には体調が整うまで休息するよう申しております」

まるで普請場に真っ直ぐ戻らないのは冬の所為（せい）だと言わんばかりの栄可に冬は強く言い返した。

「舅殿は人足に日雇賃（ひよう）を払う立場。一日の普請が終わった折に出面（でづら）があれば日雇賃を払うことになっています。ですから桂川あたりで刻（とき）をやり過ごしてから普請場に戻った人足にも日雇賃を払うことになります。舅殿はこれを見過ごせぬとご立腹。冬殿に談判すると申して利（き）かないので、わたしと与一が付き添って秋水山房を訪れた次第」

了以は冬に謝るように苦笑しながら頭をさげた。

「わしの目が黒いうちは働かぬ者に銭は払わぬ。そうでなくとも吉田・角倉の財は此度の普請で目に見えて細ってきているのだ。そこで申すのだが、暑気中りと申して養生所を訪れた者の中で軽い症状の者は見立てをせずに追い返してほしい。でないと冬殿に診療代は払えぬ」

「了以様もそのようにお考えでしょうか」

体調をくずしたら迷わず養生所に行くようにと人足全員に言い渡したのは了以である。

「大堰川、保津川の普請が滞りなく終わるなら舅（栄可）殿が払わぬと申す者たちに日雇賃を払ってもよいと思っている」

「そのような輩に治療代はおろか日雇賃も払うつもりはない。財布の紐を握っているのはわしだ。組頭にもう少し監視の目を養うように申しつけるのが了以の務めではないのか」

栄可が声を荒げた。

「蟻の話で恐縮ですが、お聞きいただけますか」

与一が唐突にふたりの会話に割って入った。

「このような折に蟻の話など無用。それより了以の返答を聞こうではないか」

「そう申さずお聞きくだされ。これは藤原惺窩様から聞いた話ですが」

「惺窩殿からの話は小難しい、後にいたせ」

栄可が蠅を追い払うように手を横に振った。それを見て冬は思わず笑いそうになった。

栄可と了以は従兄弟同士の間柄である。その栄可の娘が了以の妻、与一は栄可の弟幻也の娘を嫁にしている。腹にあるものを隠して話すなど無用な仲、血が濃すぎるのだ。周りから見れば喧嘩腰に見えるが三人にとってはこれが当たり前、そう冬は思った。

「蟻はせっせと巣穴に食べ物を運びます。一列になって暑い日中をせっせと運びます」

栄可が後にいたせと言ったのもなんのその、与一は話し出す。

「人足らも蟻のように誰ひとり養生所などに参らずせっせと普請に精を出してほしいものだ」

何をくだらぬ話などするのか、といった栄可の口振りだ。

「ところがせっせと働く蟻は全体の八割」

「あとの二割はどうしているのだ。まさか暑気中りで養生所に参っているなどとからかうのではなかろうな」

知らぬうちに栄可は与一の話術にのせられている。

「蟻に暑気中りがあるとは聞いておりませぬが、後の二割は遊んでいるとのこと」

「遊んでいる蟻などに用はない」

栄可が自分の思いを蟻に託して言い返す。

「これに興をもった儒学者が働かぬ蟻を捕まえて取り除き、働く蟻だけにしました」

「残った蟻の全てが働き続けた、そうであろう」

栄可はさもありなんと言った顔で頷く。

「ところがそのうちの二割がまた働かなくなりました。これを何度繰り返しても二割の蟻は働かなかったそうです」

「おまえの言いたいことはわかった。しかし蟻と普請場の者らは違うぞ」

「いえ、同じかもしれませぬ。普請場の方々の多くは真っ当に働いて日雇賃を手にしていますが一握りの者はどうすれば働かずして銭を得られるか知恵を絞って普請に加わっておるやに思えます。そういう方々は父やわたしや組頭がどんなに目を光らせても怠け通して日雇賃にありつくでしょう。ところが彼らが普請場で疎まれているかと申せば、そうではなく、とげとげしくなりやすい普請場の気を和らげ、そこに居る者たちにやる気を起こさせてくれるのです。もし彼らが抜ければ普請場は殺伐としたものになるやもしれませぬ。それに祖父上、財布の紐を今さら締めたところでさしたる倹約にはなりますまい。ここで余計にかかった分は通舟後に徴収する倉敷料（保管料）や舟功賃（通舟料）に上乗せして回収すればよいのではありませぬか。人足全てに、『身体に異変を感じたら迷わず養生所に行け』と父が申し渡したのです。それを今さら取り下げれば、一族の沽券にかかわりますぞ。大目に見てやってくだされ」

「了以、おまえは孫（与一）をこのように口上手に育て上げるために藤原惺窩とやらの許に通わせ儒学を学ばせたのか」

　とうとう冬が笑い出した。冬は親子三代が言いたいことを言い合う姿をしみじみとうらやましいと思った。そうして父母が生きていれば自分は最上家の然るべき家臣を宇月家の婿に迎え入れ、わが子をもうけていたかもしれない、とも思った。

「冬殿を困らせるために秋水山房に参ったのではない。本音を申せば、暑気中りで死んだ者を真に哀れだと思っている。死者の家族には今後の生計が立つまで銭を払い続ける所存だ。そういう家族に少しでも多くの銭を払うためにも、暑気中りだと称して普請を逃れ、日雇賃にありつこうとする輩は許せぬのだ。わかってくれるだろう、のう冬殿。とは申せわしは吉田・角倉の財を減らしたくないと思っているのも本音だがな」

栄可は冬をのぞき込むようにして笑いかけた。その笑顔は童（わらべ）のように屈託がなかった。冬はこの時、栄可の人となりを見たような気がした。三人の妾（おんな）との間に七人の女（むすめ）をもうけ、その女たちを育て上げて嫁がせた。妾三人は不孝なことに死去したが、その三人は栄可に感謝しながら身罷ったと本妻から冬は聞いていた。本妻の言によれば、三人は特別に男を惹きつけるような美貌の持ち主ではなかったらしい。栄可と妾がどのような経緯でそうした関係になったのかを妻女は話してくれなかったが、妾たちは心底栄可を慕わしく思っていたとのことだった。妾三人と女（むすめ）七人を家族と全く差別せずひとつ屋根の下で暮らした妻女もすごいが、栄可が妻妾四人から恨まれもしないで今があるのは、心の赴くままに隠し隔てのない心内を吐露し、屈託のない笑顔を惜しみなく妻妾にみせていたからであろう、と冬は思った。

（五）

七月に入ってすぐ、立て続けに野分（のわき）（台風）が京を襲った。

最初のは前日にそれらしい雲と湿った風から来襲を予測できたので普請場ではそれなりの対応をした。しかし次の野分は全く予兆がなかった。前日、無風晴天だった。その日の普請が終わって暗くなると同時に風が吹き始め、やがて雨が降り出し、夜半には暴風雨となった。了以も与一もまた組頭たちも野分だと気づいた時は、保津川に近づくこともできなかった。

翌早朝、晴天の下に見た浮き櫓は跡形もなく流されていた。四ヶ所目の設置でこれが最後の浮き櫓となるはずだった。幸いなことに鉄棒はまだ櫓に取りつけてなかったので流失は免れた。また新設中の渡月橋の橋材も一部が流失した。殿田、保津集落、嵯峨野に築造した舟着き場は濁水に没したが持ちこたえた。

大きな被害を受けたのは保津川の綱道だった。綱道は川岸に沿って作られているので増水すると水没してしまう。はじめからこのことを見越して細道を作ったのだが、実際に野分に襲われてみると、脆弱な箇所が露わとなった。土砂で埋まり、あるいは敷石が流されたりして修復すべき所は十指に余った。

工期は二ヶ月ほど残っているが、八月後半から稲の収穫時期に入る。人足として働く百姓らの半数ほどが普請場を去ることになる。それにこれから先、何度野分が来るのか、そうした諸々を考えると了以の心境は穏やかでなかった。

それにもましてこの野分で衝撃を受けたのは与一であった。

〈普請目付〉という安全管理の役を任された与一にとって野分襲来による工事現場の損壊は人命こそ失われなかったものの現場修復という無駄な出費と修復に費やされる日数は悔やんでも悔やみきれないものだった。

了以、与一は残された工期内で工事を終わらせるにあたって何処を切りつめ何処に重点を置くかす暇を惜しんで話し合った。

　その最中(さなか)、与一の許に江戸幕府から黒印状(こくいんじょう)が届いた。

　与一は仰天した。黒印状は徳川家をはじめ各大名らが墨を用いて押印し発行した文書のことで与一ごときの商人に発給されるものではなかったのである。

　黒印状の発行者は大久保長安石見守であった。

　文面は〈甲州、総州、豆州の鉱山巡察の役を命じる、ついてはこの黒印状が届き次第、江戸に出仕せよ〉というものだった。

「石見守様がなに故にこのような黒印状をわたしに届けたのか、まるでわかりませぬ」

　黒印状を了以に見せながら与一は困惑した。

「大久保様に保津川改修の建白書を差し出した折に一緒にお渡しした鉱山に関する副書が、おまえを巡察の役に任じる契機となったのであろう。今、幕府は金鉱や銀鉱探しに躍起になっているらしい。その旗頭役が石見守様。石見守様は副書をお読みになって、おまえが金(こがね)や銀(しろがね)、銅(あかがね)などが混じった岩山を探し出せる才覚を持っていると思われたのであろう」

「そのような才などわたしに備わっているはずもありませぬ。それは父上がよくご存じのはず」

「わたしが知っていようがいまいが大久保様はそう判じられたのだ。明日にでも江戸に発つしかあるまい」

「保津川の改修は今が正念場。わたしが居なくなれば父上ひとりでこの急場を乗り切らねばなりませぬぞ」

保津川改修の工期は残すところ二ヶ月弱、与一がここで抜けることは了以にとって手足をもぎ取られるようにつらく厳しいことである。

「おまえとわたし、ふたりでも背負いきれぬ正念場であるが、幕府の重鎮であり百二十万石の大大名の命を断ってここで保津川改修を続けることなど能わぬ。案ずるな、何とか切り抜けてみせる。おまえが三州巡察を終わり、嵯峨野に戻ってくる頃には保津川を何艘もの舟が上り下りしていることであろう」

了以はつとめて明るい声で笑って見せた。


八月、工期の最終月。

了以は早朝から陽が落ちるまで保津川の普請現場に立った。

綱道、浮き櫓、舟着き場、舟荷を保管する倉庫、倉敷料や舟功賃を徴収する屋舎、さらに新たな地での渡月橋築造等々の普請場に僧衣を身に纏い、荒縄を帯代わりにして走りまわる了以の姿があった。

了以は人足らにたえず声掛けをし、鼓舞してまわり、人手が余る普請場から足りない普請場へ人足の配置換えを行った。

不思議なことが起こった。与一が例えた二割の怠け者たちが働きだしたのである。一ヶ月を切った工期、稲刈りのために半数ほどの百姓が普請場を去るなかで、この怠け者たちは稲刈りを家族の女子供や縁者に任せて普請に邁進するようになったのである。

領主から道普請や川浚い、さらには築城等の公共工事を強いられ、役人（武士）から怒鳴り散らされて無給で働かせられる〈徴用〉から比べれば、保津川改修工事は願ってもない恵まれた仕事である。このことに二割の怠け者たちが気づいたのか、あるいは与一が居なくなり墨衣の裾を翻し、たったひとりで普請場を走り回る了以の姿に自分（おのれ）を恥じたのか、ともかく彼らはなりふり構わず、各々の持場で競うようにして竣工をめざしたのである。

八月中（なか）、浮き櫓で重右衛門と共に指揮を執っている了以の許（もと）に木住小太郎が顔を見せた。

「舟が仕上がりましたぞ」

小太郎の口周りは髭で覆われていた。おそらく髭を剃る暇もなく舟造りに没頭していたのであろう。それを思って了以は涙が出そうになる。

「これが最後の岩砕きですな」

小太郎はまぶしげに浮き櫓を見上げる。

「明日、終わる。これで舟を通すに支障となる岩四つを砕いたことになる。小太郎殿の忠言を守り、渇水期でも一尺半の深さがとれるよう岩を砕いたつもりだ。野分で損傷した綱道も目鼻がついた。明後日なら舟を通せるぞ」

「心得ました。明後日、舟を嵯峨野の舟着き場に浮かべ、そこから保津の舟着き場まで三里、綱道に沿って曳き上げてもらうことにします」

「よく間に合わせてくれた。してみると保津川舟の舟底の材選びはうまくいったのだな」

「了以殿に助言をいただき中川北山に行ってまいりました。そこで杣人（きこり）から様々なことを学ばせていただきました」

「で、舟底の材は何に決めましたのか」

「北山の杉」

「杉？　杉はしなやかであるが舟底の材にできるほど強固ではないと思うが」

「確かに一枚板の杉では申される通り。そこで杉を薄い板状に割り裂いて、それを何枚も重ねて一枚の板と為し、舟底に用いました。薄い杉板を何枚も重ねることによって強固でしなやかな材になる、と教えてくれたのは北山の杣人たち。了以殿が北山杉のことを教えてくだされなかったら保津川を下れる舟は造れなかったでしょう」

「それは重畳。それで木住衆が渡月橋の船着き場から保津集落の船着き場まで舟を曳きあげてくれるのか」

「ここに参っている者は舟大工ばかり、舟子（曳舟人足）は居りませぬ。そこで足に自慢のある人足を四人揃えていただきたい。舟子は生なかな者では務まりませぬ。保津川の通舟が首尾よくいくかどうかは、偏に舟子の力量にかかっております。どうか人選は心してお願いいたします」

「明日までに揃えよう」

「無事に保津の舟着き場に舟を曳きあげられれば、再び川を下り嵯峨野に戻します。ついては保津の舟着き場に米俵二十五俵を用意願います」

「二十五俵でよいのだな」

了以が念を押す。小太郎は頷くと浮き櫓を後にして嵯峨野に戻っていった。

　翌、早朝、了以は単身で亀山へ向かった。自邸を出て直ぐに渡月橋東詰めの舟着き場が見えてきた。まだ人影はない。了以は渡月橋の中程まで歩いて下流を見通す。新しい渡月橋がはるか彼方（かなた）に望めた。まだ取り付け道路は仕上がってなく、〈渡れるようになるには八月末日でも無理かもしれぬ〉と休和がぼやいていたのを思い出しながら橋を渡りきる。早朝であったが亀山から若狭に通じる丹波路には背に荷を負うって京内をめざしている足子たちがちらほらと見受けられた。了以は行き違う足子ひとり一人の顔を見定めながら老いの坂をめざす。一刻（二時間）ほど歩くと急坂となった。曲がりくねった急坂を息を詰めて登りきる。すると新たな急坂が続いている。老いの坂である。馬の背に米俵二つを振り分けて乗せた馬子と行き違う。その馬子の背に向かって、

「ご苦労なことです。馬だと亀山から嵯峨野まで何度行き来できますのか」

　了以が訊いた。

「一日一回、それでいっぱいじゃ」

　馬子は振り返りもせず坂を下っていった。

〈米二俵を丹波から京に運ぶのに馬子ひとりと馬一頭。だがこれからは船頭ひとり、曳舟人足四人で二十五俵を一日二回、すなわち五十俵を運べることになる〉

　了以は荒い息を整えながら呟いた。

　丹波と山城（嵯峨野）を隔てる老いの坂は二十二年前に明智光秀が織田信長を弑逆するべく、粛々

と越えた坂でもある。この坂を足子や馬子が米などの食料や炭、薪、織物などを背負い、あるいは馬の背に積んで京に運び続けている。

老いの坂を越えて半刻（一時間）、丹波道は亀山の城下に入る。その入り口に板葺きの大きな屋舎が建っている。この屋舎に京へ送る生活物資等が集められる。屋舎に隣接して足子や馬子が待機する小屋が併設されている。

「権造殿は居られるか」

了以は小屋の戸口に立って呼びかけた。

「居るぞ。誰じゃ」

すぐに応答があって権造が戸口に顔を出した。

「これは角倉殿」

権造の顔に警戒の色が浮かぶ。朗報なら自分を嵯峨野に呼びつければよいことで、そうでないから了以自らが亀山まで足を運んだに違いない、何かよからぬ話であろうと権造は勘ぐったのである。

「内に入ってくれ」

権造に促されて了以は小屋に入った。板の間に十数人の足子が屯していた。

「実は是非頼みたいことがあって参ったのだが」

立ったままで了以は言った。

「起請文はなかったことにしてくれなどと申す願みごとなら、聞く耳もたぬぞ」

権造は自分の憶測が図星であったと思い、強い口調で首を横に振った。その声に足子たちが了以を注視する。

「ここでは話も能わぬ。ふたりだけで話したい」

了以の言に権造は小屋を出ると、丹波路を一町（約百十メートル）ほど歩いて、とある家に了以を伴った。

「わしの家だ。ここなら気兼ねなく話せよう」

家に人影がないところをみれば権造は独り者なのであろう、と了以は思った。

「舟が仕上がった。そこで舟を嵯峨野の舟着き場から保津の舟着き場まで運ぶ。それを権造殿にお願いしたいのだ」

「老いの坂を運ぶのか」

「いや。保津川に浮かべて運ぶ」

「どのようにして遡らせるのだ」

「舳先に綱を付け、その端末を胸に巻き付けて川沿いに敷設した綱道を徒で曳き、保津の舟着き場へ引っ張り上げる」

「あの急流を綱で引っ張り上げるのか」

「左様、あの急流を、だ。並の者では能わぬであろう。丹波広しと言えども権造殿をおいてほかに居らぬ」

「曳き手は何人だ」

「三人。それに最も流れが速い箇所では助っ人をひとり加える。だから権造殿を含めて四人。嵯峨野の舟着き場に明日早朝に来てほしい」

「足自慢の足子を揃えて参上しよう。ところでもうすぐ九月(ながつき)となる。起請文のこと忘れてはおらぬだろうな」

「むろん忘れてはいない。明日、権造殿らが首尾よく舟を曳き上げてくれれば、足子残らず曳舟人足として働いてもらいたい。足子たちのゆく末は権造殿の明日の成否にかかっている。頼みましたぞ」

権造は口を真一文字に結び、大きく首を縦に振った。

（六）

嵯峨野の舟着き場に高瀬舟が横付けされていた。

桟橋には了以、小太郎、木住衆、重右衛門、三五郎、市助そして角倉一族の栄可、幻也などが顔を揃えていた。少し離れて権造と足子三名が控えている。権造らは木綿半纏(はんてん)、褌(ふんどし)姿、草鞋(わらじ)履きである。

この日のことを考えてか了以は頭部に剃刀を当て坊主頭を調え、洗いざらしの墨衣、それに麻の帯を締めて、背には荷袋を負っていた。頃はよし、と思ったのか了以がひとつ咳払いをし、

「嵯峨野から保津の舟着き場まで敷設した綱道はおよそ三里（十二キロ）。この三里の間には右岸から左岸、左岸から右岸へと数度の横断浅瀬箇所、また急斜面の岩肌を削りとった所、それに峡谷の壁

に阻まれた綱道と綱道を繋ぐ木橋などがある。権造殿らには綱道に沿って舟を曳いてもらう。この保津川改修の本意は舟を通すことであるが、眼目は一度下った舟を元の地、すなわち保津の舟着き場へ戻すこと。これを為し得ずして舟が通じたとは申せぬ」

告げて権造等を頼もしげに見た。

それから小半刻（こはんとき）（三十分）ほど小太郎から権造らに舟の曳き方について説明があった。

説明が終わると小太郎は権造等を舟端（ふなばた）に立たせた。

舟には三本の綱が舳先に結びつけられている。綱の長さは各々四間（七メートル二十センチ）、五間（九メートル）、六間（十メートル八十センチ）ほど。綱の先は輪になっている。

権造が六間綱の輪にした先端部を頭から通し肩より三寸（九センチ）ほど下げた位置に装着する。他の二本の綱も足子が権造に見習って同じように付けた。小太郎が舟を操る棹を握り舳先に立って、

「ホーイ」

と権造らに声をかける。三名は綱道に立って綱に弛みが出ないように位置取りをする。三本の綱が水平に張られたのを確認した小太郎が、

「ホーイ」

と呼びかける。三名は同時に一歩足を前に出す。舟が一歩分だけ上流に曳き上げられた。

「ホーイ」

再度のかけ声で三名は次の一歩を踏み出す。

「ホーイ」

今度は権造から野太い声が発せられた。

三名の曳舟人足（舟子）は歩調を揃えて綱道を辿っていく。そのはずでまだ流れは穏やかなのだ。

権造らはやすやすと舟を曳き上げていく。

了以らと権造らが代わる代わる声掛けし、舟は川中を遡上していく。やがて川幅が狭まり、流れが速くなる箇所に差し掛かった。権造らの姿勢が少しばかり前傾になる。小太郎は常に舳先が上流に向くよう流れに棹を入れる。その後を了以らが帯状になって続く。

「ホーイ、ホーイ、ホーイ」

中秋（八月十五日）の保津峡に〈ホーイ〉というかけ声が川音に溶けてゆく。

左岸に敷設されていた綱道が川を横断し右岸へと移る。横断部は水深が浅い箇所で権造らは膝まで浸かって川を渡る。小太郎が棹を巧みにさばいて舟を右岸の流れにのせる。それを見届けた栄可、幻也などは川を渡らず嵯峨野に戻っていった。残った了以らは舟の後について川を渡る。

「ホーイ」

小太郎が声掛けする。列を整えた権造らが再び綱を曳く。流れは徐々に速まり、やがて清滝川の合流箇所、落合から数町（数百メートル）下流まで舟は引き上げられた。ここは最後に岩砕きをした所である。了以の顔が引き締まる。両岸の切り立った岩崖に狭められた河水は水泡で白濁し、うねりながら流れ下っていた。岩崖を削り砕いて敷設された綱道が細々と続いている。権造らは足を滑らせぬように綱道を辿る。権造の姿勢がさらに前傾となり、だらりと下げた両腕が綱道に着きそうになる。

だがかけ声に乱れはない。

合流付近の流れは一様でなく舟を操るのが難しい。そのうえこの地点で南から北へ流れていた川筋は北から南へと一挙に変わる。保津川の難所のひとつである。

「権造殿、心して曳いてくれ」

了以が叫びに似た声で鼓舞する。権造の四肢に力がみなぎる。

「ホーイ」

ひときわ小太郎のかけ声が大きくなった。権造が人選しただけあって他のふたりもしっかりと綱を曳く。

ホーイ、ホーイのかけ声が一刻（二時間）近く続いて、舟は朝日ヶ瀬まで曳き上げれらた。流れを阻んでいた岩は砕かれて穏やかな流れとなっていた。

「草鞋が切れた」

権造が綱を曳く手を休めて小太郎に告げた。すると他のふたりも同じように草鞋が切れたと口を揃えた。たった一刻（二時間）ほどで草鞋がすり切れるほど両足に力が入っていたのだ。

「替えは持っているか」

了以は今さらながら、曳舟人足の過酷さをみせつけられた思いだった。

「草鞋は足子の命。替えはいつも持ち歩いている」

権造が腰を指さす。腰帯に草鞋が吊してあった。

草鞋替えは権造らが一息入れるのに丁度いい間合いだった。

「少し休むか」

草鞋を着け替え終わった権造らを了以は思い遣る。

「これしきのこと、なんの休まれようか。だが了以殿が疲れたと申すのであれば休んでもかまわぬぞ」

権造は笑って曳き綱を肩に付けた。

再び遡上が始まった。権造が着込んだ木綿半纏は吹き出る汗で黒ずんでみえる。剥きだしの四肢が汗で光った。歩む毎に足の筋肉が瘤のように盛り上がる。

やがて大高瀬の下流部に差し掛かった。ここから大高瀬までのおよそ一町（約百メートル）が保津川で一番の激流である。

小太郎は権造らに曳くのを止めるよう告げて舟を岸に寄せた。それから小太郎は舟に乗せてある長さ一間半（二メートル七十センチ）、径が三寸（十センチ）ほどの木棒（ハナボウ）を両側の舟腹の最上部に開けた穴（メアナ）に通して固定した。

「権造殿、もうひとりの足子殿をここへ頼む」

小太郎の指示に権造は三人目の足子を呼びつけた。

「このハナボウを両腕で胸に抱いて上流へ押してくれ」

小太郎は新たに加わった足子に頼んで舳先に立つと、

「ホーイ」

ひときわ大きな声をあげた。三人の曳舟人足とハナボウ人足が一歩前に歩む。舟は激流に翻弄されながら上流へと曳かれていった。

大高瀬を越えると流れは穏やかになった。ハナボウ人足が抜け、再び曳舟人足だけになった。

それから一刻後、舟は保津の舟着き場へ曳き上げられた。

「よくやってくれた」

権造らに駆け寄った了以は背に負った荷袋を権造に渡した。権造が荷袋の中身を確かめる。大きな握り飯が十二個と一升徳利が入っていた。


嵯峨野の舟着き場から保津の舟着き場まで舟を曳き上げることはうまくいった。今度は逆に保津の舟着き場から嵯峨野の舟着き場まで舟が転覆あるいは損傷せず下れるかを試さなければならない。

舟着き場には了以が昨日頼んでおいた米二十五俵が届けられていた。

小太郎は俵を舟に積み込むよう木住衆に命じた。

積み込みは手順よく慎重に行われた。荷が片寄れば舟は安定を欠き、転覆の危険がある。特に激流を下る舟への荷積は工夫を凝らさねばならない。

「これは十二石(こく)舟でしたな」

了以が確かめる。

「そのように仕立てましたが、急流を下るとなれば積荷は十石が限度。もっともわたしなら十二石ぎりぎりに積んでも無事にこの川を下ってみせます」

一石は二・五俵にあたる。十石は二十五俵、十二石は三十俵である。

俵を積み終わると了以と重右衛門が舟に乗り込み、中央に設けられたわずかな隙間に座した。舳先に小太郎、舟尾に木住衆の水主が棹をもって舟を操ることになった。

それを見た休也が了以に舟から降りるよう促した。

「舟が転覆でもしたら、と思っての忠言であろうが、わたしは小太郎殿に全幅の信を置いている。その小太郎殿が造った高瀬舟、そのうえ小太郎殿が棹を操るのだ。案ずることはない」

了以が言い返した時、正午を報せる寺の鐘が聞こえてきた。小太郎が棹先で舟着き場を押す。舟は舳先を下流に向け本流に入る。舟尾に立つ水主との息もぴったりである。舟は流れに乗って北から南へと下り、金岐の瀬を過ぎて北に向かう。しばらく穏やかな流れが続いた。了以は岩を砕いたと思しき辺りに舟がさしかかると思わず立ち上がって川底を覗こうとした。

「座ってくだされ」

船尾の水主が大声をあげた。了以はあわてて座った。岩を砕いた箇所の川面を舟はさして揺れもせずに通り過ぎた。やがて大高瀬で再び川筋は北に向かって、激しい流れとなった。往時にハナボウ人足が加勢した区間を舟は一気に下り抜けた。小太郎の棹さばきの巧みさに了以は目を見張る。了以は上下左右の激しい揺れにおののきながら、身を固くして舟底にしがみつくようにして座り続けた。

突然舟の揺れが失せて速度が落ちた。流れが緩やかな淵に入ったのだ。ホッとする間もなく再び激しく揺れた。舟は両岸にそそり立った岩崖の隙間を小太郎と水主の棹ですり抜けていく。瀬（激流）から淵（緩流）、淵から瀬の緩急をくり返して視界が急にひらけて川幅が広くなり舟の揺れが収まった。

「間もなく嵯峨野の舟着き場ですぞ」

小太郎が俵の間から顔をのぞかせた了以に笑いかけた。

小太郎と水主が棹を流れに差して舟着き場に着けた時、未刻(ひつじのこく)（午後二時）を報せる法輪寺(ほうりんじ)の鐘の音が了以の耳に届いた。

「保津の舟着き場を出たのは午刻(うまのこく)（十二時）、してみると舟が下りに要したのは一刻（二時間）なんとも速い」

「舟頭が棹の扱いに熟達すれば、もう少し縮められましょう。だが舟を引き上げる刻(きざみ)（時間）はこれ以上縮められないでしょう」

「舟を曳くに要したのは二刻(四時間)であった。権造殿らはまるで平地を歩くような速さであった」

「権造殿の力業は木住衆の舟子でも及びませせぬ。了以殿はよい曳き手をみつけられましたな」

「小太郎殿が造った高瀬舟が優れていたからこそ権造殿らは曳けたのだ。この舟で保津川を下れることが証された。なるべく早く二十艘を超える舟を造ってほしい。保津川の舟下りはこれから百いや何百年先まで続くであろう。小太郎殿、権造殿らが独り立ちできる舟子になれるよう力を貸してくだされ。また舟の修理や管理も任せたい。どうであろう、牛窓の木住衆を引き連れてこの嵯峨野に移り住んでいただけないであろうか」

思いもよらぬ了以の誘いに小太郎はしばらく考えていたが、

「木住一族の先祖は海に生まれ、海で育ち、海で死んでいった。その末裔である吾等も海と共にあり続けている。一族の血は海水、心(しん)の鼓動は潮騒。そのような木住衆が果たして山に囲まれた嵯峨野に住めるのか。今こうしている間もわたしの耳底には瀬戸内の波の船端(ふなばた)を打つ音が聞こえている。とは申せ、ここに参り、舟造りに邁進しているうちに嵯峨野の良さもわかるようになった。それにもましてわたしは了以殿の舟を保津川に通すという一念に絆(ほだ)された。このこと常寂光寺の日禛様にお伺い申して決めさせていただく」

潮焼けした小太郎の顔に秋の斜光があたっていた。

(七)

保津川通舟が開始されて十日ほど後、了以は秋水山房に冬を訪ねた。

「父宗桂がこの房(ぼう)(居宅)を秋水山房と名付けたのは、秋の桂川(水)と嵐山(山)に格別の趣(おもむき)を感じたから。まだ幼かったわたしには流水や紅葉に惹かれるものはなかった。わたしが嵯峨野の秋を美しいと思うようになったのはそれほど昔のことではない。父が死して後、物置代わりに使っていた秋水山房を冬殿の住まいと定めたあたりからだった気がする」

「房に住まわせていただき十一年、ここから桂川と嵐山を眺めるのが習いとなりました。いつ見ても見飽きたことはありませぬ。ただここから望む有様は随分と変わりました。庭先に立って右に顔を振るとはるか遠くに望めた渡月橋がひと月ほど前から左に顔を向けて見ることになりました」

「新しい橋の眺めはいかがかな」

「ここからは遠すぎて見定めがたいのですが、欄干が付き、橋幅も広く、何よりも水面から高い桁が目につきます。まだ見慣れぬせいもありましょうが、わたくしには約(つま)しかった前の渡月橋の方が好もしく思えます」

「あと数ヶ月もすれば渡月橋は、何百年も前からそこに架かっていたかのように、嵐山と桂川に馴染(なじ)んだ姿となりましょう。ところで今日参ったのは意安（宗恂）から文が届いたからです」

「意安様はお変わりないのでしょうか」

「壮健のようだ。意安は家康様の侍医となったが常に心は養生所に向いていた。おそらく弟は家康様がそれほど長く生きられぬと思っていたのであろう。そうなれば侍医というお役を辞して再び養生所に戻り、冬殿と共に医業を続けるつもりだったと思われる。ところが家康様は駿府に隠居なされた後も御壮健、まだまだ長生きなさりそう。意安は家康様を見立てることもなく控えておれば事足りていたのであろう。医者が暇なことはよいことだ。その暇を埋めるためもあってか意安は多くの医学書を著したようだ」

「存じております。わたくしのところにその幾冊かをお送りくださいました」

　意安が著した書は〈運気論一言集〉〈医法大成論抄〉〈本草序列抄〉〈歴代名医伝略〉〈古今医案・三十三巻〉など二十著近い。

「息子の宗達も二十歳を超えた。医者として徳川家に仕える途も決まったとのこと」

「江戸でのお勤めとなれば嵯峨野にお戻りになること少なくなりますね。御妻女の彩(あや)様はお寂しいことでしょう」

「それもあってか意安は彩殿と息子ふたりを駿府に呼び寄せることに決めたとのこと。一族の者が京から他の地に居を移すのは意安が初めて」

「この地を去るのですね」

冬は妻女と云宅、傳庵が嵯峨野（化野）に住んでいることで意安との距離を近しいように感じていた。その絆が失せてしまうことに一抹の寂しさを覚えた。

「去る者も居れば新たに入ってくる者も居る。小太郎殿が木住衆を率き連れて嵯峨野に住みつくことになった」

「木住衆はわたくしと同じ宗門。たしか小太郎様は法蔵寺の檀越」

「よくご存じですな」

「小太郎様は嵯峨野に来たばかりの折、体調を崩されて養生所に参れらたことがありました。その折、法蔵寺のこと話してくださりました。木住衆は日蓮宗信徒として二百年以上も法蔵寺を守り続けてきたとか。その方々がよく法蔵寺を捨ててここに住むことを承知なされましたね」

「日禛和尚が説得してくださった。和尚が一役買ってくだされたのは常寂光寺の土地を寄進したことへの恩返しもあったのであろう」

「常寂光寺の檀徒になるのですね。それはわたくしにとっても心強いことです。これで了以様の保津川改修普請は終わったことになりますね」

「普請は終わったが、わたしの心内には未だ終わらずにしまい込んだものがある」

冬は了以の目を見た。保津川改修を語る時、了以の目には強い光が宿っていた。だが今、了以の目は虚ろだった。

「冬殿はここに来て以来、何名の患者を看取りましたかな」

了以は浮かぬ顔で訊いた。

「ひと月にひとりとしても百名は下らないでしょう」

「看取ったが方々を冬殿はどのように思われておりますのか」

冬の顔が急に歪んだ。

「それが了以様の心内にしまい込んだ思いと何か関わりがありますのか」

「わたしは此度の普請で十指に余る人足や石工らを死なせてしまった。冬殿が看取られた死者とはむろん異なるが、死を重く受けとめていることには変わりない」

「ならば申しましょう。今の医術で救えない患者は別にして、救えたかもしれぬ命がわたくしの医術が未熟なために救えなかったのではないか、という思いが常に心中を去来します」

「去来した思いをどのように心内に収めておりますのか」

「これは医者となったわたくしがひとりで背負うこと。他人(ひと)に申し上げる筋合いのものではありませぬ」

「普請をしなければ死者を出さずにすんだ、との思いが日毎に募り、心内に収められぬほどふくれ上がり、誰かに話さなければ破裂しそう。冬殿以外に話せる者は居らぬ」

「丹波の人々は了以様の偉業に感謝と賛辞を送っているではありませぬか。身罷った方々もこのことを天国から見下ろし許しておられるのでは」

「偉業などとは露にも思っておらぬ。冬殿はわたしがなにゆえ保津川改修の普請をはじめたかを存じているただひとりの人。その冬殿までわたしが丹波の人々のために保津川に舟を通した、などと思っているのではないでしょうな。かつてわたしが岩を砕きたいと申した折、冬殿はなんと応じたか憶えておりますか」

「そのことでしたか」

冬は了以の鬱屈したもの言いに初めて合点がいった。

「忘れてはおりませぬ。岩を砕くには砕くための理が不可欠。しかも吉田家に益をもたらす理でなければ、栄可様や与一様たちは得心なさらぬのでは、とそのようなことを申しました」

「わたしは称意館に籠もってその理をひねり出した」

「なんと卓抜した理であるかと感銘しました。与一様は了以様の理を利他行とまで申されました。わたしは了以様が聖に生まれ変わったと思ったほど」

「人は突然聖になれるはずもない。与一が利他行を持ち出したのには驚いた。利他行のひと言で角倉・吉田一族が保津川改修を得心してくれたのを幸いに、これでわたしの宿望が叶うのであれば、あえてわたしの本心を打ち明けることもない、そう思ったのだ」

了以は眉のあたりをかすかに曇らせて口ごもるように呟いた。

「本心とは岩を砕きたい、その一心のことでしょうか」

「左様、その一心。岩を砕きたい一心から、もっともらしい理を思いつき、その理を岩を砕く隠れ蓑に使ったのだ。わたしは岩を砕きたかっただけだ。そのわたしの我が儘から十指に余る人を死なせてしまったのだ」

「意安様はわたくしに、医足らずして死なせてしまった者への供養は同じ過ちを繰り返さないことだ、そう申されました。わたくしはその言の葉を肝に銘じて患者を見立てております。もし了以様が再び岩を砕き、石を取り除くような普請をなさることがありましたら、再び死者を出さぬよう心がけることが死んでいった方々への供養となるではありませぬか」

冬の慰めに似た言葉を聞きながら了以は対岸の嵐山に目を移した。季節外れの鵜飼い舟が一艘、水面に映った嵐山を乱してゆっくりと下っていく。

「もう一度申すが、わたしは岩を砕きたかっただけなのだ」

了

西野　喬（にしの　たかし）
一九四三年　東京都生まれ

著書
「防鴨河使異聞」（二〇一二年）
「壺切りの剣」（二〇一五年）
「黎明の仏師　康尚」（二〇一六年）
「うたかたの城」（二〇一八年）
「まぼろしの城」（二〇一八年）
「空蝉の城」（二〇一九年）
（発行所はいずれも郁朋社）

保津川（ほづがわ）　―角倉了以伝（すみのくらりょういでん）―

令和三年三月十二日　第一刷発行

著　者　西野（にしの）　喬（たかし）

発行者　佐藤　聡

発行所　株式会社　郁朋社（いくほうしゃ）
東京都千代田区神田三崎町二―二〇―四
郵便番号　一〇一―〇〇六一
電　話　〇三（三二三四）八九二三（代表）
ＦＡＸ　〇三（三二三四）三九四八
振　替　〇〇一六〇―五―一〇〇三二八

印　刷
製　本　日本ハイコム株式会社

落丁、乱丁本はお取替え致します。
郁朋社ホームページアドレス　http://www.ikuhousha.com
この本に関するご意見・ご感想をメールでお寄せいただく際は、
comment@ikuhousha.com までお願い致します。

ISBN978-4-87302-730-2　C0093

西野喬　既刊本のご案内

防鴨河使異聞

賀茂川の氾濫や疫病から平安の都を守るために設立された防鴨河使庁。そこに働く人々の姿を生き生きと描く。
第13回「歴史浪漫文学賞」創作部門優秀賞。

四六・上製 312 頁　本体 1,600 円+税

壺切りの剣

続 防鴨河使異聞

平安中期、皇太子所蔵の神器「壺切りの剣」をめぐって大盗賊袴垂保輔、和泉式部、冷泉天皇、藤原道長等が絡み合い、意表をついた結末をむかえる。

四六・上製 400 頁　本体 1,600 円+税

黎明の仏師 康尚

防鴨河使異聞（三）

大陸の模倣仏から日本独自の仏像へ移行する黎明期。その時代を駆け抜けた大仏師・康尚の知られざる半生を描く。
第16回「歴史浪漫文学賞」特別賞受賞作品。

四六・上製 352 頁　本体 1,600 円+税